Um salto para o amor

Um salto
para o amor

AIONE SIMÕES

Um salto para o amor

Rio de Janeiro, 2021

Copyright © 2021 by Aione Simões.

Todos os direitos desta publicação são reservados à Editora HR Ltda. Nenhuma parte desta obra pode ser apropriada e estocada em sistema de banco de dados ou processo similar, em qualquer forma ou meio, seja eletrônico, de fotocópia, gravação etc., sem a permissão dos detentores do copyright.

Todos os personagens neste livro são fictícios. Qualquer semelhança com pessoas vivas ou mortas é mera coincidência.

Contatos: Rua da Quitanda, 86, sala 218 — Centro — 20091-005
Rio de Janeiro — RJ
Tel.: (21) 3175-1030

Diretora editorial: *Raquel Cozer*

Editora: *Julia Barreto*

Copidesque: *Bonie Santos*

Leitura sensível: *Ana Rosa, Larissa Siriani e Tayana Alvez*

Revisão: *Karine Ribeiro, Julia Páteo*

Design e ilustração de capa: *Renata Nolasco*

Diagramação: *Abreu's System*

CIP-Brasil. Catalogação na Publicação
Sindicato Nacional dos Editores de Livros, RJ

S612s
    Simões, Aione
        Um salto para o amor / Aione Simões. – 1. ed. – Rio de
    Janeiro: Harlequin, 2021.
        384 p.

        ISBN 978-65-5970-070-7

        1. Ficção brasileira. I. Título.

21-72065
                                        CDD: 869.3
                                        CDU: 82-3(81)

Camila Donis Hartmann – Bibliotecária – CRB-7/6472

À dona Leoni, que me criou, me ensinou a ler e a amar *Dirty Dancing*, para agradecer e deixar registrado as coisas das quais ela não mais pode se lembrar.

Eu lembro por nós duas, vovó.

eu sempre quis ser tão forte de modo que nada
seria capaz de me abalar. agora. eu sou. tão forte.
que nada me abala. e tudo que quero é serenidade.

— dormência

O que o sol faz com as flores, RUPI KAUR

Prólogo

O silêncio que preenche a sala faz com que eu fique me mexendo desconfortável no sofá. Então, quando ele é quebrado pelo som do atrito entre a minha coxa suada em pleno inverno e o couro do assento, percebo que tudo só está quieto assim porque eu ainda não disse uma palavra sequer. Tento dissipar a atmosfera pesada ajeitando minha saia, que subiu quando me sentei, mas isso dura apenas alguns segundos, e logo me vejo ainda mais incomodada do que antes, já que está cada vez mais óbvio que não tenho como nem para onde fugir.

Mônica me encara com a mais plena cara de samambaia, o que significa que não faço ideia do que está passando em sua mente. Olhando de fora, ela parece perfeitamente tranquila com a situação. Mas não tenho como saber se, por dentro, ela não está xingando até minha última geração. Ela com certeza tem coisas mais interessantes para fazer do que ficar aqui me observando.

Se bem que ela está sendo paga para isso. Não que isso torne o tempo desperdiçado menos absurdo, mas pelo menos ela não está aqui totalmente em vão.

E, no fim das contas, ficar em silêncio é comum na terapia, não é? Não é também uma forma de ser analisada?

— Hmm, então, Mônica... — Resolvo começar em um impulso de coragem, tentando relaxar e não me importar com o que ela está pensando sobre mim. Se ela vai me analisar por estar quieta, que então me analise pelo que tenho a dizer. — Aliás, posso te chamar assim ou "doutora" seria mais apropriado?

— Pode me chamar como se sentir mais confortável, Lilian.

— Ah, bom saber! Olha que vou começar a te chamar de "miga", hein!

Minha risada pela piada sem graça morre aos poucos, conforme um pequeno sorriso por educação rompe o estágio de samambaia de Mônica, indicando que meu nervosismo me fez ultrapassar os limites terapeuta-paciente, ainda mais por essa ser nossa primeira consulta.

Arrumo o cabelo atrás da orelha e, constrangida, abaixo a cabeça. Minha bota de cano curto, já gasta de tanto uso — é sempre um achado encontrar uma bota que não aperte meu tornozelo —, desliza pelo tapete formando desenhos irregulares conforme meu pé reorganiza as fibras vermelhas. Lentamente, percebo que me sinto um pouco mais calma e me pergunto se a escolha da tapeçaria foi proposital, uma ideia mais interessante do que aquelas caixinhas zen com areia branca. Afinal, foi natural começar a mexer o pé, o oposto do que seria se eu soltasse um "Ei, doutora, será que você não quer me passar aquele objeto ali para eu brincar um pouquinho enquanto penso no que vou falar?", deixando o momento ainda mais bizarro.

O pensamento me desperta para o fato de que continuamos sentadas em silêncio, e que não falar nada só vai me prejudicar. Sendo sincera, não sei quanto ainda tenho a perder, mas já perdi demais e não quero repetir os mesmos erros.

Respiro fundo e, depois de pigarrear, solto de uma vez:

— Então, Mônica, o caso é que eu meio que surtei.

Abril

Abril

Capítulo 1

Não vou viver como alguém que só espera um novo amor
Há outras coisas no caminho onde eu vou
Às vezes ando só, trocando passos com a solidão
Momentos que são meus e que não abro mão
"PRA RUA ME LEVAR", ANA CAROLINA

Se alguém me perguntasse, quando eu era criança, o que eu queria ser quando crescesse, jamais teria respondido "dona de uma loja de roupas". Primeiro porque quase nunca dizem para meninas que elas podem ser donas de alguma coisa — embora não tenha sido esse o caso dos meus pais, ainda bem —, e segundo porque essa não parece ser uma ambição muito impressionante. Mas, se teve uma coisa que aprendi nos últimos 28 anos, foi que a vida segue seus próprios caminhos. Então, ou a gente dança conforme a música ou a gente *dança* e ponto. E, entre os caminhos que a minha vida seguiu, aqui estou, há pouco mais de um ano gerenciando minha loja, depois de ter pedido demissão de um emprego estável e ter ficado meses planejando meu próprio negócio. E quer saber? O que eu faço é impressionante, sim. (Pelo menos é o que repito para mim mesma todos os dias.)

A Frida não é uma loja de *roupas femininas*, mas uma loja de *roupas para mulheres*. Passei anos da minha vida me frustrando sempre que tentava renovar o guarda-roupa e quase nunca encontrava algo legal do meu tamanho, porque, aparentemente, mulher gorda não tem o direito de ser vaidosa, ou precisa vestir qualquer coisa que esconda o máximo possível do corpo enorme e repugnante — isso porque eu vivo na grande metrópole nacional. São Paulo não é supostamente a cidade onde você encontra de tudo? Além disso, se eu fosse às compras com minhas amigas magras, não poderia escolher nada na mesma seção que elas, isso se a loja em questão sequer tivesse uma área exclusiva para peças do meu tamanho. Isso me enfurecia. Eu queria simplesmente comprar roupas, não roupas *plus size*, que, além de tudo, tinham preços abusivos. Dispenso o lembrete de que meu corpo não é "normal", nessa concepção idiota.

Por isso, quando fui obrigada a repensar minha maneira de viver, decidi que faria algo de bom. Na Frida, temos roupas para todas as mulheres. Todas mesmo. Você, como mulher, adora roupas delicadas, bem femininas, daquelas que costumam estar disponíveis em basicamente qualquer loja do segmento? Temos, e em todos os tamanhos. Você, como mulher, adora roupas que costumam ficar na seção masculina? Temos, e em todos os tamanhos. Você, como pessoa não binária ou de gênero fluido, gosta das roupas que temos? Pois seja bem-vinde! A ideia é que ninguém aqui se sinta menos mulher, menos normal, menos gente por não se encaixar em padrões, e que quem se encaixa também não se sinta errada por isso.

Foi pensando em tudo isso que o nome da loja surgiu. Minha mãe se encantou pela cultura mexicana depois de uma viagem que fez na época da faculdade e se tornou uma admiradora fervorosa de Frida Kahlo, passando para mim essa admiração. Desde pequena, compreendi sua força como mulher e artista que fugia dos padrões e busquei nessa força uma forma de inspiração. Fiquei reticente sobre seguir com a ideia, receosa de ser só mais uma explorando seu nome para ganhar dinheiro — e indo na contramão do anticapitalismo que Frida defendia. Mas me convenci de que estaria fazendo uma homenagem a ela e fui em frente. Mamãe também adorou a ideia!

Porém, no fundo, ainda sinto que estou fazendo pouco. Quer dizer, tenho noção de que vender um *cropped* não vai evitar que uma pessoa gorda seja obrigada a passar pela humilhação de entrar pela porta traseira de um ônibus, por exemplo, porque a catraca pode ser pequena demais para alguns de nós. Ou seja: se não me policiar, entro em uma briga interna diária comigo mesma, na qual um lado esbraveja quão empoderadora eu sou e o outro proclama de maneira muito convincente e desdenhosa que sou uma verdadeira fraude.

— Será que posso sair daqui usando uma das peças que comprei? — Ouço uma cliente pedir do provador.

Vivi, vendedora e agora minha amiga, me lança um olhar empolgado. Nós adoramos testemunhar esses momentos de encantamento das clientes.

Existe um padrão de comportamento quando as pessoas conhecem a Frida. Elas param para olhar a vitrine com um ar cansado, de quem não aguenta mais sair das lojas de mãos abanando. Quando avistam os manequins variados, resolvem entrar com um ar que mescla uma pontada de esperança com a descrença típica de uma discípula de São Tomé.

Então, ao se depararem com as araras cheias de opções, é como se uma nova energia tomasse conta delas e irradiasse por todo o ambiente. Juro que dá para sentir o instante em que isso acontece, quase como se um arrepio percorresse meu corpo. Uma vez, eu nem estava olhando para a cliente, mas *senti* quando ela se empolgou com as roupas. Se bem que, pensando melhor, ela ficou tão animada que derrubou uma arara conforme deslizava as peças para olhá-las, então não foi bem uma coisa do além, e sim o susto provocado pelo barulho de um objeto grande e cheio de roupas caindo no chão. Mas a questão é que é realmente mágico ver o brilho nos olhos dessas mulheres quando elas finalmente sentem que encontraram um lugar que as abriga.

A cliente quase dá um pulinho de animação quando respondo que com certeza ela pode sair usando as peças novas. Alguns minutos depois, ela parte da loja com o *cropped* e uma calça jeans que ressalta seu corpo, deixando as coxas e o bumbum redondinhos. Ela está maravilhosa, e não apenas pelas roupas. Ao vesti-las, também vestiu um brilho diferente: aquele de quem se sente linda sendo exatamente quem é.

É nessas horas que lembro por que amo o que faço e consigo deixar um pouco de lado a sensação de ser insuficiente. A autoestima não vai resolver a gordofobia, mas, se pode fazer alguém se sentir um pouco melhor, então quero colaborar. Ao menos, sei como cultivar a autoestima fez diferença na minha vida, mesmo que eu ainda não seja cem por cento confiante.

Eu trabalho para sentir esse quentinho no coração. Saio de casa para vir para cá na expectativa de atender novas clientes e vê-las saírem da loja satisfeitas. Hoje mesmo, acordei e...

De repente, é como se um copo de água gelada tivesse sido despejado na minha cabeça: o quentinho no coração se desfaz e a preocupação que eu havia conseguido deixar de lado volta com tudo. Massageando as têmporas em um gesto quase automático, fecho os olhos, tentando afastar a sensação de a minha cabeça estar quatro vezes maior e mais pesada do que o resto do meu corpo.

Apesar desse retorno maravilhoso das clientes, a Frida ainda precisa crescer mais — e não tenho a menor ideia de como fazer isso. Hoje, antes do almoço, tive uma reunião com a Sandra, minha analista financeira, e ela me mostrou que as vendas do trimestre passado continuam abaixo do desejado. Ou seja, a Frida ainda está no prejuízo. Óbvio que o planejamento da loja incluía uma reserva para cobrir os gastos nos primeiros meses, que costumam ser mesmo deficitários, mas preciso melhorar nosso desempenho se não quiser correr o risco de ter que declarar falência.

A água gelada metafórica escorre por minha espinha ao cogitar a segunda hipótese. Pensando bem, talvez a falência seja exatamente o castigo que mereço. O dinheiro que precisei usar para abrir a loja é sujo.

Não. Já resolvi esse assunto comigo. O bem proporcionado pela Frida é maior do que qualquer outra coisa.

A loja custou *demais*, não posso deixá-la falir de jeito nenhum.

O peso da minha cabeça dobra. Ela, agora, está oito vezes maior que o resto do meu corpo.

Chega. Não vou conseguir resolver nada a essa hora de uma sexta-feira, com o expediente quase acabando. Como aprendi nas sessões de *coaching* que fiz depois de ter pedido demissão do meu antigo emprego, é importante respeitar meus horários de descanso para que eu seja mais produtiva durante o horário de trabalho — teoria que corrobora a filosofia de minha mãe, à qual fui acostumada a vida toda. Os sábados, para ela, são sagrados. Ela era rigorosa em me fazer cumprir as tarefas da escola durante a semana, porque os finais de semana eram de lazer. É por isso que a Frida só abre no último sábado de cada mês. Apesar de ser um luxo para uma lojista, não consegui quebrar uma ideia tão fortalecida ao longo da minha infância e adolescência. Também, agora que tudo mudou, só sobrou a tradição para me apegar.

Ou seja, meu descanso está para começar e não posso perder nem um segundo dele: preciso de cada instante para relaxar.

Desde o ano passado, adotei como propósito de vida desafiar Newton: quanto mais forças determinadas a me colocar para baixo existirem, menos vou me deixar abater. Se eu me concentrar apenas no problema, não consigo encontrar a solução.

A cabeça, agora, está sete vezes mais leve.

— Estou indo, tá, Lili? — Vivi fala com a entonação na segunda sílaba. Minha mãe sempre gostou de lírios e me apelidou de Lily desde que se descobriu grávida de uma menina. Das pessoas com quem convivo, Vivi é a única que fala na forma aportuguesada; segundo ela, é para rimar com seu próprio apelido. Ela deve ter algum complexo de dupla sertaneja. — Hoje é o jantar do meu avô e não posso nem sonhar em me atrasar.

— Vai tranquila, eu peço para a Bianca fechar o caixa, porque também preciso sair mais cedo. E, falando no diabo... — complemento quando ouço minha melhor amiga fechar a porta do estoque atrás de mim.

— Hmm, alguém vai *sextar*, é? — ela me pergunta quando para ao meu lado, esticando o braço no balcão para alcançar o celular.

Murmuro uma confirmação antes de acrescentar que é um encontro oriundo de um *match*.

Comecei a usar um aplicativo de relacionamentos há alguns meses por pressão da Bianca e da minha avó, porque, segundo elas, todo cômodo precisa ter suas janelas abertas de vez em quando para ser arejado. Não queria dar o braço a torcer, já que um relacionamento está no fim da minha lista de prioridades, mas concordei em tentar simplesmente porque... bem, digamos que de vez em quando me bate uma saudade da parte física da coisa. Considerando que tem tanto homem por aí que também só quer umas saidinhas ocasionais, todo mundo sai ganhando, certo?

Assim, acabei aderindo aos aplicativos e, de lá para cá, tenho me perguntado cada vez mais se, em vez de gostar de homem, gosto mesmo é de passar nervoso. No geral, as conversas não vingam. Quando vingam, não necessariamente resultam em bons encontros. Da última vez, passei a noite ouvindo o cara falar mal da ex. Acho que ele não percebeu que não era eu que precisava ser convencida de que ele estava melhor sem ela.

Já pensei em cancelar minha conta, mas acabei ficando. Além de não estar a fim de voltar a ouvir as reclamações sobre "eu não estar aproveitando a vida o suficiente", preciso confessar que, talvez, só talvez, eu venha sentindo certa dependência do aplicativo. Deveriam promover pesquisas científicas sobre isso, porque tenho quase certeza de que dar *match* vicia.

— Deixa comigo. Quem é a bola da vez?

— Aquele Davi, dos últimos dias — falo sem encará-la.

— O que não gosta de cachorro?

Vejo com o canto do olho que ela enfim afasta os olhos do celular e me encara, franzindo suavemente a testa.

Lembrete mental: parar de contar todos os detalhes dos meus *crushes* para a Bianca. Ela é ótima em usá-los contra mim.

— É — respondo enquanto continuo reunindo minhas coisas.

— Não sei nem por que você vai se dar ao trabalho, o cara com certeza não é boa coisa se não gosta de bicho — ela fala convicta, e volta a mexer no celular.

Confesso que tenho um pé atrás com isso também. Tipo, não gostar de rato, cobra, sei lá, é compreensível. Mas como não gostar de cachorro?

Mas, como minha mãe ressaltou quando comentei a respeito disso com ela, a gente tem que dar uma chance para conhecer melhor as pessoas. As trocas de mensagem com ele foram bem tranquilas, tirando a parte do cachorro, então por que não? Sem contar que ele não hesitou em me encontrar em público. Não seria a primeira vez que eu desistiria de um encontro por perceber que o cara queria, sim, transar comigo, mas estava com vergonha de ser visto na companhia de uma mulher gorda. Não falo isso para Bianca, mesmo sabendo que ela entenderia. No caso dela, já aconteceu por ela ser negra.

— Vai ver ele tem algum trauma. E se ele for gente boa?

— Espero estar errada! Precisa que eu faça algo além de fechar o caixa?

— Só o caixa. — Agradeço e dou um beijo em seu rosto quando passo por ela.

Capítulo 2

It's my own design
It's my own remorse
Help me to decide
Help me make the most of
Freedom and of pleasure
Nothing ever lasts forever
"Everybody Wants to Rule the World",
Tears for Fears

Chego ao bar dois minutos antes do horário combinado e uso a câmera frontal do celular para checar se a vinda de metrô não estragou meu visual. Porém, as muitas notificações de mensagens me distraem.

São todas de Davi.

Pronto, só falta ele ter cancelado o encontro. Isso que dá esquecer o celular no silencioso, eu poderia ter evitado sair de casa de bobeira.

Será que ele reparou melhor nas minhas fotos, percebeu quão gorda eu sou e mudou de ideia? Mas minhas fotos no aplicativo não escondem meu peso!

Assim que leio as mensagens, vejo que não, Davi não cancelou nada, e me sinto mal por ter pensado isso e, pior, por ter justificado de maneira tão instintiva esse cancelamento hipotético com meu peso. Ao contrário, ele parece bem ansioso para me ver. Tão ansioso que bombardeou meu pobre celular querendo saber onde estou, porque, ao que tudo indica, ele se adiantou em quinze minutos.

Seu tom me soa um pouco... sufocante?

Quase ouço Bianca na minha cabeça dizendo "Miga, ele não gosta de cachorro" enquanto torço o nariz em uma careta automática.

Expulso o pensamento e me obrigo a voltar ao clima do encontro, focando no fato de que ele deve ser no mínimo esperto, se reconheceu que vai se encontrar com um mulherão e está empolgado para isso.

Assim, ajeito a coluna, empino minha valorosa comissão de frente e, quando passo pela porta, basta uma olhada ao redor para ver a mão estendida de Davi em uma mesa, chamando minha atenção. Aceno de volta sorrindo e paro para pegar minha comanda.

Engulo em seco ao ver o valor da entrada. Merda, eu deveria ter checado o lugar que ele sugeriu antes de aceitar. Pelo menos tenho direito a consumação, então é só fazer a noite valer a pena.

Conforme vou para onde Davi está sentado, seus contornos ficam mais nítidos, apesar do ambiente pouco iluminado. Ele está sorrindo, um sorriso mais bonito do que eu esperava. De cabelos e olhos castanhos, barba bem-feita, com uma leve barriguinha típica de alguém perto dos 30 anos, Davi não é nenhum galã. Gosto de sua aparência.

— Te reconheci logo de cara — diz após me cumprimentar com um beijo no rosto.

Ele aponta com uma mão para a cadeira a sua frente, enquanto gentilmente me direciona com a outra em minha cintura.

— Espero que isso seja bom. — Sorrio de forma simpática.

— Ah, com certeza. Seu rosto é tão bonito!

Mal me sento e preciso respirar fundo, reprimindo a vontade de perguntar se o resto do meu corpo não é bonito. Quero dar uma chance a ele, em vez de já assumir que ele é um babaca. Pessoas legais também falam besteira, mesmo sem querer.

De qualquer maneira, o clima já não é o mesmo de quando nos cumprimentamos, e olha que eu acabei de chegar. É como se alguém tivesse colocado uma música bem baixinho de fundo: não dá para entender a letra, mas a gente sabe que tem algo tocando. E, nesse caso, o repertório não é dos melhores. Consigo sentir o desconforto sutil entre nós, aquele típico entre pessoas que não se conhecem e não sabem bem o que dizer, reforçado pelo fato de ele ter me ofendido e ter percebido meu incômodo, mas não compreender o que há de errado.

Para minha sorte, de fato *há* uma música tocando. Aliás, Davi escolheu bem onde se sentar: estamos um pouco distantes do palco, onde vejo um homem com um violão, então o som não é tão alto para impedir uma conversa, mas ainda assim dá para curtir, a ponto de eu me pegar cantarolando.

— Pensei em pedir alguma coisa para comer, o que você acha? — ele pergunta.

— Se você quiser, pode pedir para você. Eu comi antes de sair de casa — tática para gastar menos, mas que hoje não adiantou de nada, considerando a entrada com consumação —, então acho que vou ficar só na bebida.

— Ah, qual é, não precisa fazer cerimônia. Você volta para a dieta na segunda!

— Eu não estou de dieta — respondo, mais seca do que antes, levantando minha sobrancelha esquerda.

O sorriso desaparece do rosto de Davi e ele abaixa a cabeça, sem graça, para o cardápio.

Abro o menu em busca dos drinques, tentando evitar mais uma vez a suposição de que Davi presumiu que eu estivesse de dieta por ser gorda, e não por tanta gente por aí viver fazendo regime. Ainda assim, nenhuma das opções me agrada: uma pelo horror generalizado que o mundo sente de engordar; a outra pela convicção de que uma pessoa gorda só pode estar tentando emagrecer.

Passo pelas páginas em busca das bebidas, mas o pub, ao que tudo indica, tem um cardápio bem amplo de refeições e petiscos. Até que meus olhos se arregalam, em choque.

Como é que é?

Bife de ro...

Tento fixar o olhar nas palavras com toda a atenção.

Então releio: "Bife à Rolê", e preciso conter a risada. Não sei por que ainda me espanto.

Meu cérebro adora pregar peças em mim, e vivo confundindo as coisas que leio. O pior é que não faço qualquer confusão, as trocas são sempre pornográficas. Acho que uma das piores situações foi quando meu pai me mandou uma mensagem me convidando para ver um jogo e fiquei perturbada um bom tempo pela imagem do que eu tinha lido associada a quem tinha me enviado. Era óbvio que papai estava falando de "basquete", e eu nem sequer cogitaria que ele fosse capaz de me propor algo que ultrapassasse os limites da nossa relação, mas foi um susto ler de relance *aquela* palavra vinda dele — mesmo que ela só tenha existido na minha imaginação.

— Você come carne? Não lembro de você mencionar ser vegetariana. Sei que você disse que não está com fome, mas pensei em pegar uma porção, aí você pode beliscar também, se tiver vontade.

— Não, não sou. Mas não se preocupa, pede o que você quiser.

Olha só, e não é que ele é atencioso? Até a Bi, sendo vegetariana, teria que concordar comigo que ele deu uma bola dentro. Além disso, a pergunta me distrai da minha quase gafe.

Chamamos o garçom — opto por uma caipirinha — e o desconforto volta a se instalar. Quando percebo, estamos em silêncio, olhando o ambiente ao nosso redor, e, assim que nossos olhos se encontram, damos um sorrisinho sem dentes um para o outro.

Não faço a menor ideia de como puxar assunto com ele, e acho que Davi se sente da mesma forma em relação a mim.

Suspiro fundo, lamentando ter saído de casa. A essa hora, eu poderia estar com um pijama confortável largada no sofá revendo *Dirty Dancing*, meu filme favorito de todos os tempos. Nessa minha realidade alternativa na qual fugi da cilada que este encontro está se mostrando ser, eu já teria tomado um dos meus Banhos Relaxantes.

Sabe quando você sente que precisa de um mimo extra, de um tempo só para você? Nessas horas, acendo uma vela aromática, coloco uma *playlist* com as músicas de que mais gosto e me permito demorar um pouquinho mais no chuveiro, porque a ideia não é só ficar limpa e cheirosa. É um banho, mas é também uma sessão de relaxamento. É um banho, mas é também meu momento para encenar minha versão particular do The Voice. Adoro fingir que estou arrasando em uma audição e me sinto realmente emocionada só de imaginar as cadeiras virando para mim.

Inclusive, assim que o garçom chega com nossas bebidas, percebo que "Wasting Love" está tocando e me endireito na cadeira, embalada pela música. Sem me conter, começo a cantar também e a prestar atenção à apresentação do músico. Apesar de estar um pouco distante, reparo daqui como ele é bonito. E grande. E charmoso. Quando seu rosto se abaixa para olhar para o violão, alguns de seus *dreads* caem por cima do ombro, sendo jogados para trás de um jeito bastante atraente quando ele volta a levantar a cabeça.

Meu encontro com Davi está tão ruim assim a ponto de eu me sentir atraída pela jogada de cabelo de alguém?

— Um som de qualidade faz toda a diferença, né? — Davi volta a puxar assunto e fico aliviada por termos algo em comum.

— Com certeza! A gente se empolga na hora.

Ele concorda com a cabeça e canta comigo, para me mostrar que também entrou no clima. De forma quase que automática, nossos troncos se movem no ritmo da música. Está sendo o momento mais leve da noite!

Então a música chega no refrão, atingindo notas mais altas.

E Davi decide acompanhá-la.

O resultado não é muito promissor, para dizer o mínimo. Sendo um pouco mais precisa, o som que sai de seus lábios é próximo ao de um animal ganindo.

Não me importo; afinal, não sou nenhuma rainha da afinação. Estou até dando risada do jeito que ele está fazendo graça da situação.

— Ter feito aula de canto foi uma das melhores coisas que fiz por mim.

Gargalho com a piada. Não imaginava que Davi teria esse senso de humor!

— Tendo uma maior noção de como empostar a voz — ele continua, tão sério que me faz questionar se está de fato brincando —, posso aproveitar melhor momentos como esse. Olha só!

Ele começa a se esgoelar, alcançando as mesmas notas que o cantor do bar. A questão é que apenas um dos dois sabe o que está fazendo, e não estou falando de Davi.

Pai amado. Ele estava mesmo falando sério.

Tomo um longo gole da minha caipirinha. De jeito nenhum vou encarar o resto desta noite sem um pouco mais de álcool nas veias. Penso de novo no meu sofá, mas não quero jogar dinheiro no lixo. Vou ficar até atingir o valor da consumação.

Peço licença e vou ao banheiro para matar tempo e preservar meus tímpanos.

Fecho a porta do reservado, apoio as mãos na pia e me permito ficar um pouco com a cabeça jogada para baixo, aproveitando a quietude abafada do ambiente. Quando acho que estou há tempo o suficiente dentro do banheiro a ponto de ter meu momento de solidão sem parecer que tive uma dor de barriga, respiro fundo e me encaminho para a porta, prestes a voltar ao martírio de antes.

Mas trombo com alguém na saída.

Aliás, seria mais correto dizer que dou com a cara em algo que me faz pensar em um muro e, ao olhar para cima, descubro ser o cantor. Ele é maior do que parecia à distância e reparo em um brilho de confusão em seus olhos escuros ao me encarar.

— Este é o banheiro...?

Sinto a entonação em sua frase incompleta e, quando ele olha para a porta do sanitário ao lado, entendo minha gafe.

Estava tão atordoada que entrei no banheiro masculino.

Em minha defesa, por ser um daqueles banheiros fechados, não havia mictórios para me ajudar a perceber o erro.

— Ai, droga, desculpa. Eu entrei sem perceber, mas não vou mais atrapalhar.

Ele abre um sorriso que me deixa perceber suas covinhas por debaixo do cavanhaque bem-feito e que ilumina seu rosto, contrastando com a pele marrom-escura.

— Noite difícil?

Deixo escapar uma risada pesarosa.

— Nem me fale. Esse negócio de aplicativo de relacionamento coloca a gente em cada furada.

O som da risada dele faz com que eu me sinta melhor, e me pego adiando ainda mais a volta para a mesa.

— E você não pode escapar? Dar uma desculpa para ir embora?

— Até poderia, mas não quero desperdiçar o dinheiro da entrada. Se paguei para consumir, vou fazer valer a pena, entende?

— Está certíssima. Espero que os drinks tornem a noite mais fácil então.

— Eu também!

Sorrimos um para o outro, e chega o inevitável momento de nos afastarmos. Sem graça, ele pede licença para enfim entrar no banheiro e eu, envergonhada, saio da frente. Quando retorno à mesa, tomo mais um generoso gole da minha caipirinha, percebendo que a porção de Davi está quase na metade.

Ele esboça dizer algo, e fico com a impressão de que estava prestes a comentar que demorei, mas percebeu que seria indelicado. Em vez disso, pergunta:

— Então, conta mais de você. O que você está buscando no aplicativo?

Viro para ele pensando em como responder. Acho que pegaria mal usar os termos que eu gostaria para definir "sexo sem compromisso", embora fosse o jeito mais verdadeiro de colocar as coisas. Talvez eu deva beber mais devagar.

— Algo mais casual, eu diria — respondo com o filtro das boas maneiras, colocando minha cautela de lado e terminando a bebida. — Não tenho interesse em envolvimentos profundos no momento.

Embora "profundo" seja bem o que espero, ainda que em outro sentido.

— É mesmo? Bom, acho que isso não é uma surpresa. Hoje em dia muitas pessoas parecem ter medo de se relacionar e evitam compromissos. Já eu estou em busca da minha cara--metade, da tampa da minha panela.

Ele ri de seu comentário supostamente espirituoso.

Quero responder que não tenho medo de me relacionar, mas guardo o comentário. Não estou com ânimo para discutir, então ele que pense o que quiser. Então só dou um sorriso sem dentes, balanço a cabeça em um gesto ambíguo sobre eu estar ou não concordando e chamo o garçom para pedir mais um drink. Só quero que a noite acabe.

O som de cordas sendo dedilhadas me faz perceber que a apresentação vai recomeçar e me viro para o palco por instin-to. O cantor parece estar olhando na minha direção e, quando sorri, tenho certeza de que sim, ele está me encarando. Uma sensação estranha surge dentro de mim, e esboço um sorriso discreto em resposta.

O músico, então, se aproxima do microfone e diz:

— Essa aqui é para todo mundo que sabe aproveitar uma oportunidade quando ela aparece.

Ele me encara tão fixamente que não me restam dúvidas de que está se comunicando comigo, e me empertigo na cadeira, curiosa pelo que está por vir e com medo de mais alguém ter percebido nossa troca. Especialmente Davi.

Para minha surpresa, ele começa "Papo reto" em versão acústica e, dessa vez, meu sorriso não é nada discreto. Ao con-trário, estou me segurando para não rir alto. Balanço a cabeça e o cantor desvia o olhar, virando o rosto para o violão. Mesmo assim, consigo ver seu sorriso atrevido, consciente de sua ousa-dia, enquanto segue tocando e cantando sem se perder.

Quando ele chega no refrão, minha expressão perde o ar de humor e respiro fundo. Engulo em seco só de imaginar esse homem maravilhoso fazendo coisas de um jeito que eu não esqueceria.

— É uma pena que você não esteja em busca do mesmo que eu. — A voz de Davi me faz pular na cadeira, mas não sei se ele percebe. Sacudo de leve a cabeça, tentando me concentrar no homem em quem eu deveria estar de fato concentrada. — Quem sabe você não muda de ideia, caso conheça alguém que valha a pena.

Apesar do tom casual, ele me encara, esperando uma resposta. Droga, não dá para me esquivar dessa.

— Quem sabe. Não posso afirmar nada, mas acho improvável. Realmente não é algo que eu queira.

— Mas por quê? Aconteceu algo? Você viveu algum relacionamento ruim?

Suspiro.

— Acho que vivi o que a maioria das pessoas vive: relacionamentos legais, que uma hora deixam de ser, compromissos que se desfazem com o tempo. Nada traumático nem perturbador. — Estou sendo sincera. Meu histórico amoroso é tranquilo. — Não é por isso que não quero me envolver. É só que... eu não quero. Só isso. Não precisa ter motivo, sabe?

Decido acreditar no que respondo. Afinal, faz sentido.

— Entendo. — Mas vejo no olhar dele que não, ele não entende. — Uma pena mesmo. Estou gostando bastante de você e da nossa noite.

Repito o gesto de sorrir e assentir, porque não sei o que dizer. Bebo mais um gole da minha segunda caipirinha e faço as contas de quanto ainda preciso gastar para cobrir a consumação. Acho que com uma água eu fecho o valor.

— Você é bonita e tem personalidade, pelo que percebi.

A tentativa dele de me agradar me força a ser mais compreensiva. É só o jeito dele, e mesmo que a gente não combine, esse é quem ele é, certo? Com certeza existe a tampa para a panela dele, como ele disse. Só que essa tampa não sou eu.

Como permaneço em silêncio, ele o preenche por mim.

— E você? Está gostando do Davi?

Todos os meus pensamentos compassivos passam a ficar muito mais fracos quando o ouço se referir a si mesmo em terceira pessoa. Meu Deus do céu, quem faz isso além do Pelé?

Levo alguns segundos para me livrar do choque e fico desorientada, pensando em como responder.

— Ahn, a Lilian acha o Davi bacana — respondo, e pigarreio logo em seguida.

Seu olhar se ilumina e me sinto o pior ser humano da face da Terra.

Acho que a Lilian precisa ir embora o quanto antes.

Porém, antes que eu possa dar uma desculpa, Davi se inclina sobre a mesa em minha direção.

Oh-oh. Ele vai me beijar?

Ele definitivamente vai me beijar.

Tento pensar rápido, mas o efeito da caipirinha dificulta um pouco as coisas.

Quando nossos lábios se tocam, fico surpresa. A sensação do beijo é agradável, apesar de haver uma mesa entre nós, e, por um segundo, relaxo. Às vezes o papo não fluiu bem, mas pode rolar uma química legal. E não se dispensa um bom amasso, certo?

Mas então a situação se altera e vejo que a impressão inicial foi boa demais para ser verdade.

Davi retira a língua da minha boca e contorna meus lábios com ela. A ideia realmente é boa e gosto de brincar assim, de interromper o beijo com provocações e mordiscadas. O problema é que ele parece *incapaz* de manter a língua onde ela deveria estar.

Toda vez que ela se junta à minha, Davi a retira, contorna meus lábios e a enfia de novo na minha boca. Incessantemente.

Tenho vontade de segurá-lo e mandá-lo manter a língua enroscada com a minha por tempo o suficiente para eu considerar isso um beijo, e não um tira-e-põe de língua que não só é estranho como também está deixando minha boca inteira babada.

É, oficialmente, o pior beijo que já dei na vida.

Assim que consigo me afastar, tenho vontade de sair correndo. Mas, mesmo que a noite com certeza já esteja arruinada, tenho noção de que seria horrível da minha parte simplesmente levantar e ir embora.

Então, me recosto na cadeira e pego minha bebida. Quase não há mais líquido nela, só uns pedaços de morango, mas concentro toda a minha energia em tentar pegá-los com o canudo. Dane-se a consumação, não vou pedir mais nada. Vou embora assim que for socialmente aceitável se despedir depois de um beijo.

Tenho a sensação de estar sendo observada, mas, quando olho para o palco, o cantor está de cabeça baixa, encarando o violão.

Percebo que Davi está com os olhos fixos em mim e cometo o erro de desviar minha atenção do palco, virando a cabeça em sua direção: ele interpreta o gesto como um desejo de voltar a beijá-lo e começa a se inclinar para repetirmos a experiência.

— Acho melhor não — me apresso em dizer. Sinto vontade de citar *Dirty Dancing*, mas me controlo por imaginar que ele provavelmente não entenderia meu "Este é o meu espaço de dança. Esse é o seu. Eu não invado o seu e você não invade o meu". — A mesa complica um pouco as coisas.

Dou de ombros, com um sorriso meio constrangido.

— Você tem razão. O que acha de irmos para outro lugar, assim aproveitamos melhor um ao outro, sem mesas para nos atrapalhar?

Esse cara só pode estar de brincadeira. Se o beijo dele é assim, não quero nem imaginar a língua dele passando por outros lugares.

Não tem como ele achar que as coisas podem estar sendo boas entre a gente, sério. Não temos nada em comum, a química foi desastrosa, então como ele pode estar achando qualquer parte disso legal? Será que ele quer tanto a tampa da panela dele que está tentando se convencer de que possa ser eu?

O pensamento faz com que eu sinta um pouco mais de compaixão. Só ele sabe das próprias buscas, e sei o quanto pode ser frustrante querer demais algo que nunca se concretiza.

— Olha… Acho melhor não — procuro falar com o máximo de delicadeza. — Preciso acordar cedo amanhã, e na verdade eu estava mesmo pensando em ir embora.

A primeira parte é mentira. A segunda, não. Mas ele não precisa saber disso, e eu torço para ele ter acreditado. Sou uma péssima mentirosa.

Ele me olha desapontado.

— Pode dizer. Você não gostou do Davi, né?

Fecho os olhos para a menção em terceira pessoa e tento ignorá-la.

— Você é uma pessoa legal, Davi — minto de novo, rezando para soar convincente e dizendo para mim mesma que é por um bem maior —, mas acho que não somos muito compatíveis. Tenho certeza de que você vai encontrar alguém que combine com você, mas não sou essa pessoa.

Ele assente e me sinto mais aliviada por ele ter compreendido.

— Bom, acho que vou indo então.

Viro de lado para pegar a bolsa pendurada em minha cadeira. Quando volto com o corpo para a frente, vejo Davi segurando o celular de um jeito estranho. Está alto e reto demais para quem simplesmente está conferindo mensagens. É mais como se ele...

— Você está tirando uma foto minha? — falo sem acreditar, quando me dou conta de que é exatamente isso que ele parece estar fazendo.

— Estou — ele responde, como se não fosse nada demais.

— Para guardar de recordação!

Ok, chega. Não fico aqui mais um segundo sequer.

— Você ficou tão linda — Davi continua, sem a menor noção de quão invasivo e bizarro está sendo —, parece até uma daquelas blogueirinhas.

Estou em pé, pronta para ir embora praticamente correndo, mas algo no último comentário começa a germinar pensamentos ainda nebulosos em minha cabeça, que aos poucos vão se tornando mais nítidos e maiores.

É isso.

— Muito obrigada, Davi — respondo, apesar de tudo.

Vou embora empolgada com a certeza de duas coisas.

A primeira é que eu estava certa. Chega de gastar tempo e energia em encontros furados.

A segunda é que estou muito próxima de ter a ideia que pode me ajudar a evitar a falência da Frida.

Capítulo 3

When the evening shadows, and the stars appear
And there is no one there to dry your tears
I could hold you for a million years
To make you feel my love
"MAKE YOU FEEL MY LOVE", BOB DYLAN

No sábado, chego um pouco antes do almoço para visitar meu pai. A casa em que ele mora é a mesma em que cresci, então vir aqui sempre enche meu peito com as lembranças de toda uma vida, o que, ao contrário de uma conta no Instagram, inclui momentos nem um pouco ilustres da minha existência. Tipo quando voltei completamente bêbada da primeira festa da faculdade — meu primeiro porre! — e vomitei no pé da minha mãe instantes depois de afirmar para ela que estava sóbria.

A rua, apesar de hoje em dia ser bem mais movimentada, ainda é bastante tranquila para o padrão dos bairros residenciais de São Paulo, e sinto que somos privilegiados tanto pela calmaria como por termos um jardim na frente da casa, o que é raro nesta selva de pedra. Ele sempre foi a menina dos olhos de minha mãe, que cuidava dele com todo o carinho. Depois que ela foi embora, meu pai assumiu a tarefa. Na verdade, o jardim ficou sem cuidados por todo o primeiro mês de ausência dela, e acho que, quando meu pai se deparou com a iminência de morte de muitas das plantas, sentiu que perderia mais uma conexão com mamãe.

Ao menos, essa é a explicação emocional da coisa. A mais prática é que vovó Nina deu uma tremenda bronca nele quando veio visitá-lo um dia e viu os lírios murchando. Desde então, papai assumiu a tarefa, e hoje é como se tivesse sempre sido ele o responsável pelo jardim. Acho que foi assim que ele encontrou forças para virar a página.

Apesar de eu ter a chave daqui e entrar direto na casa quando chego, toco a campainha antes de passar pelo portão. Não só gosto da sensação de ser recepcionada pelo meu pai, como também sinto que assim preservo sua privacidade.

Como sempre, meu pai abre a porta que dá entrada para a sala enquanto cruzo o caminho de pedras entre o jardim e a garagem. Ele está usando seus óculos para leitura, então suponho que estivesse no sofá com o jornal do dia.

Dou um abraço apertado nele, sabendo que, como sempre, vou ficar com o cheiro do seu perfume em minha roupa. Seu Elias vive perfumado, vaidoso que só. Mas, além do seu perfume, o cheirinho de almoço vindo da cozinha invade minhas narinas e faz minha boca salivar.

— O cheiro está ótimo. Qual o prato do dia? — pergunto quando passo pela soleira da porta.

— Arroz de forno. Mas não espere nada muito requintado, eu tive que aproveitar a mistura que sobrou dos últimos dias antes que estragasse, então juntei um pouco de queijo e arroz e taquei no forno.

— Aposto que está gostoso — falo, colocando minha bolsa no sofá. Assim que ensaio me sentar, ouço um barulho vindo do interior da casa.

Franzo a testa e olho com ar de interrogação para meu pai. Para minha surpresa, ele fica vermelho e só então noto que parece estar nervoso.

Ai, meu Deus, meu pai tem uma namorada nova! Eu e vovó estamos sempre o incentivando a sair com alguém, mas ele ignora, dizendo que esse ainda é um passo muito grande. Desde quando isso vem acontecendo? E já está sério assim para ele me apresentar para ela em um almoço de sábado em casa? Será que vovó já sabe?

Antes que possamos dizer qualquer coisa, uma mulher de meia-idade entra na sala. Se sua mera presença não fosse o suficiente para chamar minha atenção, a saia comprida e roxa combinando com uma bata amarela certamente o faria. Apesar das cores vibrantes, o visual é perfeito para ela.

— Ah, você deve ser a Lilian, o Elias fala tanto de você!

Ela vem para me cumprimentar e sou envolvida por um leve cheiro esfumaçado, ainda que agradável. Estou tão impressionada com a expansividade dela e a situação em si que tenho medo de o meu sorriso estar um pouco assustador, até porque não consigo fazer nada nesse momento além de sorrir. Antes de se afastar, ela apoia a mão em meu ombro e me encara. Seus olhos se estreitam um pouco e vejo uma ruga muito leve se formar na pele negra de sua testa. Sinto meu sorriso vacilar, mas ela logo se afasta e volta a agir como se fôssemos amigas de longa data.

— Esta é a Soraia, filha — meu pai fala, nervoso. — Ela, ahm… veio me dar uma ajuda aqui com a casa.

A ideia me choca mil vezes mais do que se ele tivesse me dito que estavam noivos.

Ok, talvez nem tanto. Mas ainda assim é chocante o suficiente.

Ajuda com a casa? Com os afazeres domésticos, ele quis dizer? Como assim? Meu pai sempre evitou contratar alguém para limpar a casa para ele por ser todo sistemático. Ele não gosta das coisas arrumadas, ele gosta delas arrumadas do jeito *dele*. Para evitar o estresse — dele e da coitada da pessoa que trabalharia com ele palpitando —, prefere ele mesmo fazer o serviço.

— Prazer, Soraia! Ahm... seja bem-vinda?

— O prazer é todo meu! Seu pai falou que você tem uma loja de roupas, né? Quero conhecer um dia com calma, perceber as vibrações de lá, se você quiser. As daqui estão melhores do que eu imaginei, viu, Elias?

Vibrações?

— Você vai perceber, filha, que não é muito difícil conversar com a Soraia.

Ela dá risada, mas engata na fala de meu pai sem me dar tempo para dizer qualquer outra coisa. Ou entender do que ela está falando.

— Ah, se deixar eu emendo um assunto no outro mesmo. Mas seu pai fala de mim como se ele mesmo não fosse bom de papo! Na verdade, foi ele que começou a conversar comigo. Todo mundo lá na escola adora ele, as meninas da limpeza sempre falam que não é todo professor que dá atenção para a gente, e seu pai é um dos únicos que sabe o nome de todo mundo.

— Isso é bem a cara dele mesmo, Soraia! — Falar do meu pai é território conhecido para mim. E pelo menos entendi onde os dois se conheceram. — Ele sempre foi assim, bom de papo e gentil com todo mundo.

— E criou bem a filha, estou vendo. Você tem os olhos dele, e o olhar dos dois é de gente boa. Não dá para esconder essas coisas, não. Sei reconhecer gente que não presta a quilômetros de distância — ela responde, antes de se dirigir a meu pai. — Já terminei a defumação, Elias. Deixei uma vela acesa no quintal, mas pode ficar tranquilo que não tem perigo, coloquei em um pratinho de água para ela apagar se cair. Vou pegar minhas coisas para ir embora, tudo bem?

— Fique à vontade! Você não quer ficar para almoçar com a gente? — meu pai fala, mas parece meio nervoso ao notar meu semblante de "Ué?".

— Não se preocupa comigo, Elias! Minha netinha vai lá para casa, fiquei de dar almoço para ela.

Quando ela nos deixa sozinhos e vai em busca de seus pertences, papai se apressa em me explicar:

— A Soraia é inspetora nova na escola e é uma pessoa muito legal. Como você deve ter percebido, ela não tem papas na língua também, então chegou um dia me dizendo que estava me sentindo meio para baixo e se ofereceu para vir aqui sentir a energia da casa. Disse que faria bem para ela também, que é sempre bom ajudar os outros, então achei que não teria problema.

Balanço a cabeça como se o estivesse repreendendo e me sento no sofá, batendo no assento ao meu lado para que ele me acompanhe, ainda tentando disfarçar meu choque. Meu pai é uma das pessoas menos supersticiosas que conheço. Uma vez, ele deixou um chinelo virado por uma semana inteira só para provar para minha avó que ela ia continuar viva. É óbvio que com isso ele conseguiu fazer com que vovó ficasse pelo menos o dobro do tempo sem falar com ele. Segundo ela, meu pai preferiu arriscar a vida dela para provar um argumento.

Ele suspira ao se sentar e abraça meus ombros. Eu me deito em seu peito, passando o braço por sua barriga proeminente, e coloco os pés na mesa à nossa frente.

— Bom, não posso dizer que não fiquei chocada, mas pelo menos é mais plausível do que as alternativas. Primeiro achei que você tivesse uma namorada nova. Depois, quando você falou que ela veio te dar uma ajuda com a casa, achei que você tivesse contratado uma faxineira!

— Nem brinca com isso, minha filha!

— Com qual das duas coisas?

— As duas! Mas principalmente a segunda, que me dá palpitação só de pensar nas minhas coisas todas fora do lugar.

Rio de seu comentário e o abraço mais forte. Já houve um momento em que eu temi descobrir que meu pai não era tudo aquilo que eu imaginava, como aconteceu com a Baby e o pai dela, mas o meu nunca me decepcionou. Óbvio, perfeito ele não é, e me tira do sério quando resolve pegar no meu pé por um motivo qualquer — especialmente quando vem ser sistemático com minhas coisas. Mas nossos atritos sempre foram os de duas pessoas que convivem muito uma com a outra, e não por eu ter me frustrado com seu caráter. Inclusive, nossa relação se fortaleceu ainda mais quando comecei a morar sozinha, distante desses desentendimentos bobos, apesar de tanto eu como meus pais termos estranhado a nova dinâmica no começo.

— Aliás, filha, o que te levou a concluir que a Soraia era faxineira? — pergunta intrigado.

— Você falou alguma coisa sobre ela ajudar com a casa...
— Tento me lembrar de quais palavras ele usou.

— E isso foi o suficiente para você tirar essa conclusão?

Então me dá um de seus olhares profundos, que me força a pensar para entender seu raciocínio, mas falho na missão.

— Foi? — respondo demonstrando que não saquei aonde ele quer chegar.

— Não acha que foi uma associação problemática? Por ela ser negra? — Ele usa um tom suave, mas firme, e enfim entendo. Falei besteira, droga. — Você sabe que esse trabalho é uma herança dos tempos de escravidão, não sabe?

Papai é professor de História, só para contextualizar.

— Sei — admito, um pouco constrangida. — Meu primeiro impulso seria dizer que nem pensei na cor da pele dela, mas também sei que, lá no fundo, a associação pode, sim, ter sido essa.

Ele dá um tapinha na minha perna.

— Mas quer saber o que acho, pai? — Eu continuo sem esperar sua resposta. — Ser sistemático é uma desculpa. A real é que ter uma faxineira seria classe média demais para você. O próximo passo seria começar a planejar as férias da família na Disney.

Agora é a vez dele de rir e, quando o sorriso adquire um ar melancólico, sei qual será o próximo assunto.

— Se eu soubesse como as coisas terminariam, talvez eu até tivesse cogitado fazer algo assim…

A relação dos meus pais era algo que me fazia me sentir sortuda, o que só dificultou as coisas. Foi impossível não me sentir traída.

Eles se conheceram em uma manifestação pelas Diretas Já — meu pai, recém-formado em História, minha mãe, aluna do segundo ano de Ciências Sociais — e se apaixonaram quase instantaneamente. Sempre gostei de imaginar a cena: os dois protestando com paixão, clamando pela democracia e encontrando um no outro a intensidade de suas próprias convicções.

Fui a filha única mais e menos mimada da história. Meus pais dedicaram todo o seu amor, seu carinho e sua atenção a mim, mas sempre souberam dosar minha educação para não me "estragar". Tudo funcionava na base da conversa em casa, e tive, desde pequena, responsabilidades designadas, assim como orientações que me faziam entender melhor nossa vida e a das pessoas que nos cercavam. Se hoje me considero uma mulher ciente do mundo em que vivo, devo isso à forma como fui criada. Devo ao fato de eles sempre terem sido um time.

Nunca vou me esquecer do olhar do meu pai quando mamãe foi embora. Eu já o tinha visto chateado, mas aquilo? Aquilo era dor em estado bruto.

— Bom, não adianta a gente pensar muito nisso, né? — Corto o assunto antes que ele se estenda. Dou um beijo em sua bochecha e me coloco de pé. — E aí, vamos almoçar? Minha barriga está roncando aqui. Aliás — brinco com ele —, pode abrir o jogo, pai. O almoço vai ser alguma simpatia ou é só comida mesmo?

— Aí seria pedir muito de mim. Vem me ajudar a colocar a mesa!

★ ★ ★

Estou passando o café depois do almoço quando meu pai puxa assunto enquanto lava a louça.

— Essa mulher, a Soraia, me chamou para ir a um encontro na igreja dela — fala de um jeito acelerado que entrega o quanto seu ar despreocupado é fingido. — Estou pensando em ir.

Acho que hoje é o dia de o meu pai fazer revelações surpreendentes. Nunca fomos religiosos, então não esperava ouvir isso dele. Eu me encosto na pia ao seu lado, cruzando os braços à espera de mais informações.

— Não sou muito por dentro do assunto, mas igreja? Com o papo das energias, vibrações e tal, estava esperando algo mais holístico.

— Ah, a Soraia frequenta vários lugares, pelo que me falou. Mas, na verdade, não tem nada a ver com a igreja. Ela organiza um daqueles grupos de apoio emocional, para as mais diversas situações, e o salão de lá, que é perto da casa dela, foi o que ela conseguiu para as reuniões.

Ah.

— Estava pensando se você não gostaria de ir comigo… — ele complementa, devagar.

Levo um tempo para responder. Sou a favor de meu pai fazer o que bem entender, ainda mais se for bom para ele. Mas, para mim, a ideia de estar em um lugar com pessoas falando das próprias dores é tão agradável quanto depilar a virilha com cera quente.

— Acho que não é muito minha cara, pai. — Minha voz soa abafada por causa da cabeça baixa. Papai também evita me encarar, mantendo a atenção na louça.

— Ainda é difícil para mim, Lily.

— Eu sei. — Quero dizer que é difícil para mim também, mas, apesar de tudo, manter contato com mamãe facilitou as coisas. — Olha, pai, se vai te fazer bem, vai mesmo! Só acho que ir a um lugar assim não me ajudaria.

Ele assente, embora saiba o quanto a dissolução da nossa família ainda me afeta.

— Se mudar de ideia, me avisa. Quarta é o primeiro encontro!

— Pode deixar!

E não tocamos mais no assunto.

Capítulo 4

We don't need romance
We only wanna dance
We're gonna let our hair hang down
"MAN! I FEEL LIKE A WOMAN", SHANIA TWAIN

— Espero receber uma versão mais detalhada do seu encontro fracassado do que aquele projeto de mensagem que você mandou no sábado — Bianca fala assim que chega na Frida, na manhã de segunda-feira.

Para variar, ela entra parecendo uma artista de cinema com seus óculos escuros de aro dourado, que com certeza comprou pensando na combinação que o acessório faria com suas luzes cor de mel recém-feitas, inspiradas em um *look* da Tais Araújo.

— De que adianta ser sua melhor amiga se não tenho acesso à versão do diretor sobre suas saídas?

— Bom dia para você também. E é bom que o atraso seja por motivos de "café".

Mesmo fingindo estar brava, ela me entrega um dos copos que traz nas mãos, que aceito com avidez, e aproveita para guardar os óculos.

— Esperei para contar porque seria mil vezes mais divertido falar pessoalmente e ver sua reação — falo, depois de tomar

44

um longo gole da bebida. — Até onde eu me lembre, era a senhorita que estava ocupada e não podia se encontrar comigo.

Minha empolgação maior, na verdade, é contar para ela a ideia que Davi sem querer me deu, mas Bianca não sabe disso.

— Oh-oh, atrapalhei a DR? — ouço Vivi falar quando entra na loja, completando nosso trio.

Embora Viviane seja alguns anos mais nova, nós três nos demos bem quase que instantaneamente. Quase, porque, admito, duvidei um pouco, no começo, que ela se encaixaria entre nós. Quer dizer, nem eu nem Bianca podemos ser consideradas rainhas da discrição, e Vivi é o oposto. Na entrevista de emprego, quanto mais eu encarava seus olhos azuis translúcidos e o cabelo loiro claríssimo, mais eu sentia o impulso de checar seu currículo para confirmar que ela tinha mesmo 22 anos e não 15 — o que fiz três vezes, admito. E sua pele clara ruborizou com tanta intensidade nos primeiros minutos que questionei como ela seria capaz de lidar com o trabalho a que tinha se candidatado. Mas então entendi: Vivi pode ter dificuldade para falar de si mesma, mas não sobre os assuntos que domina. Como me explicou depois, ela veste a máscara da comerciante quando está com as clientes e pode fingir ser alguém que não é. Quase caí para trás a primeira vez que a vi atendendo; ela foi tão comunicativa e cheia dos sorrisos que nem parecia a mesma pessoa. E, também, fui descobrindo que Vivi é do tipo tímida só com quem não conhece. Mesmo que ela continue sendo reservada sobre a própria vida, quem a vê interagindo hoje com a gente não pode adivinhar como ela chegou toda assustada e gaguejante.

— Tudo sob controle, Vivi — comento, após outro gole do café. — Só a Bianca que não me atualizou sobre o encontro dela porque ficou no bem-bom até ontem e ainda vem me cobrar por não ter contado em detalhes sobre o meu. Francamente.

— Olha só você superestimando minha vida. Ontem fiquei enrolada com o trabalho da pós-graduação, por isso não pude te encontrar. Vai, conta tudo!

Bianca se senta no banco ao meu lado, atrás do caixa, de onde eu sei que ela não vai se levantar até eu terminar.

Vivi dá de ombros e se apoia no balcão.

Como acabamos de abrir e não tem nenhum cliente na loja, respiro fundo antes de contar todo o encontro com Davi. Dou todos os detalhes, porque sou uma amiga generosa. Bianca e Vivi vão reagindo como espero e guardo para o final as melhores — ou piores — partes. Quando descrevo o beijo, Vivi está gargalhando e Bianca arregala tanto os olhos que sei que ela só não está tão surpresa quanto eu fiquei com a experiência porque, afinal, ouvir não é a mesma coisa que ter passado por *aquilo*.

— Mas isso não foi o mais bizarro — falo, fazendo suspense.

— Pera, tem como piorar? Você não foi em frente depois de um beijo horroroso desses, né?

Nego, indignada, a sugestão, e aí conto que flagrei Davi tirando uma foto minha enquanto eu pegava a bolsa para ir embora.

A primeira reação de Bianca é ficar em silêncio, processando o que escutou. Em seguida, ela ri tão alto que quase posso sentir sua barriga começar a doer. Vivi me encara boquiaberta por instantes, e então solta:

— Bom, poderia ser pior, ele poderia ter mirado seus peitos, não sua cara.

Contorço o rosto na mesma hora com a sugestão e Bianca ri com ainda mais gosto.

— Você tem razão — ela diz quando consegue recuperar o fôlego. — Foi o pior *date* da história. E, só para registrar, eu avisei. Não podia sair algo de bom de alguém que não gosta de cachorro.

— Ele não gosta de cachorro?

Bianca aponta para Vivi e me encara como se dissesse "Viu, é óbvio que isso não era um bom sinal".

— Pelo menos tenho história para contar e me divertir com ela, vai.

— Olha, se for para me divertir desse jeito, prefiro ficar em casa vendo série na Netflix.

— É, você tem razão. Mas você não pode reclamar muito, você tem bem mais opções que a Vivi e eu. — Faço um gesto com o indicador sinalizando nós duas, mas Vivi desvia o olhar quando a encaro. — Cada vez mais lamento o dia em que nasci hétero, porque esse negócio de gostar de homem é sofrido.

Bianca é bissexual, o que torna seu apelido, Bi, um tanto quanto irônico.

— Se eu ganhasse um real a cada vez que ouço isso... — Ela quase revira os olhos, e fico com a sensação de ter falado besteira. — Está mais para eu ter mais chance de me decepcionar, isso sim.

— O negócio, então, é afundar no trabalho, que ele pelo menos não decepciona — completa Vivi, e corre para a frente da loja para organizar araras que já me parecem perfeitamente organizadas.

— Ah, preciso te mostrar esse novo fornecedor que encontrei!

Bi é a responsável pela coleção na Frida ser tão diversificada. Não sei como ela consegue, mas ela deveria pensar seriamente em incluir em seu currículo a habilidade de encontrar novos fornecedores, cada um com uma peça mais incrível — e a preços ótimos — que a outra.

Isso pensando como amiga. Como chefe, talvez eu prefira que ela não saia se gabando disso por aí.

Eu adoraria um dia poder trabalhar com confecção própria e até cheguei a propor isso para ela, como uma forma de sociedade, quando a convidei para trabalhar comigo, mas Bianca prefere esperar. A pós-graduação em Negócios da Moda tem tomado boa parte de seu tempo — e dinheiro — e, mesmo que eu saiba que lá no fundo ela não vê a hora de exercer seu lado designer, sei que ela fica satisfeita escolhendo as peças com que trabalhamos. É uma forma de colocar sua criatividade em prática.

Por isso, também, ela topou meu convite. Seu trabalho anterior, como gerente em uma butique, era muito mais burocrático e não pagava tão bem assim para deixá-la receosa de abrir mão de um emprego mais estável. Quer dizer, Bianca tem um salário fixo na Frida, como tinha antes — mas esse salário só existe enquanto a loja também existir.

— E eu preciso te contar a ideia que o Davi sem querer me deu! — enfim exclamo.

— Você primeiro — ela me diz, em um misto de surpresa e receio.

— Pensei em assumir a cara da Frida. Da loja, no caso — acrescento ao ver o olhar de confusão de Bianca, provavelmente me imaginando caracterizada de Kahlo, o que ela sabe que eu não faria. — Bancar a blogueira nas redes sociais para promover a loja! Talvez o perfil da Frida esteja morno, para não dizer "às moscas", porque as pessoas não criam vínculos com peças de roupas, e sim com seres humanos, ainda mais se for alguém com quem elas se identificam. Posso mostrar como tive a ideia de abrir a loja, a dificuldade que tive a vida toda para comprar roupas... Quanta gente não passa pela mesma coisa?

Não comento com ela o quanto estou contando com isso para tentar aumentar as vendas. Embora a loja tenha estreado no prejuízo, a situação ainda não é tão alarmante a ponto de ser necessário preocupar Bianca.

Ao menos foi o que assumi para mim e como decidi encarar as coisas.

— Genial, Lily! O Davi merece até uma segunda chance.

— Tá, não é para tanto — respondo, apesar de seu ar zombeteiro entregar que ela não estava falando sério.

— Com certeza, até porque a ideia foi sua. Mas, de verdade, eu adorei! Acho que tem tudo para funcionar. Já pensou em como começar?

Então, quando não estamos atendendo ou resolvendo pendências burocráticas, passamos o tempo todo procurando perfis semelhantes para serem fonte de estudo e pensando em diferentes postagens. Mas, apesar da empolgação inicial, ficamos sem ter o que fazer no meio da tarde, com o movimento fraco de hoje.

Até Bianca ter a ideia de brincar com meu Tinder.

Ela desinstalou o aplicativo do celular dela por pura preguiça de continuar nele, mas vira e mexe pede para usar o meu. Bi se diverte vendo os diferentes perfis e, às vezes, até mesmo curte alguns por mim. Segundo ela, só faz isso com aqueles em que vê potencial, e insiste em dizer que um dia serei grata a ela por isso.

— Quero dar um tempo dos encontros depois dessa última experiência. — A única vez que cliquei no ícone vermelho foi ontem à noite, em um momento de distração, mas saí assim que percebi meu gesto automático.

— Vai, Lily! Nem precisa interagir com ninguém se você der match, só quero ver os caras e rir deles para passar o tempo. E, se você estivesse assim tão decidida, já teria deletado o app.

Ela me olha com tanta cara de pidona que cedo, ignorando sua observação. Bianca bate palmas de empolgação e coloca sua cadeira ao lado da minha enquanto desbloqueio a tela do meu celular. Vivi apenas nos olha e ri em silêncio, balançando a cabeça, enquanto Bi toma o celular das minhas mãos.

— Vou aproveitar e arrumar o estoque. Se precisarem de algo, me avisem.

Mas já estamos tão compenetradas que nem respondemos.

Vamos passando pelas fotos e a amostra ali é mais do mesmo: é de fazer rir, chorar e rir para não chorar. Porém, enquanto passamos pelos perfis e lamentamos a falta de boas opções, arranco de repente o celular da mão de Bianca ao reconhecer um rosto.

— É melhor você curtir, senão eu volto a usar o app só para dar match com ele.

— Eu acho que conheço ele. É o músico que tocou no bar na sexta!

— Aquele em quem você esbarrou na saída do banheiro? Que deu em cima de você com "Papo reto"? Eu já disse que amei a ousadia?

Confirmo com a cabeça enquanto vou analisando o perfil.

Marcos, descubro o nome dele, tem 26 anos, e sua bio informa que ele não sabe muito bem o que escrever sobre si. Deslizo para ver suas outras fotos e o sorriso luminoso me faz sorrir de volta, mesmo estando em 2D. Como um cara lindo desses, parecendo tão despreocupado e alto-astral com sua cerveja na praia, não impressionaria? Só de olhar para ele já me sinto bem.

Porém não é essa a imagem que mais chama minha atenção. Fico uns segundos extras admirando um retrato que não tem nada de mais, sem entender direito por que fiquei tão hipnotizada. Marcos está sentado em um banquinho segurando um violão, e tem umas caixas de ovos na parede ao fundo. A foto nem ao menos é das melhores, parece meio tremida, como se quem a tirou não tivesse nascido exatamente para isso. Mas ele está tão confortável ali, e sorrindo de um jeito tão afetuoso...

Será que devo curtir? Seria estranho, considerando que a gente se conheceu em meio ao meu outro encontro? Aliás, eu quero mesmo curtir?

— Tá esperando o quê, dona Liliane?

Essa é a forma de Bianca me chamar quando faço algo que ela desaprova. Ou, nesse caso, quando não faço algo que ela acha que devo fazer.

Ah, dane-se! Se dermos *match*, não vai significar que *temos* que sair. E, se acabarmos saindo, não acho que ele tem cara de alguém que proporciona um encontro furado.

Deslizo a foto dele para a direita e, na mesma hora, recebo o aviso de *match*.

Ai, caramba, ele também me curtiu!

— Isso! — Bianca estende as palmas para um cumprimento. — Você falou para ele que estava em um encontro do Tinder, né? Ele deve ter aberto o aplicativo lá mesmo para ver se seu perfil aparecia. Você já vai mandar um oi?

— Não sei... Não queria mandar só "oi", mas também não quero ficar enrolando. Você não tem noção de quanto ele é mais gato pessoalmente.

Se é para quebrar a minha própria resolução, que seja com um encontro bem-sucedido. Penso um pouco, tentando achar o tom perfeito entre ser descontraída, simpática e nada desesperada para vê-lo de novo — porque realmente não é o caso.

Em algum momento da história foi fácil e descomplicado chegar em um *crush*?

Digito: "Olha só! Acho que conheço você, certo?" e mostro para Bianca em busca de aprovação.

— Manda!

Aperto "enviar" e sinto uma pontada de expectativa. Mas com a expectativa vem um certo receio. Ele me pareceu legal na sexta, mas vai que é um babaca? E se ele tiver curtido meu perfil só de zoeira, para ver se eu curtiria de volta? E se ele tiver curtido na hora, achando que descolaria uma saída ali mesmo e, como não aconteceu — porque eu nem abri o aplicativo lá —, ele me ignorar agora?

Vejo uma cliente entrando na loja e guardo o celular embaixo do balcão.

— Te mando *print* se ele responder.

É Bianca quem vai atendê-la, enquanto aproveito para checar se houve algum novo pedido em nosso site e tirar as possibilidades sobre Marcos da cabeça. Quando abri a loja física, pareceu lógico abrir um e-commerce também, já que vivemos em dias em que basicamente tudo é virtual, mas nossa demanda ainda é baixa.

Vivi retorna e para ao meu lado.

— Você vai mesmo para a aula comigo hoje? — ela pergunta.

— Vou, até trouxe minha roupa de academia. A gente vai direto, né?

Vivi me convenceu a me inscrever na aula experimental de *FitDance* com ela. Na verdade, ela comentou um dia que estava pensando em começar na academia que frequenta e na mesma hora fiquei interessada. Eu queria mesmo voltar a fazer alguma atividade física — mamãe era minha companheira de caminhadas, mas nos vemos tão pouco nos últimos tempos que isso acabou ficando de lado — e, como adoro dançar, achei que algo com música seria uma boa opção. Mas a ideia da academia em si não me agrada nem um pouco. Não preciso ir até lá para saber que vou ser uma das únicas pessoas gordas — se não a única —, o que me deixa totalmente exposta. Odeio os olhares espantados nem um pouco disfarçados.

— Oba! Pelo que eu vi das vezes que fui lá, você vai adorar!

Capítulo 5

After all this time
I never thought we'd be here
Never thought we'd be here
When my love for you was blind
But I couldn't make you see it
Couldn't make you see it
That I loved you more than you'll ever know
A part of me died when I let you go
"BLIND", LIFEHOUSE

Não, eu não adorei.

Ok, preciso ser justa. A aula ainda está no começo e, até agora, está sendo bem legal, então meu problema não é com ela em si. E, como Vivi tinha falado para me convencer, decidi ignorar toda e qualquer expressão que pudesse me deixar desconfortável, focando no fato de que eu tenho o direito de estar aqui, de que tenho o direito de ter meu corpo como ele é.

A questão é que, como o mundo é um ovo, a academia da Vivi é a mesma do Pedro, meu ex-alguma coisa, e sua nova namorada.

De verdade, eu fico feliz pelos dois. Não nutro nenhum sentimento por ele e não tenho o menor interesse em me comparar com ela — minha autoestima agradece! —, mas esse tipo de encontro é sempre tão desconfortável. Especialmente porque eu e ela estávamos no maior papo antes de saber que tínhamos algo em comum.

Assim que eu e Vivi chegamos na academia, fomos direto para o vestiário e comecei a trocar na mesma hora minha roupa de trabalho por um top e uma legging. Aquela coisa de tirar o curativo de uma só vez.

E foi assim que conheci Carol, minha ex-futura nova amiga.

Porque né, por melhor que seja minha autoestima, é forçar um pouco a amizade querer manter contato com a atual do ex.

De qualquer maneira, lá estava eu, prontíssima para a aula, quando Vivi confessou que sempre morreu de vergonha de fazer academia só de top. Confesso que minha primeira reação foi querer revirar os olhos, considerando que ela jamais vai precisar passar pelo que passei, magra desse jeito, até conseguir sair seminua em público. Mas então me lembrei que, embora Vivi não sofra as minhas questões, ela pode ter as dela. Acreditar que ser magra é a solução para tudo é parte do problema. De qualquer forma, não acho que as pessoas *tenham* que tirar a camiseta para se exercitar, mas com certeza é muito errado sentir que você *não pode* ficar sem ela. Quer dizer, nesse caso não se trataria de uma simples preferência, e não é legal sentir que você *precisa* se cobrir. Pior, sentir que você precisa se *esconder*.

Então sugeri que ela tentasse ficar só de top para ver como se sentiria com a experiência.

Foi quando a Carol entrou na história.

— Desculpa me intrometer assim, mas não pude deixar de ouvir a conversa de vocês e só queria dizer que te entendo. Eu também morro de vergonha.

Olhei para ela e não precisei de muito para acreditar no que ela dizia: de camiseta larga e ombros encurvados por causa dos braços cruzados, seu corpo magro encolhido parecia querer se fechar em si mesmo.

— Espero que um dia você se livre dela — falei da forma mais gentil que pude. Perdi muito tempo até entender que posso usar as roupas que eu quiser, independentemente do meu corpo. — É libertador quando a gente se aceita e para de se importar com o que vão dizer de nós. Quer dizer, as pessoas vão falar de qualquer jeito, então que pelo menos a gente esteja fazendo uma coisa boa por nós mesmos.

Carol soltou um muxoxo.

— Você tem razão, só que não consigo não me sentir errada... Não me sinto desconfortável com meu corpo, só acho que eu não deveria mostrá-lo para o mundo, sabe?

— Entendo totalmente — Vivi se manifestou. — É como se a gente não tivesse valor expondo nosso corpo por vontade própria, né?

— Isso! Eu sei que é uma ideia machista, mas é tão difícil. — Carol suspirou. — Foram muitos anos de repressão me fazendo acreditar nela.

— É difícil mesmo — concordei — e é revoltante que essas ideias só existam para manter a gente sob controle. Mas tenho certeza de que você é muito mais forte do que imagina, mulher. Quando descobrir que só você tem o controle sobre si, vai brilhar mais que o Edward no sol, vai por mim.

Foi como ver o tempo se abrir aos poucos depois de dias de chuva. Ainda um pouco reticente, Carol descruzou os braços e foi se endireitando. Então, tive a sensação de que ela estava se permitindo sentir pela primeira vez aquela força que já existia nela.

— Quer saber? Você tem razão! Vou aproveitar essa sensação agora, antes que eu perca a coragem.

Carol puxou a camiseta pela cabeça, revelando um top como o meu. E, para minha alegria, Vivi fez a mesma coisa e jogou a camiseta longe. Tudo bem que no momento seguinte ela percebeu que tinha exagerado na empolgação e a recolheu, com um risinho de nervoso, mas pelo menos não voltou a vesti-la.

Aplaudi a atitude das duas, satisfeita por ter ajudado naquele primeiro passo, e saímos do vestiário como se nos conhecêssemos havia décadas. Carol, cujo nome nem eu nem Vivi sabíamos até aquele instante, apesar de nosso momento de empoderamento compartilhado, ainda parecia um pouquinho constrangida, mas isso não era nada perto de seu sorriso de satisfação por ter conseguido enfrentar uma coisa tão desafiadora para ela.

Mas foi ali mesmo que morreu a possível amizade que estava nascendo, porque demos de cara com Pedro, que não sei se ficou mais confuso em ver a namorada de top ou em me encontrar ao lado dela.

— Lily? Ahm, eu não sabia que você frequentava esta academia.

Na hora em que o vi, meu estômago se contorceu. Ele continua o mesmo, o cabelo raspado só não deixando o rosto redondo mais aparente por causa da barba cheia e bem aparada, a pele clara meio pálida por não se expor muito ao sol. Ao mesmo tempo, ele me pareceu um desconhecido, ou como se tivesse feito parte da minha vida em outra existência. Algumas lembranças me atingiram como um raio, especialmente a sensação de como estar com ele era tranquilo. Engoli em seco.

Eu e o Pedro nos conhecemos no final de 2015, e o fato de termos nos dado tão bem me ajudou exatamente no momento em que eu precisava parar de me lamentar pelo que tinha acontecido com a minha família e decidir que era hora de mudar de vida.

— Ah, vocês se conhecem? — Carol perguntou empolgada, ainda naquela felicidade inocente de achar que seu namorado é colega de sua possível nova amiga e que poderíamos todos nos sentar juntos para lanchar no recreio. — Aliás, a gente nem se apresentou! Prazer, meu nome é Carol.

— Pois é — falei quando consegui voltar a raciocinar. — Eu sou a Lilian, esta é a Vivi.

O assunto deu lugar a um constrangimento pesado. Vivi, assim como Carol, não fazia ideia do que estava acontecendo, porque terminei com Pedro enquanto ainda estava no processo de planejamento da Frida. Mas nossas expressões de peixe morto deixaram óbvio que havia alguma coisa no ar.

— E aí, como você está? Sofrendo muito com os erros intraduzíveis?

Fiquei arrependida na mesma hora, culpando o desconforto por ter me feito falar sem pensar.

Pedro é tradutor, e eu adorava conversar com ele sobre isso. Eu achava superinteressante a complexidade de transpor um texto para outro idioma, isso sem contar que vivia conhecendo novos livros em primeiríssima mão. Uma das coisas com as quais ele tinha mais dificuldade eram os erros propositais, porque nem sempre existe um equivalente para eles em outra língua, e isso acabou virando uma brincadeira entre nós. Passamos a usar de propósito, sempre que possível, palavras parecidas, mas com sentidos diferentes do que queríamos dizer, para que ele aumentasse o próprio arsenal, o que poderia ajudar na hora do trabalho. Eu também sempre compartilhava minhas trocas pornográficas de palavras, e fiquei muito feliz quando Pedro conseguiu, por minha causa, substituir um "aconchegado" por "encoxado" em uma tradução — na cena original, a protagonista estava "tucked up" na cama, o que significa "confortável", mas a outra personagem fazia uma confusão com "fucked up".

E naquela hora, do jeito que perguntei, ficou meio na cara que não somos apenas conhecidos, além de ser bem provável que meu comentário tenha sido um gatilho para lembranças do tempo em que estivemos juntos.

— Ah, o de sempre. Muita demanda, nem tanto reconhecimento. E você? Fiquei sabendo que conseguiu abrir seu negócio. Parabéns! — Ele pegou o começo de tudo, a ideia da Frida surgindo e os primeiros passos para tirá-la do papel.

— Abri sim. Muito obrigada! Estou bem feliz com o resultado.

Carol fez menção de abrir a boca, mas algo a impediu de continuar. Ela e Vivi vinham acompanhando a conversa como duas espectadoras em um jogo de pingue-pongue, e talvez tenha ficado um pouco óbvio que algo tinha acontecido entre mim e Pedro.

— Acho melhor a gente ir para a aula. Vocês têm o que agora? — Vivi, que não o conhece, não deve ter reparado, mas eu sabia que ele estava tão desesperado quanto eu para que minha resposta indicasse que não teríamos a mesma aula. Para nosso azar, eu não era a única ali que tinha feito o curso "Jeito Pedro de Ser".

— *FitDance* — respondi, com medo do que ele diria.

— Ah, boa aula para vocês então! Nós temos *Body Combat*.

E foi assim que voltei a respirar mais aliviada, apesar de termos nos despedido com pressa e deixado tanto Vivi quanto Carol com cara de quem não entendeu nada.

— Depois te explico — falei para a Vivi quando entrávamos na sala.

Agora estou aqui, tentando deixar qualquer resquício de desconforto de lado enquanto me entrego à energia que tomou conta da aula. A música contagia tanto que nem me importo com alguns olhares surpresos que percebo ao meu redor, de pessoas que com certeza acreditam que gordura e atividade física não combinam. Quando eu era mais nova, cheguei a cair nessa história, entrando no ciclo vicioso horrível de me culpar por meu peso por não me exercitar e, ao mesmo tempo, me sentindo incapaz disso, limitada por meu tamanho. Mas hoje, além de entender que não sou responsável por ser gorda — sempre fui gorda independentemente do meu estilo de vida —, aprendi também a respeitar o tempo do meu corpo. No meu tempo e com a prática certa, posso fazer o que eu quiser. As capacidades do nosso corpo e da nossa mente são muito maiores do que a gente imagina.

Sigo os exercícios tomada pela adrenalina, movimentando braços e pernas em um ritmo que eu nem sabia que era capaz. Meu Deus, se eu soubesse que *FitDance* era tão bom assim, teria começado antes!

Olho para Vivi pelo espelho à nossa frente e ela parece tão empolgada quanto eu, de bochechas coradas e olhos transparecendo disposição.

Depois de uns dez minutos, começo a sentir os membros mais pesados, e vai ficando cada vez mais difícil levantá-los. Respiro fundo para não perder o ritmo, mas, quando olho de novo para Vivi, ela também parece menos entusiasmada. Seu cabelo está grudado na testa, levemente franzida pelo esforço.

A professora sente a tensão surgir na sala e grita frases motivacionais, nos incentivando a continuar.

Então, a sessão de agachamentos começa, e tenho certeza de que não vou aguentar. Minhas pernas tremem tanto que, sinceramente, não sei como ainda não caí. Isso sem contar a queimação em músculos da coxa que eu nem sabia que tinha. É como se meu corpo estivesse me dando um spoiler nada animador de como vou acordar amanhã.

Quando a aula finalmente acaba, eu e Vivi estamos um caco. Quero desabar no chão e não levantar nunca mais, mas, ao mesmo tempo, me sinto revigorada.

— Quão masoquista você vai achar que eu sou se disser que adorei?

— Eu estava pronta para dizer que quero mais, Vivi.

Damos risada e vamos até o vestiário tomar uma ducha. Felizmente, não vejo Pedro e Carol no caminho.

Depois de voltarmos a ficar um pouco mais apresentáveis, vamos até a lanchonete da academia. Vivi me convence a pedir um suco verde. Já que é para passar pela experiência *fitness*, que seja completa.

— Então — ela fala assim que se senta a uma mesa vaga —, qual é o rolo com o tal do Pedro?

Prolongo a expectativa enquanto pego um banquinho. Meu olhar experiente me informou que a cadeira estreita não seria a opção mais confortável para as minhas coxas — para não dizer que, talvez, elas nem sequer coubessem no assento.

— Ele é meu ex-alguma coisa — enfim falo. — Passamos um tempo juntos. Não chegou a ser um namoro, mas foi mais que uma ficada ocasional.

— E o que ele fez?

— Como assim?

— Se ele é ex, boa coisa não deve ser. O que aconteceu para vocês terminarem?

— Ai, coitado, agora me senti mal de ter passado essa impressão. Na verdade, ele não fez nada, é um cara bem bacana.

Vivi me encara, confusa.

— E aí um dia vocês acordaram, decidiram que tinham cansado e foi isso? Porque sério, aquela torta de climão entre vocês deu a entender que as coisas não terminaram tão de boa assim.

Dou um suspiro profundo antes de continuar, me deixando levar pelas lembranças.

— É que elas não terminaram mesmo muito bem. Mas foi por minha causa.

— Quê? — Vivi fica tão chocada que se inclina em minha direção, fazendo um barulhão ao se chocar com a mesa sem querer e derrubando um pouco dos nossos sucos. Ela pega um guardanapo e limpa a sujeira enquanto continua a falar:

— Não vai me dizer que você foi a *boy* lixo da história!

Dou risada do comentário.

— Não, não fui. A gente teve uma relação bem legal, eu gostava de estar com ele. O papo fluía, a gente tinha uma boa química... — suspiro, tomada pela nostalgia. Não me permitia pensar em Pedro há um bom tempo. — Mas era só isso. E ele queria mais. Na verdade, ele se apaixonou. — A lembrança causa um aperto em meu peito. — Então terminei, antes que as coisas se complicassem.

— Odeio tanto quando isso acontece!

— Nem me fale... A gente tinha uma relação tão legal, foi uma pena ter acabado nesse clima estranho. Por mais que ele tenha dito que entendia, que eu não era obrigada a corresponder aos sentimentos dele, acho que ele não aceitou tão bem assim.

Uso o canudo biodegradável para mexer o suco, empurrando a espuma para baixo no copo. Foi mesmo uma droga que eu e Pedro estivéssemos em momentos tão diferentes.

— E por que você acha isso? — Vivi franze a testa ligeiramente.

Faço uma careta ao dar outro gole no suco, de repente notando mais o sabor azedo do limão em meio ao gosto de couve.

— Porque ele achava que eu estava fugindo — respondo ao engolir. — Que na verdade eu só não admitia que gostava dele.

Não culpo Pedro por ter pensado assim. Passamos por muitos momentos especiais.

Percebo Vivi me observando.

— E ele tinha razão?

— Óbvio que não! Francamente... — Deixo escapar um riso de desdém. — Do que eu poderia fugir?

Capítulo 6

Quero saber só do que me faz bem
Papo furado não me entretém
Não me limite que eu quero ir além
Porque a vida é louca, mano, a vida é louca
"Dona de mim", IZA

Acordo na terça-feira como se um caminhão tivesse me atropelado.

Meu primeiro pensamento é que a aula realmente fez efeito, mas quando percebo que preciso correr para o banheiro, cogito se na realidade o responsável pelo mal-estar não foi o suco verde, já que, ao que tudo indica, ele está de fato tentando me purificar.

Quando volto para o quarto, estou suando frio e definitivamente me sentindo mal. Me jogo na cama e mando uma mensagem para Bianca, avisando que não tenho condições de trabalhar desse jeito. Ela me responde na hora, sugerindo que eu tire o dia e, se for o caso, vá ao médico.

Agradeço, mas ignoro o comentário sobre ir ao médico. Só vou em casos de extrema necessidade, porque sei que vou chegar lá e vão dizer, de alguma forma, que o problema tem a ver com o meu peso. Enrolo meu corpo no edredom e apago mais uma vez.

Desperto algumas horas depois com a tela do meu celular acendendo, e ainda me sinto péssima. Quando começo a cogitar uma gripe, um novo episódio de dor de barriga me convence de que deve ser intoxicação alimentar.

Depois de ir mais uma vez ao banheiro e pegar um remédio no armário, procuro algum restaurante que entregue sopa ou outra coisa bem leve, além de água de coco, para me hidratar.

Só então checo minhas mensagens e vejo que foi uma de meu pai que me despertou. Por um instante, fico tocada com seu pressentimento de pai sobre meu bem-estar, mas o sentimento evapora quando constato que, na realidade, ele quer saber se não quero mesmo acompanhá-lo no grupo da igreja amanhã. Tinha até esquecido da reunião, de tão interessada que estou nela. Respondo que não e acrescento um emoji mandando um beijo, além de desejar um bom encontro.

Sem forças para me levantar e sem ter mais o que fazer, me rendo a entrar no Tinder, curiosa para saber se Marcos me respondeu.

Abro um sorriso ao constatar que sim.

Fiquei torcendo para você não ter se traumatizado com o app a ponto de não entrar mais nele. Preciso confessar que estava aqui com medo, sem saber se não tinha dado match com você por você não ter visto ainda meu perfil ou por não ter me curtido de volta.

Ele me enviou a mensagem tarde da noite ontem, então pode ser que, se eu responder agora, ele demore mais um tempo para falar comigo de novo. Tento não pensar muito antes de enviar minha resposta.

Ficou com receio de a sua serenata não ter funcionado?

Começo a navegar pelas redes sociais, fazendo hora, na esperança de ele me responder logo. Então tenho uma ideia: vou atrás do site do pub de sexta e checo a agenda dos últimos shows até encontrar a informação que estou procurando.

Abro o Facebook e digito "Marcos Alvim". Diante dos vários resultados, filtro as buscas para São Paulo. Entre os resultados, encontro o Marcos que eu queria: uma *fanpage*, que ele deve usar como instrumento de trabalho, e um perfil pessoal. Clico no segundo sem pensar duas vezes.

Rolo por sua linha do tempo, mas fico frustrada ao constatar que ou ele não deixa as postagens públicas ou ele mal usa a rede. Pelas poucas coisas que vejo ali — principalmente os compartilhamentos dos *posts* de sua página de trabalho —, não consigo saber nada dele além do que já sei. Por desencargo de consciência, checo também a *fanpage*. Como eu previa, apenas informações profissionais.

Mas não me dou por vencida: abro o Instagram e jogo o nome dele na ferramenta de busca. De novo, encontro vários perfis e preciso rolar um pouco a tela até chegar no meu Marcos. (Não meu *meu*, mas o Marcos que estou procurando.)

Mais uma vez, fico frustrada ao constatar que ele também só usa essa rede de modo profissional. Mal vejo vestígios de uma vida pessoal, inferno.

Derrotada pela falta de descobertas e por ele ainda não ter me respondido, levanto apenas para pegar minha canja. Depois de comer, apago na cama praticamente até o final do dia.

* * *

É só no dia seguinte que começo a me sentir um pouco melhor, mas ainda estou muito fraca para sair de casa. Aviso novamente a Bianca e decido fazer *home office* hoje. Pelo menos consigo monitorar as redes sociais e fazer tarefas administrativas.

Marcos ainda não deu sinal de vida, e me recuso a ficar na expectativa de falar com ele. Ele é bem gato, mas ninguém merece depender assim de resposta de homem. Aproveito e coloco o celular no silencioso para trabalhar melhor. Com uma xícara de chá, sento em minha mesa na varanda da sala — a ideia pode parecer chique, mas a verdade é que foi o único lugar em que ela coube — e abro o laptop, decidida a começar pelo Facebook. Respondo comentários e mensagens da caixa de entrada e programo algumas publicações. Quando chega a vez do Instagram, pego novamente o celular, ansiosa por colocar meu lado blogueira em prática.

Mas basta abrir o aplicativo para a empolgação se fazer de desentendida. Apesar de ter anotado várias ideias com a Bianca, não faço a menor ideia de por onde começar. Quer dizer, eu sei a foto que vou postar — uma que já tinha tirado vestindo uma das roupas na loja para mostrar como fica no corpo —, mas que legenda coloco? A ideia é deixar o perfil mais pessoal, então escrevo um textão sensível contando minha história? Penso em uma frase curta e espirituosa? Deixo a revolta vir à tona e faço uma denúncia de gordofobia?

Na dúvida, opto por uma mescla das três coisas, acrescentando um "Acesse nosso site na bio!" ao final, o que me faz me aprumar inteira na cadeira. Estou muito blogueirinha!

Publico a foto com um frio na barriga e segurando a vontade de atualizar o feed a cada segundo para conferir as reações, se as pessoas vão curtir e comentar. Enquanto espero, decido também gravar uns stories, talvez me apresentando e mostrando a navegação no site. Mas, assim que abro a câmera, perco a coragem. Quer dizer, a gente ainda nem tem tantos seguidores. E se ninguém se interessar por ver ou responder? Não vai ser meio ridículo ficar falando sozinha? Não consigo evitar a sensação de ser uma fraude e ficar achando que todo mundo vai perceber isso.

Aí me vem à mente a imagem da Carol tirando a camiseta na academia, junto de suas palavras empolgadas: "Você tem razão!".

Preciso tentar.

Abro o bloco de notas no computador e esboço um roteiro rápido do que vou dizer no vídeo, em tópicos, para não me perder. Uso minhas ideias e as de Bianca para me nortear.

Quando estou preparada, ajeito o celular em posição de selfie. Mas, ao ver meu rosto, abaixo na hora o telefone, horrorizada. Estou com cara de quem teve um dia de rainha ontem — alternando entre a cama e o trono — e agora preciso de um tratamento de princesa para aparecer na internet.

Corro até o banheiro e passo corretivo, lápis, rímel e brilho labial, apenas para dar um *up*, mas sem parecer que estou produzida. Solto o cabelo, antes preso de qualquer jeito com uma piranha, e jogo para o lado, dando volume.

Mais apresentável — o que não é tão difícil após um episódio de intoxicação alimentar —, retorno à varanda, releio meu roteiro e, acomodada, clico no ícone na tela do smartphone para gravar.

Começo a falar, mas estou nervosa, olhando para os lados como se alguém estivesse me espiando. Como é que posso me sentir julgada estando sozinha na minha casa? Paro de gravar, sacudo a cabeça espantando minhas neuras e volto a me concentrar na gravação. Recomeço, mas minhas palavras saem tão agudas que preciso parar mais uma vez, pigarrear e tentar de novo.

Dessa vez, me saio melhor e as palavras fluem… até minha mente sofrer um apagão. Não faço ideia do que dizer em seguida!

Descarto o vídeo, minha perna batucando sob a mesa.

Tento de novo. Agora, até consigo falar mais um pouco, mas me enrolo em uma palavra.

Busco pensar pelo lado positivo. Os imprevistos até que foram favoráveis, porque acabo de reparar que esse ângulo está deixando a luz no meu rosto estourada — ou talvez eu tenha demorado tanto que a luz mudou. Vou girando o corpo até ficar satisfeita, meu braço esticado querendo tremer de tanto tempo segurando o aparelho. Preciso tomar cuidado; nessa posição, o celular está próximo demais da beirada da sacada.

Recomeço a gravação e consigo falar sem me interromper. Até que, quando estou quase no fim, reconheço ao longe um som ficando cada vez mais alto.

Respiro fundo ao descartar por sei lá que vez consecutiva o vídeo que gravei e aguardo o helicóptero passar, tão barulhento que parece estar tentando fazer uma panorâmica de dentro da minha sala.

Ouço no fundo da minha mente os aprendizados do *coaching* sobre as coisas que nos atingem serem aquelas que alimentamos, então digo para mim mesma que não vou deixar essa situação me estressar. Todo mundo ao meu redor ficou meio cético quando eu disse que queria usar parte do meu dinheiro guardado — uma *boa* parte, vale dizer — para isso, mas eu estava desesperada para dar a volta por cima.

Quando não há mais nenhum helicóptero passando, vizinhos falando alto — alguém do apartamento de cima saiu na sacada nesse meio-tempo para mandar um áudio no WhatsApp — nem cachorros latindo na calçada, aproveito a deixa e falo de uma só vez, com medo de ser mais uma vez interrompida. Assistindo à gravação, pareço estar com pressa e levemente perturbada, com os olhos um pouco arregalados, mas vai ficar assim mesmo.

Não acredito que levei mais de vinte minutos para gravar um vídeo de trinta segundos! Eu que não peguei o jeito ou vai ser assim sempre?

Quando enfim o publico, depois de legendar o que falei, estou mais cansada do que se tivesse saído da aula de *FitDance*, mas não é meu corpo que está exausto. Minha cabeça voltou a pesar.

Pelo menos deu tempo de algumas pessoas interagirem com a foto na linha do tempo, de acordo com as notificações. Abro um sorriso ao constatar uma movimentação um pouco maior do que de costume. Acho que as pessoas gostaram, estão até marcando outros perfis!

A animação anula parte do meu cansaço anterior e decido fazer uma pausa, procurando na cozinha algo que sirva de almoço — não posso me dar ao luxo de pedir comida dois dias seguidos.

O tempo todo fico querendo checar as respostas no perfil e os comentários nos stories, mas me controlo. Vou comer e só depois olhar o celular.

Depois de comer, volto ao trabalho e desbloqueio a tela com o coração palpitando de ansiedade. Mas ele para de bater assim que leio as notificações, e meu almoço ameaça voltar à garganta.

Ai agora que virou moda esse negócio de ser gorda o que mais tem na internet é gnt passando vergonha com as banha de fora kkkkk

Apesar de já ter ouvido muita baboseira por causa do meu peso, o comentário me pega desprevenida. Fui ingênua por nem ao menos ter pensado na exposição que a internet promove, levada pela empolgação da ideia. Imaginei que só acompanharia o perfil da Frida quem se identificasse conosco, e como mantenho meu perfil pessoal restrito, fui inocente de acreditar que esse também seria um ambiente seguro. Quando uma conta é pública, as pessoas se sentem ainda mais no direito de falar o que pensam, sem se preocupar se vão ou não ofender alguém. Elas se esquecem que liberdade de expressão é muito diferente de ódio gratuito e que existem pessoas de carne e osso por trás de qualquer trabalho.

Fico uns instantes tremendo, sem saber como reagir, um zumbido crescente em meus ouvidos e minha garganta querendo fechar. Estou triste e me sentindo agredida, mas também estou com raiva. Não importa quantas vezes eu tenha sentido, ao longo da vida, que sou encarada como um erro, que não tenho o direito de existir porque *ouso* ter um corpo considerado errado — como se qualquer pessoa fosse escolher, por livre e espontânea vontade, ser algo que ninguém aceita, tão sujeito a agressões. Quem me olha não enxerga um ser humano, uma mulher, uma pessoa qualquer: só vê meu peso, uma gordura nojenta, e me reduz tanto a um paradoxal nada que se vê no direito de me atacar, como se fizesse questão de me alertar da minha transgressão... afinal, quem sabe assim não crio vergonha na cara, dou um jeito na minha vida e trato de emagrecer?

O que vejo na tela são palavras, mas elas doem tanto quanto cada empurrão que levei de propósito nas ruas, de pessoas com raiva por eu estar ocupando tanto espaço e atrapalhando a passagem.

Quero excluir o comentário e bloquear a pessoa, mas isso não vai excluir os efeitos que ela me causou. O dano está aqui, reativando feridas que levei anos para curar, trazendo fantasmas que, a muito custo, pararam de me assombrar. Mais do que tudo, esse comentário, como todos os outros semelhantes que recebi ao longo da vida, são um reflexo dos piores pensamentos que, um dia, cheguei a ter sobre mim mesma.

Então, penso nos motivos que me levaram a abrir a Frida. Fiz isso para acolher mulheres, para que todas pudessem se sentir no direito de ser como são. E, honestamente? Eu sabia que isso causaria incômodo em algum momento. O diferente assusta. Aceitar calada esse tipo de ataque é o mesmo que não me posicionar. É o mesmo que dizer que tudo bem ofender alguém só por não o considerar merecedor de respeito.

Respiro fundo, levando muito mais tempo para digitar do que o normal, trocando as letras porque minhas mãos estão tremendo. Primeiro, despejo as palavras com a fúria que sinto, querendo que elas machuquem como me machucaram, que elas criem um escudo para que nunca mais volte a doer assim. Mas, conforme o ódio é expurgado, meu lado sensato ganha forças.

Não posso responder na mesma moeda. Seria inútil, além de indigno da minha parte. Eu sou maior do que isso, em todos os sentidos, e me orgulho de quão grande eu sou.

Apago e recomeço.

Olá! Acredito que você não conheça o trabalho da Frida, então permita-me apresentá-lo.

As palavras vão jorrando de mim e faço algumas pausas para reler e corrigir o texto conforme ele vai ficando maior.

Nosso conceito é o de oferecer roupas para todas as mulheres, independentemente de seus corpos. O que desejamos é que nossas clientes se sintam acolhidas e à vontade para serem quem são. Lamentamos muito que você tenha se sentido desconfortável em nosso ambiente, mas garantimos que, aqui, só são dignas de vergonha as atitudes discriminatórias. É permitido expor todo tipo de banha, se quem as têm se sentir confortável em fazer isso; preconceitos, no entanto, devem permanecer encobertos, se não for possível eliminá-los. Uma pena que ainda não exista dieta para esse caso!

Sei que fiz a coisa certa, mas isso não faz com que eu me sinta melhor. Embora eu me orgulhe da minha capacidade de me defender, é tão injusto precisar fazer isso. Eu só queria viver sem sentir que, todo dia, estou entrando em um ringue.

Quando sinto os olhos arderem, sei que está na hora de tomar providências e me forço a invocar meu propósito de desafiar Newton. Faz um tempo que prometi não derrubar mais uma lágrima que fosse e sigo firme em minha promessa. Não vai ser agora, por causa disso, que vou descumpri-la.

Ao me colocar de pé, a energia volta a correr pelo meu corpo, e me sinto determinada a sair desse estado emocional a qualquer custo. Sem demora, vou em busca das minhas caixinhas de incenso. Quando o cheiro de alfazema preenche o ambiente, pego meu celular lá fora, fecho a porta de vidro da varanda e solto a cortina. Sentada no chão, recosto-me no sofá e, acomodada pela textura fofinha do tapete abaixo de mim, ligo o aplicativo de meditação guiada, tentando me lembrar de por que minha loja vale a pena.

Quando percebi que precisava sair do limbo em que tinha ido parar depois que minha mãe foi embora, foquei o resto de energia que eu ainda tinha em coisas que me ajudassem a me sentir melhor — ironicamente, por sugestão da minha própria mãe. Na primeira vez que a encontrei depois de tudo, ela me disse que eu não podia me entregar daquele jeito. Concordei e, como resolução de ano-novo, passei a fazer meditação e a adotar um modo mais positivo de lidar com a vida, tentando me esquivar da negatividade. Mamãe, como sempre, estava certa: eu estava cansada de me sentir mal.

Foi assim que decidi abrir a Frida. A faculdade de Relações Internacionais me parecia muito empolgante quando eu tinha 17 anos, e eu achava que, depois de formada, viajaria pelo mundo exercendo funções para lá de importantes, vestida em um terninho e saltos altos que me deixariam a cara da elegância e da riqueza. Mas a realidade enfurnada em um escritório, tão distante do que eu ansiava, se mostrou bem menos glamorosa. Mais do que tudo, parecia criar uma versão de mim que eu não reconhecia mais. Dia após dia, ia crescendo a ideia de descobrir quem eu era e o que eu queria de fato.

Foi fazendo compras no saldão de começo de ano — ou melhor, tentando — que tive um estalo. Entrei em uma loja porque me apaixonei pela estampa de um vestido e fui procurar um no meu número. Óbvio que não encontrei, e isso só alimentou minha frustração. Pensei em como seria minha loja perfeita, aquela que atenderia a todas as minhas necessidades. Assinei meu aviso prévio na semana seguinte.

Como consegui um acordo de demissão, como se não tivesse sido eu que pedi as contas, pude sacar parte do meu fundo de garantia e juntei com o que consegui com a venda do meu carro. Porém, mesmo com um empréstimo, ainda assim não levantei o bastante. Fui obrigada a mexer no dinheiro de mamãe, o que ela vinha me incentivando a fazer e eu negava veementemente, mas me convenci de que seria por uma boa causa, na falta de melhores opções. Ainda assim, não foi fácil encontrar um bom local, com um preço que ficasse dentro do orçamento. Quando encontrei o imóvel em uma região central, perto do metrô e por aquele aluguel, achei que enfim a sorte estava a meu favor. Mas conseguir o alvará de funcionamento foi quase um parto natural sem anestesia, e, por muito pouco, não perdi o imóvel para outra pessoa interessada. Durante a reforma, encontrei pontos de infiltração que me fizeram entender o motivo do aluguel estar mais em conta do que o esperado. Com todos os imprevistos que surgiram, gastei muito mais do que poderia. Mesmo que eu tivesse me planejado, que tivesse me consultado com especialistas, eu ainda era inexperiente.

Quase um ano depois de muito planejamento, dor de cabeça e um investimento considerável, abri a Frida. Ainda que tenha sido uma atitude arriscada e que tudo seja ainda muito incerto, mesmo depois de um ano de funcionamento da loja, sei que foi a melhor decisão que eu poderia ter tomado.

Conforme a voz tranquila que guia a meditação vai entrando por meu ouvido, vou sentindo a tensão nos ombros se dissipar junto da angústia que havia preenchido meu peito. Aos poucos, minha autoconfiança vai se restabelecendo.

Meu trabalho é relevante. Meu trabalho é importante. Meu trabalho tem ajudado mulheres a se sentirem bem com quem elas são. Um comentário maldoso é só isso, uma gotinha de ódio em um oceano de humanidade.

Quando termino a sessão, a mágoa e o medo de reabrir o Instagram ainda estão aqui, mas acompanhados da sensação de que, como antes, eles vão passar.

Capítulo 7

And so I run to the things they said could restore me
Restore life the way it should be
I'm waiting for this cough syrup to come down
"Cough Syrup", Young the Giant

— O que você pensa que está fazendo aqui, dona Liliane?

— A parte boa de ter uma loja é que posso vir até ela quando quiser, sabe?

Apesar de me encarar com ar de indignação, Bianca pega a bolsa do meu ombro, entregando-a para Vivi guardar, e puxa um banquinho para eu me sentar. Embora ache o gesto bonitinho, não consigo evitar uma risada por ela estar me tratando como se eu estivesse debilitada.

— Vai jogar a cartada do "meu brinquedo", é? Não sabia que você era daquelas crianças que levam a bola embora quando não podem jogar. Mas sério, Lily, eu falei que eu e a Vivi tínhamos tudo sob controle, por que você não ficou em casa?

— Acho que ela cansou do banheiro do apartamento e quis vir testar o da loja.

— Porque fiz isso ontem e anteontem — respondo, ignorando a piadinha de Vivi, embora a olhe com ar risonho. A convivência realmente fez a timidez dela evaporar mais rápido que água caindo em asfalto quente. — Dois dias de molho foram o suficiente, juro! Prometo ir embora se passar mal — acrescento quando ela torce o nariz.

Como Bianca não detém os direitos exclusivos de ser teimosa, ela se dá por vencida ao ver que não vai conseguir me convencer.

Mas é verdade, os últimos resquícios de mal-estar passaram e acordei renovada. Ainda estou comendo coisas mais leves, mas não tinha motivos para ficar em casa, ainda mais podendo ser útil aqui. Além disso, acho que a loja vai me ajudar a esquecer o episódio no Instagram. Bianca conversou comigo assim que viu o comentário, e suas palavras de acolhimento ajudaram bastante. Pensando em converter a situação em algo positivo, trocamos várias ideias de postagens empoderadoras e conscientizadoras, e isso me animou um pouco mais. Vai servir como produção de conteúdo e propaganda da loja? Vai, mas vai também ser uma extensão da minha voz — e, acredite, não é pouco o que tenho a dizer.

— Se você insiste... Enfim, lembra aquele fornecedor novo que comentei na segunda? Ele aceitou trabalhar com a gente!

Demoro um pouco para entender o ânimo todo de Bianca, compartilhado por Vivi, mas então faço as contas mentais.

— Com mais esse fornecedor, completamos dez. Caramba, a gente está crescendo! — falo animada.

— É impressionante! Mas, Lily, a gente também precisa tomar cuidado. Precisamos conferir quais peças saem mais para saber se tem alguma discrepância entre as roupas de cada fornecedor. Se algum não estiver vendendo tanto, é o caso de avaliar se continuamos com ele ou não, para não jogarmos dinheiro fora. E podemos fazer um saldão das roupas acumuladas.

Bianca tem razão. Ainda estamos na fase de tentativa e erro, experimentando estratégias e vendo o que funciona para nós e o que não funciona, mas não podemos deixar as coisas virarem uma bola de neve.

— A gente tem esse controle, né? — ela me pergunta. — Da origem de cada peça?

— Temos no registro. Mas não tenho uma planilha fazendo a comparação entre os fornecedores.

— É bom começar a fazer, Lily. Você consegue?

— Deixa comigo!

Abro o Excel enquanto Bianca e Vivi assumem outras tarefas. Depois dos meus dois dias ausente, elas parecem ainda mais em sincronia, e fico feliz por perceber o quanto posso contar com minha equipe.

Mais uma vez, mergulho no trabalho e mal sinto o tempo passar, sendo despertada para o mundo real apenas quando recebo uma chamada de vídeo da minha avó.

Vó Nina é uma das pessoas mais adeptas da tecnologia que conheço, ao menos em comparação com outras da idade dela. Apesar dos seus 76 anos, ela é com certeza a pessoa da família com mais disposição. Uma vez ela me convenceu a acompanhá-la em uma aula de Pilates, mas não dei continuidade, não por não ter gostado, mas por ter me sentido humilhada com ela se dobrando inteira e eu quase sem conseguir encostar no meu próprio joelho. Em minha defesa, se ela tivesse me levado para uma aula de dança como Vivi fez, seria ela quem desistiria da ideia.

Minha avó simplesmente é viciada em aplicativos e está sempre experimentando as novidades da internet. O que significa que ela ama fazer chamadas de vídeo; afinal, se fosse para fazer uma ligação comum, ela não teria um smartphone, certo?

— Oi, vó! — falo quando aceito a chamada depois de me fechar no estoque, para o caso de alguma cliente entrar na loja.

— É bom você aparecer para o café no final da tarde ou tiro você do meu testamento.

— Então a senhora acha que sou uma neta aproveitadora, é? E por que razão eu teria interesse em um conjunto de crochê para sala?

— Se você resolve agir como uma neta desnaturada, preciso apelar para meus bens materiais. Tão desnaturada que nem reconhece mais meu estilo. Como se eu fosse mesmo alguém que usa capa de crochê em sofá.

Não pontuo que a casa dela era exatamente assim quando eu era criança, porque ela logo pergunta:

— Você vem mesmo hoje ou não?

— Só se a senhora fizer bolinho de chuva.

— Já até comprei o doce de leite para você rechear!

★ ★ ★

— Bati. — Vovó Nina coloca as cartas na mesa com orgulho.

— Não sei por que eu ainda insisto — reclamo, baixando as minhas.

Aproveitando que estou com as mãos livres, passo os dedos no prato salpicado de açúcar, canela e farelo dos bolinhos de chuva agora inexistentes.

Enquanto vovó tem sua metade da mesa tomada por canastras enormes, a minha tem apenas duas consideráveis e outras três fracionadas. Essa é nossa terceira partida de buraco e, provavelmente, foi o meu melhor desempenho. Nem me animo a fazer a contagem de pontos.

79

Vovó, óbvio, está contando sua pontuação em voz alta e sorrindo para mim com deboche, competitiva que só ela. Sei que ela não vê a hora de anotar no caderno o resultado da partida e somar com os demais, o que vai deixar ainda mais escancarado o fracasso que eu sou no jogo.

— Hm... 930, 940, 950, 960... 975, porque tem o ás! E não é que eu fiz menos pontos que na anterior? Quantos pontos você fez?

— O suficiente para sair daqui com a minha dignidade ferida. Francamente, já passei por humilhação demais esta semana.

— Nem parece que fui eu que te ensinei a jogar — ela diz, mas seu tom resmungão não esconde o fato de ela estar feliz por ter me vencido de novo. — E o que de tão ruim aconteceu?

— Além de eu ter dado de cara com o Pedro na academia e ter tido piriri no dia seguinte?

Não incluo na conta o encontro desastroso de sexta com Davi (até porque ele aconteceu na semana passada) nem o ataque no Instagram. Nosso tom é descontraído e quero que ele continue assim.

Ela arregala os olhos.

— Mas eu não imaginei que você ainda gostasse dele a ponto de te dar dor de barriga.

— Não, vó, não gosto. — Dou risada com o comentário. — O piriri provavelmente foi por causa do suco verde que tomei, na mesma academia onde a gente se encontrou.

— Vocês ficam inventando moda e dá nisso! Nunca vou entender esse negócio de ser *fit*. — As incursões da minha avó pelas redes sociais a deixaram a par do termo. — Como foi esse encontro?

Apesar de seu espírito jovial, vovó Nina nunca teve problemas em aceitar a própria idade. Ela tem muito orgulho de seus cabelos brancos, que jamais cogitou tingir. O cabelo curto e ondulado destaca seus olhos com as rugas típicas da idade. Por detrás dos óculos, eles me encaram atentos à minha resposta.

— Esquisito. Ficou aquele clima estranho entre a gente. Fora isso, foi tudo bem. — Dou de ombros. — Ele está namorando e eu adorei a moça. Pena que não podemos ser amigas.

— Ué, por que não?

— Ah, vó, seria estranho, né?

— Só por que vocês dormiram com a mesma pessoa? Eu hein, Lily, parece que você que é a senhora aqui. Se você não sente nada por ele e ela seria uma boa amiga, qual o problema? Nunca se deve recusar uma amizade.

Balanço a cabeça, sorrindo. Vovó provavelmente está certa, mas, por enquanto, a ideia ainda é estranha para mim.

— Mas que bom que ele está com alguém legal. Eu gostava desse moço.

— Fiquei feliz por ele também — falo com sinceridade.

— E falando em contatinhos — vovó também conhece esse termo... —, amanhã sou eu que tenho um encontro. Ele tem a minha idade, perdeu a esposa há uns dez anos e se sente muito sozinho. — ... e é adepta do Tinder.

— E vão aonde, ao bingo?

— Sua debochada — ela retruca, mas seu sorriso é carinhoso. — Pois saiba que vamos naquela cafeteria que você gosta.

— A da mamãe?

Essa é a minha referência. Foi minha mãe que me apresentou o lugar. Ela ficou encantada quando passou por ele pela primeira vez, por causa da aparência intimista e aconchegante. Não é nenhuma cafeteria de rede, tem poltronas confortáveis e serve os melhores bolos que já comi na vida. Não é à toa que é lá que me encontro com mamãe muitas vezes.

— Essa mesma. — Vovó assente com certo pesar. Ela gostava muito de mamãe e sofreu com tudo por causa dos próprios sentimentos, não só por preocupação com o filho. — Você tem falado com ela?

— Faz uns dias desde a última vez. Estava pensando em ir encontrá-la no final de semana. — Foi um alívio quando descobri que vovó, assim como eu, mantinha contato com mamãe sem que meu pai soubesse. Desde então, esse é nosso segredo.

— Mas eu quero ver quem é o cavalheiro que vai se encontrar com minha avó.

— Já estava estranhando você não pedir para ver. Deixa eu abrir aqui uma foto dele. — Vejo o dorso de suas mãos salpicado de manchinhas na pele branca de um tom mais claro que a minha enquanto ela mexe em seu celular. — Ah, ele me mandou uma mensagem!

A conversa toda me lembra que desencanei por completo da resposta de Marcos e não voltei a checar se ele apareceu. Aproveito que vovó está entretida com seu celular e abro o aplicativo.

Ah, eu sabia que tinha funcionado. Só fiquei com medo de você ter resolvido dar outra chance pro cara e me deixar sem nenhuma.

— Acho que não sou só eu que tenho um novo contatinho...

— E quem falou que eu tenho?

— Esse sorriso aí não me engana, sei reconhecer a quilômetros alguém se engraçando com homem. Vai, deixa eu ver quem é.

— A senhora primeiro!

Depois de ver o novo pretendente da minha avó, conto para ela como conheci Marcos e a surpresa de ter visto o perfil dele no Tinder. Só então deixo que ela veja a foto dele.

Quando ela arregala os olhos e franze a boca em aprovação, sei que não fui só eu a ficar impressionada com a beleza dele.

Capítulo 8

We are the very hurt you sold
And what's the worst you take
From every heart you break
And like the blade you'll stain
Well I've been holding on tonight
"HELENA", MY CHEMICAL ROMANCE

— Oi, mãe!

Quando chego ao Parque Ibirapuera no sábado à tarde, mamãe já está me esperando. Sentada na grama, de frente para o lago, ela parece quase parte do cenário. O sol refletindo em sua pele e fazendo o cabelo escuro brilhar me faz pensar em uma cena idílica.

— Estava com saudades de você, minha flor.

— É, eu sei que demorei dessa vez. Tive uns dias meio corridos.

Eu me sento ao seu lado, e ela assente com a cabeça, sem julgamentos, especialmente por eu não dizer que também estava com saudades. Desnecessário. Ela sabe como me sinto.

Desde que tudo aconteceu, há quase três anos, é assim que nos encontramos: no parque, no café, em algum outro lugar especial para nós duas. Ainda é demais para mim visitá-la em sua nova casa ou recebê-la na minha.

Por um momento, ficamos apenas sentadas, sentindo o calor do dia e observando a movimentação.

— Como estão as coisas na Frida?

Então conto para ela sobre a receptividade das clientes e como a experiência tem sido incrível. Mamãe não me interrompe em momento algum, apenas me encara com orgulho.

— Precisamos aumentar as vendas, então resolvi assumir as redes sociais da loja, para deixar um ar mais pessoal. — Engulo em seco antes de continuar. — Às vezes me pergunto se essa dificuldade toda não é um castigo... por eu ter usado o seu dinheiro.

— Já conversamos sobre isso, Lily. Era o certo a fazer, mesmo que você não quisesse. — Ela abaixa a cabeça. — O que mais está te incomodando?

Óbvio que mamãe desviaria o assunto.

Suspiro.

— Logo na primeira publicação em que apareci, recebi um ataque gordofóbico.

— Sinto muito, filha. — Seu olhar me diz o quanto ela se entristece.

— É, foi uma droga, para variar. Mas acho que lidei bem, até.

— Você sempre lidou.

— Graças a você. E ao papai. Mas não acho que seja verdade...

Ainda me lembro de todas as vezes em que desejei ser diferente para não precisar ouvir as coisas que me diziam ou encarar a forma como me olhavam. Com pena. Com repugnância. Com alívio por não serem gordos como eu. Mais do que isso, lembro de como doía quando eu era ridicularizada. Uma vez, cheguei à sala de aula e vi que tinham colado um adesivo na minha carteira. Era uma baleia.

Eu não devia ter nem 12 anos, mas lembro do adesivo em detalhes. E o maior erro de quem o colou ali, em uma tentativa de dizer que eu me parecia com aquele desenho, foi não ter reparado que a baleia sorria.

Depois de um tempo, com ajuda, eu consegui compreender essas atitudes como pura maldade. Era mais fácil para as outras pessoas enxergarem o problema, porque elas condenavam ataques como aquele, e deixavam claro que não era tudo bem. Não doía menos, mas tinha uma explicação e gerava repúdio.

O pior era lidar com a forma naturalizada com que as pessoas associavam tudo à minha gordura.

Se eu ficava cansada ao final do bimestre, não era por ter feito várias provas e trabalhos, como os demais alunos, era porque eu precisava emagrecer um pouco para me sentir mais disposta. Se eu ousasse pedir hambúrguer, batata frita e refrigerante quando saía com meus amigos e seus pais, ficava sabendo, depois, que eles tinham aconselhado *os meus pais* a me instruírem a me cuidar, mesmo que o pensamento não se aplicasse aos filhos *deles* — comendo exatamente as mesmas coisas. Uma vez ouvi da orientadora de alunos que eu não seria bem-sucedida quando crescesse se continuasse gorda. Ela não disse com essas palavras, mas o "você tem um rosto tão bonito e é tão inteligente, só precisa cuidar mais de você para conquistar tudo aquilo que deseja" deixou bem implícito. Meus pais fizeram uma reclamação formal na escola, mas não deu em nada. Para os diretores, a orientadora só estava preocupada comigo. Chegaram até a argumentar dizendo que muita gente é rejeitada em vagas de empregos por ser gorda. Isso acontece mesmo, mas não sou eu que devo emagrecer, é a situação que precisa mudar. Meu peito sufocava com a indignação de as pessoas não perceberem a diferença.

Às vezes, ainda sufoca.

— Você não é de ferro — mamãe fala com delicadeza —, é compreensível sua mágoa. O que quero dizer é que, quando você se questionava, logo percebia que a forma como algumas pessoas te tratavam dizia muito mais sobre elas do que sobre você mesma.

— De novo, porque você e o papai não me deixavam sentir que tinha algo de errado comigo. Ou com meu peso.

— Não queria que você tivesse que passar pelo mesmo que eu. Eu sabia que o mundo seria cruel com você, então que, pelo menos, você também não fosse cruel consigo mesma. Seria uma batalha a menos.

Mamãe era gorda até fazer a cirurgia bariátrica, uns anos depois que nasci. Meus avós eram muito rígidos, pelo que ela conta. Não tenho muitas memórias deles, porque vovó morreu quando eu ainda era bebê e vovô faleceu alguns anos depois. De qualquer forma, minha mãe cresceu fazendo dietas restritivas e ouvindo que precisava se esforçar para emagrecer. Carregou muita culpa e cobrança até a época em que entrou na faculdade, onde adquiriu muito mais que conhecimento acadêmico. Foi lá que ela saiu de sua bolha, começou a enxergar mais do mundo e a realmente descobrir quem Helena Rodrigues de fato era. Sem isso, não teria o discernimento, anos depois, para entender que a bariátrica seria a melhor opção para ela, apesar dos riscos e dos cuidados que ela precisaria ter para o resto da vida. Segura de si, mamãe sabia que sua escolha não tinha nada a ver com acreditar que precisava ser magra a qualquer custo. Seus joelhos estavam mais gastos do que o esperado para alguém de trinta e poucos anos, provocando dores que comprometiam sua qualidade de vida. Ela fez questão de me explicar isso do jeito mais didático que podia, ressaltando que nossos corpos não eram os mesmos, que eu poderia me exercitar desde nova para fortalecer músculos e articulações para não passar pelo mesmo problema — nem por outros. Ela me explicou que, se tivesse assumido sua constituição física desde mais nova, em vez de tentar mudá-la com tanto afinco, teria feito outras escolhas.

E eu entendi. Entendi tanto que fui capaz de perceber que a cirurgia não seria uma opção para mim como foi para ela, que cogitá-la com a justificativa de me prevenir contra problemas que nem ao menos sei se terei seria inconscientemente ceder à pressão estética e gordofóbica ao meu redor. Nunca a questionei. Ela também nunca me questionou.

O silêncio volta a nos fazer companhia.

Apesar de sentir falta de como era a dinâmica entre nós, me acostumei à nossa nova convivência. Minha mãe pergunta. Eu respondo. Ficamos bem. As perguntas na verdade são só uma desculpa. O que importa é a companhia.

— E o rapaz que não gosta de cachorro?

— Eu deveria ter dado ouvidos a você e à Bianca.

— Tão ruim assim? Esses homens de hoje em dia, francamente... — Sua sobrancelha esquerda arqueia, o que me deixa com a sensação de encarar meu reflexo alguns anos mais velha. Herdei o tique dela.

— Acho que ainda pior do que você deve estar imaginando. Uma combinação de falas inconvenientes, um beijo ruim e uma tentativa não autorizada de tirar uma foto minha para recordação.

A risada de mamãe ressoa dentro de mim e me aquece mais do que o sol.

— Não pode ter sido pior do que o empalador.

O riso escapa com tanta intensidade que recebo olhares curiosos de pessoas ao nosso redor.

Eu estava na faculdade quando conheci Caio. Apesar de ele ser de um curso diferente, fizemos uma matéria juntos. Fiquei encantada por seus comentários sempre pertinentes, por sua inteligência. Ele era diferente de tantos outros alunos desesperados por impressionar, com palavras que transbordavam pedantismo. As de Caio eram só um espelho de sua mente sagaz.

Naquela época, eu não era mais a menina insegura de antes, mas ainda não havia me tornado a mulher confiante de hoje. Então, por mais que eu tivesse passado a acreditar que, sim, era possível alguém se interessar de verdade por mim, ainda assim fiquei surpresa quando Caio correspondeu aos meus olhares e sorrisos.

Fomos nos aproximando ao longo do semestre e, muitas vezes, fiquei em dúvida se ele estava mesmo interessado em mim ou se só queria ser meu amigo. Quando junho chegou e caiu a ficha de que não nos veríamos com a mesma frequência a partir de então, criei coragem e o convidei para sair.

Ele aceitou.

Mamãe passou uma tarde inteira comigo no shopping em busca da roupa ideal — aquela que me faria olhar no espelho e me sentir, de fato, vestida para matar. A cada loja em que entrávamos, minha autoconfiança era minada mais um pouco, mas ela me acalmava. Nunca alguém teve tanta habilidade para me confortar e me fazer sentir melhor quanto Helena Rodrigues.

De posse do vestido que se tornaria um dos meus preferidos — vermelho, de manga comprida, acima dos joelhos —, imaginando como ele ficaria com minha bota de cano longo favorita na época, voltamos para casa rindo, meu desespero anterior soando cômico depois de tudo der dado certo — como minha mãe tinha previsto.

Mais tarde naquela noite, encontrei Caio como se tivesse bebido uma taça de espumante, as bolhas estourando em minha barriga enquanto eu caminhava com leveza, o riso saindo fácil.

Em menos de meia hora de encontro, estávamos deixando o bar para o apartamento que ele dividia com dois amigos — naquela noite, ambos estavam fora. Depois de um semestre de conversa, nem eu nem ele estávamos interessados em continuar batendo papo.

O sexo não foi tão bom quanto o esperado, mas, sendo sincera, a maior parte das primeiras vezes com alguém é desajeitada, melhorando com o tempo e conforme um vai conhecendo melhor o outro. Além disso, senti um pouco de dor, mesmo que Caio tenha sido cuidadoso — e eu definitivamente estava no clima, então lubrificação não era um problema.

Mas eu nunca tive a chance de saber se a segunda vez superaria a primeira.

— Você era virgem? — Lembro de ele me perguntar, confuso, ao se levantar para tirar o preservativo.

— Não! Eu teria contado se fosse. Por quê?

Seus olhos ligeiramente arregalados denunciaram que algo não estava certo.

Eu me sentei na mesma hora, constatando que o lençol estava manchado de sangue.

Senti uma pontada de dor no baixo ventre.

— Ai, meu Deus, o que você fez? — acusei, assustada.

— Nada! Quer dizer, nada de diferente! Por que você não me disse que estava doendo?

— Porque não estava! Quer dizer — não sei qual dos dois estava mais confuso ou apavorado —, não doendo *assim*. — Apontei para o lençol. — E quando doía, eu te falava!

Levantei da cama, sentindo o sangue escorrer na coxa. Não era nenhuma quantidade alarmante, mas, ainda assim, *eu estava sangrando*. Coloquei a roupa entre lágrimas, só conseguindo pensar que queria minha mãe.

Em defesa de Caio, ele se prontificou a ajudar, inclusive se ofereceu para me levar a um pronto-socorro. Mas eu estava assustada — e constrangida — demais para aceitar. Além disso, desde aquela época eu tinha a política de só ir ao médico em casos de extrema necessidade.

Bom, eu supunha ser um caso de extrema necessidade, mas não queria Caio ao meu lado passando por aquilo. Se eu iria ouvir qualquer coisa sobre ser a responsável pelo meu peso, que ao menos estivesse acompanhada de meu porto-seguro.

Peguei um táxi para o hospital, ligando entre lágrimas para mamãe e pedindo que ela me encontrasse.

— Eu queria estar vestida para matar, mãe, não para morrer — desabafei aos prantos, mal me importando se o taxista estava ou não prestando atenção. Quando a dor voltou, me reclinei sobre o corpo. — Empalada, pelo visto. E ele nem era grande assim!

Talvez meu desespero tenha me feito dar informações *demais*, mas era esse tipo de relação que nós tínhamos.

Até não termos mais.

Depois de ser atendida, enquanto meu pai nos aguardava na sala de espera para evitar me constranger ainda mais, e mamãe segurava minhas mãos, enrolada em um casaco sobre o pijama, o cabelo preso de qualquer jeito em um rabo de cavalo, eu enfim me permiti — mais uma vez — rir da situação, sem o desespero de antes.

No fim das contas, Caio não tinha mesmo feito nada de errado.

Era minha menstruação que tinha descido antes da hora, com o fluxo aumentado provavelmente pelo estresse do final de semestre. E a dor que eu estava sentindo era cólica, mesmo, além da dor local, provavelmente por estar com a "região" sensível.

— Você se pergunta se algum dia vai ser como foi para mim quando conheci seu pai? — minha mãe me pergunta, me lembrando do questionamento que fiz a ela naquela noite, quando voltávamos para casa e eu sonhava com, um dia, conhecer alguém por quem seria tão apaixonada como meus pais tinham sido.

— Não mais.

Vejo sua expressão assumir um tom magoado, mas viro o rosto na mesma hora, encarando a paisagem à nossa frente. Os gansos grasnando no lago são o escudo para que a tristeza dela não me atinja.

— Me desculpa, minha flor.

Dou de ombros. Não é a primeira vez que ela se desculpa.

Não é a primeira vez que sabemos que não há mais nada que possa ser feito.

Capítulo 9

Ela estava ali sozinha querendo atenção
E alguém pra conversar
(Você deixou ela de lado, vai pagar pela mancada)
Pode acreditar
"Papo reto", Charlie Brown Jr.

Estou quase chegando em casa quando Bianca me envia uma mensagem perguntando se quero sair. Meus encontros com mamãe são sempre emocionalmente complicados, então digo que estou um pouco debilitada por causa da intoxicação e que hoje prefiro ficar em casa.

Ao descer na estação, caminho em direção a uma saída diferente da que sempre tomo, rumo ao supermercado. Quero uma noite com *comfort food*, e vai sair muito mais barato preparar algo, nem que seja semipronto, do que pedir. No estabelecimento, avanço direto para o que tenho em mente: tortilhas e abacate. Tenho em casa o resto dos ingredientes de que vou precisar para o guacamole. Para minha sorte, não tem fila no caixa, e logo vou embora.

Assim que abro a porta do apartamento, percebo que ele emana um ar de doença. Depois que melhorei, não tive tempo de fazer uma boa arrumação, então decido que o momento chegou, apesar de já ser quase final de tarde. O bom de morar sozinha — além de poder andar sem roupa pela casa — é que eu decido meus horários. Se eu quiser faxinar de madrugada, o problema é só meu. E talvez dos vizinhos, se eu não for cuidadosa e acabar fazendo muito barulho.

Escancaro a cortina da sala e deixo a porta da varanda aberta enquanto vou até o quarto me trocar. Coloco uma roupa de ficar em casa, ligo o som e começo a arrumação. A atividade e a música me distraem, então deixo de pensar em qualquer outra coisa que não este momento.

A vassoura é instrumento de faxina, mas é também parceira de dança. E microfone. Eu levaria bem menos tempo para terminar se não estivesse rebolando ao som de "Despacito", mas aí eu perderia toda a diversão.

Quando termino, preparo o guacamole e vou direto para o banho. Dessa vez, uma ducha rápida, porque só o que quero é estar limpinha, cheirosa e largada no sofá para comer meu jantar.

Assim que estou sentada no sofá, abro o Tinder tão automaticamente que mal me dou conta.

Com certeza, da outra vez nem tive tempo de perguntar seu nome... Até porque não queria atrapalhar seu encontro, Marcos me disse em resposta à última pergunta que eu tinha feito: Ah, então quer dizer que você quer me encontrar de novo, é?

Respondo: Você nem precisava ter se preocupado, meu *date* se atrapalhou sozinho.

Para minha surpresa, recebo uma notificação instantes depois. É a primeira vez que eu e ele conversamos em tempo real.

Hahahaha, eu diria "coitado do cara" em outras circunstâncias, mas, sinceramente? Você deixou bem óbvio que não estava curtindo. E se ele, que era parte do encontro, não percebeu, azar do mané, sorte a minha.

Ok, Marcos é um dos caras mais xavequeiros com quem já conversei. Não vou negar: estou adorando.

Quase posso ouvir "Papo reto" de fundo mais uma vez.

Sem saber se Marcos continua on-line, ligo a TV e já vou acessando a Netflix. Porém, enquanto navego em busca de algum filme, recebo uma nova mensagem.

"Se for já era, eu vou fazer de um jeito que ela não vai esquecer..."

Sinto um frio na espinha e prendo a respiração do mesmo jeito que fiz no bar.

Antes que eu possa dizer qualquer coisa, ele envia mais uma:

Quero saber mais de você. E complementa: Arroz por cima ou por baixo?

Rio tão alto da pergunta inesperada, considerando a mensagem anterior, que preciso tapar a boca para conter o som.

Por baixo, sempre. Quem em sã consciência faz diferente?

Depende. Às vezes é bom variar, e por cima pode ser gostoso também.

Não resisto e digito: Só para me certificar, ainda estamos falando de arroz e feijão, certo?

Ao mesmo tempo que envio, recebo outra mensagem de Marcos: Juro que estou falando só de arroz e feijão.

O sorriso é, mais uma vez, inevitável.

Inspirada pelo seu jeito inusitado, resolvo seguir a mesma linha e pergunto a primeira coisa que me vem à cabeça:

Quando você fez algo inesperado pela última vez?

Como acho que ele vai demorar um pouco para responder essa, volto ao catálogo de filmes.

Escolho uma comédia romântica, mas percebo que mal estou prestando atenção, olhando para o celular de cinco em cinco minutos.

E espero.

Espero.

Espero.

Quando o filme passa da metade, aceito que Marcos não vai mais me responder, pelo menos por enquanto, e vou em busca do meu DVD de conforto, que me salva sempre que o filme fica indisponível em algum serviço de *streaming*. Quero algo que realmente prenda minha atenção, e *Dirty Dancing* nunca me decepciona.

Quando as primeiras batidas de "Be My Baby" soam, sei que chega de conversa por hoje.

Capítulo 10

I know I don't know you
But I want you so bad
Everyone has a secret locked
But can they keep it?
Oh, no, they can't
"Secret", Maroon 5

É segunda-feira e estou sozinha na loja — Bianca foi visitar um fornecedor e Vivi está em horário de almoço —, decidindo qual foto ficou melhor entre quase setenta muito parecidas, com ligeiras diferenças entre uma e outra, para postar no perfil da loja no Instagram, quando vejo uma notificação de mensagem do Tinder.

Epa, entro pouco por aqui, quer migrar pro Whats? Prometo que respondo sua última pergunta!

Envio meu número e aguardo. Quase dez minutos depois, recebo uma mensagem de um número desconhecido enquanto estou bebendo água:

Semana passada. Estava andando pela rua Augusta, vi um vendedor de piroca e não resisti. Nem lembrava da última vez que tinha colocado uma na boca, porque não é uma coisa que curto. Engasguei com uma quando era menor e fiquei meio traumatizado, então resolver parar ali e comprar um saquinho foi bem inesperado pra mim. Foram os R$ 4,50 mais bem gastos do meu mês até agora.

Engasgo com a água e cuspo na tela do computador à minha frente, tossindo.

Meu Deus, que tipo de lugares ele frequenta na Augusta? E vendedor de piroca? Que raios é isso? E por R$ 4,50? Sério, não tenho nada a ver com o que ele curte, mas é bom questionar a qualidade do que ele anda colocando na boca.

Releio a mensagem, pensando em como responder.

E gargalho ao perceber meu erro: não é "vendedor de piroca". É "vendedor de *pipoca*". Mais uma das peças pregadas pelo meu cérebro. E devo confessar que essa foi a pior das trocas que já fiz, superando o jogo de "basquete" do papai.

Você não tem noção do susto que eu levei. Li toda a mensagem tendo trocado "pipoca" por "piroca" sem querer. Se você vai continuar falando comigo, precisa entender que meu cérebro é doentio assim.

Será que ele vai se ofender? Bem, se ficar ofendido, pelo menos meu comentário vai ter servido de filtro para dispensar mais um preconceituoso de masculinidade frágil.

Bom. Taí algo que realmente teria sido inesperado. Pode ser um bom negócio, já pensou levar um desses vendedores numa despedida de solteira ou sei lá? Mas o preço precisaria ser revisto. Eu acharia bem questionável um produto do tipo por esse preço, e ainda valorizo minha própria boca, obrigado.

★ ★ ★

O sobressalto de Vivi, que quase a faz derrubar um manequim, me faz perceber que meu grito foi um pouco exagerado. Não aguento e começo a rir da situação.

— Desculpa. — Coloco a mão na boca para evitar novas risadas. — Não queria te assustar, mas é que chegou!

— Ai, meu Deus, chegou?

O bom de passar tanto tempo do dia ao lado de alguém é que não precisamos de muito para ficar em sintonia. Juro que uma vez tivemos um diálogo usando só uma palavra por vez!

— Chegou agorinha no meu e-mail. Estou com medo de abrir.

— Vai, Lili. Se você demorar, eu mesma abro por você!

Mês passado, inscrevi a Frida no Prêmio Empreendimento da Cidade, na categoria Estreante: Moda. Os vencedores recebem uma boa publicidade por causa do prestígio que o título traz, sem contar o prêmio em dinheiro. Não estou dispensando nenhum dos dois.

Clico na mensagem e, assim que ela aparece na tela, vou até o link que vai me redirecionar para a página com o resultado. A premiação acontece só no final do ano, mas são várias etapas de pré-seleção, então as inscrições abrem ainda no primeiro trimestre.

Com o coração aos pulos e as mãos suando, vou percorrendo a tela com os olhos até encontrar a categoria em que inscrevi a loja.

— E aí? — Vivi pergunta, impaciente, batucando os dedos no balcão.

— Calma, ainda estou procurando.

Começo a ler nome por nome da lista.

Leio duas vezes.

Três.

A Frida não está entre eles.

— Não foi dessa vez — falo, sem esconder o desânimo. Eu sabia que não conseguir era uma opção, mas torcia pelo contrário.

— Poxa, não acredito.

— É… — A mágoa começa a apertar meu peito, e isso me dá um estalo.

Não posso ficar triste por causa disso. Respiro fundo, concentrando minhas energias em fazer a sensação desaparecer e me convencendo de que esse resultado já era esperado.

— Mas faz parte, né? — continuo, decidida a mudar meu tom. — Era só um prêmio, bola pra frente! Ano que vem ele é nosso, mesmo que em outra categoria.

Ao menos, assim espero.

— Isso! — Vivi sorri. — Admiro esse seu jeito positivo, Lili. Sempre penso que preciso ser mais como você para não me deixar abalar tanto pelas coisas, processar mais rápido quando fico magoada. É uma droga ficar sofrendo...

Dou risada, mas fico meio incomodada.

Não processo tudo assim tão rápido, processo?

Quer dizer, se eu entrar numa digressão filosófico-quântica sobre o conceito de rápido, posso chegar a várias respostas diferentes. Por exemplo, normalmente o cara chegar lá em cinco minutos é rápido demais, mas, se o intuito for uma rapidinha, é aceitável, certo?

Pensando bem, cinco minutos é inaceitável em qualquer circunstância, nesse caso.

Paro para pensar nas situações que vivi nos dois últimos anos. Fiquei triste quando eu e o Pedro terminamos, por exemplo. Teve todo o lance de ir até a casa da Bi e me afogar em brigadeiro — e vinho, o que rendeu uma ressaca horrorosa no dia seguinte. Mas, uns dias depois, estava bem. Não é que eu tenha processado rápido, é que a situação não exigia mais que isso, mesmo. Eu queria uma coisa, ele outra, o que eu poderia fazer além de aceitar?

— Vocês não vão acreditar no que aconteceu!

A entrada de Bianca, como sempre, é triunfal. Tenho certeza de que ela teria nascido ao som de "Na sua cara", no instante em que a Pabllo começa a cantar — isso se a música já tivesse sido lançada em 1990.

Eu e Vivi apenas olhamos em sua direção. Ela passa pelo balcão, colocando sacolas no chão devagar e em silêncio, em uma tentativa óbvia de aumentar o suspense. Como já conhecemos esse jeito de rainha do drama, nem nos abalamos. Uma vez, logo que a Frida abriu, e Vivi ainda não conhecia nenhuma de nós direito, Bianca criou toda uma expectativa sobre "uma descoberta incrível" que tinha feito no final de semana anterior para, no fim, revelar que Mercúrio estava retrógrado e, por isso, ela tinha tido uma recaída com o cara com quem tinha parado de sair no mês anterior.

Como Bianca não é ligada em astrologia, tenho certeza de que ela ouviu a desculpa em algum lugar e acatou só para não ter que assumir que, na verdade, ela quis ficar outra vez com alguém que já tinha dito que não queria mais ver nem pintado de ouro.

— Abriu um lugar maravilhoso aqui na esquina e a gente tem que ir lá depois do expediente!

Eu e Vivi apenas nos entreolhamos, com uma risadinha.

— A gente tem academia hoje, Bi! Aliás, agora que você melhorou, você vai continuar indo comigo, né, Lili?

Respondo ao mesmo tempo que Bianca.

— Vou.

— Sério que vocês vão deixar de ter um *happy hour* sensacional em um lugar que nitidamente não é mais um bar de branco para entrar na onda *fit*?

Bi sempre se refere assim aos lugares 99,9% frequentados por pessoas brancas, tocando músicas de artistas brancos, onde ela normalmente é uma das únicas clientes negras.

— E por que a gente não vai amanhã, ué?

— Porque amanhã o frisson da novidade já vai ter passado, Lily! Vocês não podem trocar o dia? Só essa semana?

— Poder a gente pode... — Vivi me encara, questionando se estou a fim.

— Bom, pode ser uma boa ideia. Vai que eu evito de encontrar o Pedro e a Carol, né?

★ ★ ★

Preciso dar o braço a torcer: Bianca estava certa. Entre cervejas e petiscos, a hora voou, a noite está sendo ótima e o Pub da Garoa já é um dos meus lugares favoritos da cidade. A planta do bar imita o formato do mapa de São Paulo e os ambientes são divididos e decorados de acordo com as regiões paulistanas. Na dúvida de onde ficar, escolhemos a mesa da Liberdade, no Centro, entre enfeites japoneses. Óbvio que fiz stories de todos os detalhes e, pelo meu celular piscando, sei que já recebi respostas!

— Seria legal se a gente pudesse sentar no chão, que nem nos restaurantes japoneses típicos mesmo, né?

— Seria, Bi, se essa área toda fosse assim. Imagina só uma mesa mais baixa entre outras "normais"? — Vivi faz o sinal das aspas com o dedo.

— Bem pensado. Acho que a gente vai ter que ir em um restaurante assim então, porque agora fiquei com vontade.

— Pode ser mês que vem? A grana está curta. Esse negócio de ser dona de um empreendimento não traz todo o glamour que parece, não.

— Por enquanto. Espera só até a Frida bombar! Mas a gente combinou que trabalho aqui seria assunto proibido. Celular também! — Bianca alerta quando me vê pegando o meu.

Essa é uma regra que estabelecemos para quando saímos juntas, a não ser que uma de nós fique sozinha — abrimos uma exceção hoje para eu postar os stories. Quem não respeitar paga a conta da mesa, então costuma dar certo.

— Juro que ia olhar por reflexo, a tela acendeu com uma notificação de mensagem. — Do Marcos, pelo que consegui ver, mas não consegui ler o que ele disse. Posso responder depois.

— Vocês sabiam que vai ter música ao vivo hoje?

Vivi aponta para o fundo do ambiente, onde um homem, que acaba de ficar de costas para nós, parece afinar um violão. Seus dreads, mesmo amarrados em uma espécie de coque meio solto, destacam-se na camiseta branca com uma estampa que não identifico daqui. Mas, na mesma hora, sou atingida pela sensação de reconhecimento.

Caramba, quais as chances?

— A segunda-feira só melhora! Vai, podem me agradecer pela ideia, tornei ou não o começo da semana de vocês mais divertido? — Bianca pergunta, presunçosa.

Reviro os olhos e tomo um gole da cerveja, saboreando o fato de nenhuma das duas fazer ideia de quem é o músico da noite.

— Sabem o cara que conheci no dia que saí com Davi? Que apareceu no Tinder para mim depois? — comento, olhando para o palco de maneira a insinuar alguma coisa.

— É ele?!

Bianca, tão discreta quanto um outdoor da Broadway, vira todo o corpo para o palco. Então volta a ficar de frente para mim e sorri me incentivando, enquanto Vivi apenas balança a cabeça, encarando a própria caneca.

Quero me enfiar embaixo da mesa, porque é óbvio que Marcos percebeu que estamos falando dele. E, se ele ainda não tinha me visto aqui... Bom, tarde demais.

Dou um aceno discreto, sem saber se devo ir até lá cumprimentá-lo ou não. Afinal, ele está aqui a trabalho.

— Você perguntou se ele gosta de cachorro?

— Isso nem passou pela minha cabeça, Bi.

— Você não aprende mesmo.

Bianca vira o corpo para Vivi e continua, ao ver mais uma notificação dele na tela do meu celular:

— Concordamos que essa é uma situação excepcional e permitimos que ela pegue o celular sem penalidades?

Quando Vivi assente, pego o celular.

Devo acreditar que tenho uma fã? Dois shows meus em tão pouco tempo deve querer dizer alguma coisa…, diz a última mensagem que Marcos me mandou.

Quem sabe? Vamos ver seu desempenho hoje, digito em resposta.

Ele levanta a cabeça em minha direção e sorri quando vê que estendi meu copo vazio em um brinde.

A noite acaba de ficar ainda melhor.

Capítulo 11

Sweet dreams are made of this
Who am I to disagree?
I travel the world
And the seven seas,
Everybody's looking for something
"SWEET DREAMS", EURYTHMICS

— Te atrapalho muito vindo aqui? — falo para Marcos assim que me aproximo do palco.

Bianca e Vivi deram uma pequena pressionada para eu vir cumprimentá-lo. Por "pequena", pode-se entender uma sessão particular de terrorismo, que envolveu ameaças como procurar o contato do Davi e enviar uma mensagem em meu nome dizendo que quero sair de novo com ele. Eu falei para elas que não estava fugindo do Marcos, só não queria ser inconveniente no meio do trabalho dele, mas quem disse que elas me ouviram?

Marcos olha para cima assim que ouve minha voz e para de mexer nos pedais que estava ajustando. Ele sorri e, ao ficar em pé, coloca para trás o violão que está pendurado no ombro.

— Sendo sincero, estava contando que a telepatia iria funcionar e você viria me dar oi. Eu não queria incomodar a noite de vocês.

Ele me dá um beijo no rosto, acompanhado de um meio abraço que provoca uma pane em meus sentidos.

Correspondo o abraço quase em transe. A voz dele é mais melodiosa do que eu me lembrava e me faz pensar naquele conto dos irmãos Grimm, do flautista que usou a música para encantar os ratos que estavam empesteando a cidade.

Torço para não guinchar. Nem terminar a noite afogada.

Mas não é apenas o som vindo de Marcos que me atrai. Seu perfume cítrico está misturado a um aroma que só sei definir como masculino e que me parece próprio dele, em uma combinação estranhamente confortável. Sua mão encosta em minha cintura, mas eu mal registro o contato. Minha atenção inteira está na sensação rígida que o toque de seu peitoral largo produz em meu tronco.

Me afasto ao sentir algumas gotas de suor brotarem em minhas costas. O ar-condicionado do Pub da Garoa não deve estar funcionando.

— Que bom que foi isso que você pensou. Eu estava com medo de você chamar a polícia achando que tinha uma doida te perseguindo. E só para não passar a impressão errada: eu não fazia a menor ideia de que você estaria aqui hoje.

O som grave de sua risada me faz sorrir.

— Olha, em outras circunstâncias, acho que eu ficaria assustado. Mas nem eu sabia que ia tocar aqui hoje, vim cobrir um amigo de última hora e mal deu para divulgar nas redes sociais.

Essa é uma excelente hora para não contar sobre meu pequeno momento *stalker* na semana passada, então apenas dou uma risada, torcendo para ele não ter percebido meu tom levemente culpado.

— Vou voltar para minha mesa antes que eu te atrapalhe de verdade — digo, para disfarçar.

Começo a me virar, mas a voz hesitante de Marcos me interrompe.

— Você pretende ir embora que horas? De repente, a gente pode conversar depois que eu acabar aqui... Se não ficar tarde para você.

E, como a adulta responsável que sou, ciente de que amanhã é terça, um dia de trabalho como qualquer outro, respondo:

— Vou guardar uma caneca de cerveja para você!

Quando volto à mesa, Vivi e Bianca me aguardam com sorrisos típicos de duas adolescentes. Bi é a primeira a falar, cheia de empolgação:

— Você perdeu a olhada que ele deu na sua bunda assim que você virou de costas!

— Se eu não estivesse torcendo para ele fazer exatamente isso, dadas as circunstâncias, ficaria ofendida. Por ora, sinto que venci essa batalha.

Levanto o copo cheio de cerveja que me esperava na mesa, propondo um brinde.

Não demoro para ouvir os primeiros acordes, e o som do violão me envolve de imediato. Começo a dançar sentada, balançando o corpo no ritmo de uma versão acústica de "Sweet Dreams". Bi me acompanha na hora e mesmo a tímida Vivi se move de leve. Quando o refrão se repete, estamos cantando alto e somos a mesa mais animada do ambiente. Em meio às risadas, arrisco um olhar para o palco.

Marcos está sentado em um banquinho e divide o espaço apenas com o microfone e o violão, e é evidente que ele não precisa de nada além deles. Sua voz é tão grave e potente que preenche toda a sala. Como não reparei, aquele dia, nessa força toda? Quando ele levanta a cabeça e nossos olhos se encontram, ele esboça um sorriso sem perder um compasso sequer.

Talvez seja a voz, o ritmo sensual da música ou o olhar que ele me lança, mas me surpreendo quando sinto as tais borboletas de que todo mundo fala voando em bando pela minha barriga. A leveza das asas esvoaçando resvala minha pele de dentro para fora e, de repente, me sinto em um universo à parte, fechada em uma sala onde só existimos eu, as borboletas e a voz hipnotizante de Marcos. Quando seu queixo se projeta para a frente, impulsionando o som um tom acima, consigo ver o contorno de algumas veias enrijecendo em seu pescoço escuro.

— Ai — falo, engolindo em seco —, ele é gostoso pra cacete.

O "bate aqui" de Bianca é um sinal de que não estou alucinando.

★ ★ ★

Como prometi que esperaria Marcos, não acompanho Bianca e Vivi quando elas decidem que é hora de ir embora. Peço um suco para equilibrar com as cervejas que já tomei e continuo curtindo a apresentação, bem diferente daquela do outro bar. Hoje o repertório saiu das clássicas do rock e incluiu samba, rap e vários outros estilos da MPB, o que me deixou ainda mais admirada pela versatilidade de Marcos.

Passa um pouco das dez quando ele se despede do público, composto por mim e cerca de outras cinco mesas, e o bar começa a dar indícios de que não vai demorar muito mais para fechar.

A tela do meu celular se acende.

Só vou guardar tudo rapidão e já vou aí.

Minha resposta é um sorriso de longe.

Acabo me entretendo com as reações aos stories que postei mais cedo e levo um susto quando ele se senta à minha frente.

— Você está muito cansada? Se importa se eu pedir mais uma cerveja?

— Vai fundo! Eu passei a noite bebendo, você deve estar precisando de uma depois de toda a cantoria. Aliás, parabéns!

— Você gostou? Não que eu ache que você vá negar assim, na minha cara, mas pega leve nas críticas, por favor, que meu ego é frágil — ele diz, me fazendo rir.

— Pois saiba que sou uma pessoa sincera, tá? E educada. Se eu não tivesse gostado, você ia perceber. Eu não sei disfarçar quando estou mentindo.

— É mesmo? — Ele estreita os olhos, colocando a mão no queixo. — Acho que quero testar isso.

Oh-oh.

— Vai em frente — respondo, me endireitando, sem me deixar intimidar.

— Vamos estabelecer as regras: vou sair fazendo afirmações sobre coisas diversas e você não pode discordar de nada. Assim eu consigo saber como você reage quando concorda mesmo comigo e quando está fazendo isso só por educação.

— Feito. — Estendo a mão, que ele não demora a apertar.

Marcos aproveita a interrupção do garçom com a cerveja para pensar no que falar. Depois de agradecer e tomar um gole, ele solta:

— Cerveja é uma das melhores invenções da face da Terra.

— Amém. — Bato com meu copo vazio em sua *long neck* suando.

— A única coisa ruim de dormir no frio é ter que acordar.

— Sem dúvida! — Estou sendo sincera.

— Tudo fica melhor com uma boa xícara de café.

— Você definitivamente fala a minha língua!

Ele sorri e entendo que também dividimos a paixão pelo café.

— Fígado acebolado é subestimado.

Hesito antes de responder e meu estômago revira só de pensar.

— Sem dúvida.

— Uhm… Temos alguém aqui que não gosta de fígado.

— Com isso eu não poderia concordar mais!

Sua risada afasta de mim a má sensação que imaginar um pedaço de carne nojento causou.

— Sexo na praia é superestimado.

— Toda aquela areia com certeza dificulta as coisas. — Acredito mesmo nisso, então espero ter sido convincente o bastante para não deixar transparecer o arrepio que a palavra "sexo" saindo dos lábios cheios de Marcos originou.

Não sei se sua expressão indica que ele acredita em mim ou que teve a mesma reação que eu tive. Antes que eu tenha tempo de descobrir, ele me lança uma nova afirmação:

— O Brasil precisa de uma intervenção militar.

Arregalo os olhos e abro a boca, ultrajada.

Marcos gargalha.

— É, você definitivamente não sabe mentir.

— Olha, se você lançasse um "A ditadura nem foi tão ruim assim!" depois dessa, eu seria obrigada a responder com um "Mito!", e acho que preferiria vender minha alma ao diabo — brinco, e me sinto mais aliviada ao perceber que ele também não concorda com a própria afirmação.

— Confesso que era meu próximo teste, então muito obrigado por não me forçar a usá-lo.

Ele dá um longo gole na cerveja.

— Você mora longe daqui?

— Vila Madalena.

— Santa Cecília. Se você não se incomodar, a gente pode ir embora de metrô. Eu te acompanho até sua estação!

— Podemos sim, era como eu ia mesmo. Mas nem pensar em me acompanhar, é total fora de mão para você!

Considerando as baldeações que precisaria fazer, ele está me oferecendo acrescentar uns quarenta minutos a seu próprio trajeto.

— Hoje não tenho hora para voltar. Vamos?

★ ★ ★

— Essa, aliás, é minha loja — falo quando passamos em frente à Frida, indo em direção ao metrô.

A brisa gelada me faz andar com os braços cruzados, e a bolsa pendurada em meu ombro bate de leve em minha coxa. Já o andar de Marcos é despojado, apesar do estojo com o violão e da mochila. Adoraria dizer que o som dos nossos passos e da nossa voz são os únicos audíveis na noite, mas o trânsito que nunca para em São Paulo impede a romantização da cena.

— Agora que sei onde ela fica, vou ter que visitar qualquer dia desses.

— Vai ser muito bem-vindo! Inclusive, adorei a camiseta.

— Aponto para o desenho, que agora reconheço como o de um boneco com cabeça de fita.

— O Emicida é uma inspiração para mim, acompanho tudo que ele faz.

Ao perceber que não peguei a referência, apesar de saber quem é o Emicida, ele continua:

— Esse aqui é o personagem que virou tipo um mascote do Laboratório Fantasma, a empresa que ele criou com outros rappers, voltada para a arte de rua.

— Olha só, eu não conhecia. Vou procurar saber mais.

Percebendo que estamos prestes a ficar sem assunto por eu saber um total de zero coisas sobre o Laboratório Fantasma, acrescento:

— Como costuma ser essa vida de músico?

— Bom... — Ele respira fundo. — Dá para responder essa pergunta de vários jeitos. Como músico preto, é desafio atrás de desafio: parece que tenho que trabalhar duas vezes mais para provar meu valor, sem contar que, na maior parte das vezes, toco em ambientes brancos. Gosto das coisas que toco nesses lugares, como aquele bar onde a gente se conheceu, mas elas não são toda a minha bagagem musical. Para poder pagar minhas contas, muitas vezes preciso deixar de lado tudo o que me forma, porque só uma parte se encaixa. Nem sempre é como hoje.

— Minha amiga quis que a gente viesse nesse bar em parte por isso, ela ficou sabendo que era um ambiente com mais diversidade.

— Pois é. Mas acho que o que você estava perguntando era mais sobre a vida de músico no geral, né? — Ele dá um sorriso antes de continuar. — Incerta. O que tenho de fixo são as aulas que dou em uma escola de música. De resto, até tem umas casas onde toco com mais regularidade, mas cada semana é diferente.

Tento me imaginar trabalhando com algo tão instável, mas não consigo. Só a imprevisibilidade da Frida, no sentido de não saber como serão as vendas dia após dia, já é um desafio para mim.

Marcos parece adivinhar o que estou pensando.

— Vou supor que você está se perguntando sobre essa instabilidade toda, porque é o que normalmente as pessoas pensam quando fazem essa pausa que você fez.

— Culpada — admito com um sorriso.

— Acho que já posso criar um roteiro de respostas sobre meu trabalho.

— Se ele inclui o "Você sempre trabalhou com música?", é melhor mesmo fazer um.

— Ô se inclui! — Marcos dá uma risada curta, jogando a cabeça para trás. — É a pergunta que costuma anteceder o "E você faz alguma outra coisa?".

A conversa é interrompida quando entramos na estação. Como dois bons paulistanos, ficamos os dois um atrás do outro no lado direito da escada rolante, mesmo que não tenha mais ninguém nela.

Só quando estamos esperando pelo trem é que Marcos volta a falar.

— Gosto desse esquema de trabalho, sem muita rotina. É cansativo, muitas vezes preocupante, mas funciona para mim. — Ele coça a bochecha. — Eu posso fazer uma mesma apresentação, tocando as mesmas músicas, mas nunca é o mesmo show. A forma como as pessoas respondem muda tudo, e a energia às vezes é tanta que eu termino pilhado.

Não preciso refletir muito para entender o que ele diz. Hoje não precisou de muito para que eu e as meninas fôssemos contagiadas pela música quando o show começou. Como deve ser a sensação de saber que é *você* quem está provocando essa reação nas pessoas?

— E não é só isso — ele continua. — Acho que um trabalho diferente, desses de ficar em um mesmo lugar todo dia, faria com que eu me sentisse preso. Gosto da flexibilidade que o meu trabalho me dá.

— É aquela coisa, tudo tem vantagens e desvantagens. O que pesa mais vai depender das prioridades de cada um.

— Exatamente — ele responde quando entramos no vagão. Como sempre, me sento à janela. Marcos, em vez de se sentar ao meu lado no mesmo banco, escolhe o banco lateral, ficando de perfil para mim. — Tem mais espaço para as minhas tralhas assim — ele explica ao colocar os equipamentos no corredor à sua frente.

Odeio admitir, porque isso é uma prova de quanto eu vivo na defensiva, mas fiquei feliz de Marcos ter se explicado. Se ele não quisesse se sentar ao meu lado por causa do meu tamanho, nosso encontro acabaria aqui mesmo.

— Gostei de a gente ter se esbarrado hoje.

— Eu também — digo com sinceridade.

— Eu estava mesmo ansioso para te encontrar de novo.

Dou um sorriso lisonjeado, adorando mais uma vez a forma como ele demonstra interesse em mim.

— Bom, eu já estava me preparando para te chamar para sair no final de semana — admito.

— Então que bom que a gente se viu hoje. Como não vou tocar esse sábado, vou aproveitar para ficar com a minha filha. Não é sempre que ela consegue dormir lá em casa de fim de semana.

Opa. Informação nova na área.

— Olha só, não sabia que você era pai. Ela tem quantos anos?

— Quatro, mas às vezes parece mais velha. Ela é muito esperta.

Dá para perceber que Marcos é um paizão só pelo jeito de ele falar. Os olhos brilhando e o sorriso que ele abriu sem perceber não enganam.

Quero perguntar mais, saber da história toda, mas deixo para depois.

— Quero te ver de novo, com calma. — Ele agora me encara. — Sem que eu esteja trabalhando.

— É só me falar quando. De nós dois, você é quem tem a agenda mais complicada.

Quando fazemos a baldeação para a outra linha de metrô, Marcos pergunta:

— Você trabalha no feriado? Terça que vem?

— Não, vamos fechar.

— Então segunda?

— Se você não tivesse dito que não é fã de rotina, eu me perguntaria se você não está querendo criar uma que envolva a gente se ver às segundas.

— Olha — ele diz devagar —, a rotina até parece melhor, falando assim.

É ridículo como não consigo parar de sorrir perto desse cara. Ele corresponde ao gesto com seu jeito cara de pau e, na mesma hora, sinto o clima entre nós. Nem eu nem ele conseguimos desviar o olhar e, agora, sinto meu sorriso como uma forma de provocação. Ele não é mais um sinal de quem se sentiu bajulada, é um desafio que convida Marcos a ir mais longe. Para minha sorte, o sorriso *dele* é de quem adora ser desafiado.

Antes que qualquer um de nós possa avançar, a gravação no alto-falante informa que minha estação é a próxima.

Nosso sorriso agora é cúmplice em uma conversa muda de quem não queria que a noite terminasse no clímax.

— É aqui que eu fico.

Marcos também se levanta quando o metrô começa a desacelerar e se inclina em minha direção para se despedir.

Seu cheiro mais uma vez me atinge e me alcança antes de seus lábios roçarem com suavidade o canto da minha boca.

Chegam perto o suficiente para que eu saiba que não foi um deslize, mas um aviso do que ele gostaria de fazer, embora esteja consciente de que este ainda não é o momento.

Saio do vagão e, pela segunda vez na noite, estou acompanhada de borboletas.

Capítulo 12

Parece que o coração carece e diz:
"Para!" silencia
Se embrulha e se embaralha
"Você me bagunça", O Teatro Mágico

A primeira coisa que faço ao acordar no sábado é esticar o braço e pegar o celular na mesa de cabeceira para conferir as notificações.

Outro dia estava pensando em quão dependente eu — e o resto do mundo — me tornei das redes sociais e afins. Quer dizer, mal consigo enxergar a tela porque meus olhos nem abrem direito, mas aqui estou fazendo um esforço hercúleo para minha vista se adaptar e eu checar o celular. Então, já fiz essa análise, fiquei horrorizada ao me sentir um robô do capitalismo e quase fiz um textão reflexivo a respeito disso no Facebook. Aí pensei que seria meio controverso usar uma rede social para criticar a dependência de redes sociais, então deixei para lá e continuei com minha vida on-line.

Deslizo a aba das notificações e vejo mensagens novas de Marcos. Como sempre, leio antes de abrir o aplicativo para ter tempo de pensar no que responder antes de ele ver que visualizei.

Que atire a primeira pedra quem nunca fez isso.

A semana inteira foi assim: conversamos todos os dias, o tempo todo. Nosso encontro por acaso na segunda parece que aumentou as expectativas para a próxima saída. Cada vez que penso no beijo na trave que recebi, quase me contorço de vontade de fazer dele um beijo de verdade.

Vivi me pegou falando com Marcos quando estávamos na academia e me deu aquela olhada muito madura, que só faltou ser acompanhada de uma voz cantarolando "dois namoradinhos, só falta dar beijinho". Revirei os olhos e falei para ela a verdade: que não era nada demais, eu só estava a fim de ficar com ele.

Para provar meu argumento — mesmo que Vivi não esteja aqui —, deixo para responder as mensagens de Marcos depois. Se eu estivesse tão viciada ou necessitada assim de falar com ele, responderia logo de cara, certo?

Ainda sem coragem de levantar da cama, envio uma mensagem para Bianca e outra para meu pai, perguntando para os dois se vamos nos encontrar mais tarde. Coloco o celular de volta na cabeceira e, bocejando, espreguiço todo o corpo para conseguir sair da cama. Meu pai me responde antes mesmo que eu levante — pelo menos já estou sentada, o que é um avanço. Ele me diz que estará ocupado hoje e amanhã, então sem almoço para nós.

Reúno toda a coragem que existe em algum lugar do meu ser e vou passar um café antes de tomar uma ducha rápida.

A primeira vez que abrimos a loja num sábado foi ano passado, uns meses depois da inauguração. Como o rendimento foi bom, mas não o suficiente para me fazer encerrar a tradição de mamãe e abrir todo final de semana, combinamos o esquema de abrir a loja em duplas no último sábado de cada mês. Folguei no anterior, então hoje é meu dia com Vivi.

Estou de banho tomado, trocada e apoiada no balcão da cozinha com a caneca nas mãos quando meu celular apita. Acho estranho que Bianca já esteja acordada e me surpreendo ao ver mais uma mensagem de Marcos, mesmo que eu ainda não tenha respondido as anteriores.

Lembrei de você, diz a mensagem que acompanha o ícone da câmera fotográfica. Droga, é muito mais difícil não responder na hora desse jeito, não dá para saber que foto ele está me mandando sem abrir a conversa.

Meu dedo tremula sobre a tela, incerto sobre tocar ou não na notificação. Então, decidida, deslizo para o lado, tirando-a dali. Seja lá o que for que o tiver feito se lembrar de mim, posso descobrir depois.

Por enquanto, vou só curtir a sensação de peito aquecido, certamente causada pelo calor do café adoçado.

★ ★ ★

A manhã passa voando. Quando dou por mim, são quase duas da tarde e estamos prestes a fechar.

— Caramba, hoje foi tenso.

Vivi se senta atrás do balcão enquanto termino de dobrar algumas peças que ficaram espalhadas pela loja. A parte boa do dia foi que muita gente nova entrou e se interessou pelas roupas. A parte ruim foi que não fechamos tantas vendas em relação ao movimento que tivemos. Mas também pude mostrar nos stories um pouco da atividade na loja e fiquei feliz quando uma cliente chegou falando que tinha visto pelo Instagram que estávamos abertos. Depois do ataque gordofóbico naquele dia, nada semelhante aconteceu, então tenho me sentido mais segura de postar conteúdo. A dificuldade maior tem sido ter boas ideias e ganhar seguidores. Como esse povo famoso consegue?

— O que foi? — Vivi me pergunta.

— Só estou um pouco preocupada. — Suspiro.

— A gente vai aumentar as vendas, Lili, você vai ver. Acho que conseguimos boas clientes hoje! Tenho certeza de que muitas delas vão voltar depois, elas adoraram aqui.

— É, você tem razão. Não adianta nada me deixar levar pelas preocupações — falo, reassumindo meu espírito de *coach* motivacional.

— Isso mesmo, menina, assim que gosto de ouvir.

Uma voz interrompe nossa conversa e nós duas nos empertigamos ao ver a cliente entrar na loja.

— Desculpa, vocês estão fechando?

— Não, imagina, pode ficar à vontade. — Eu me apresso para recepcioná-la. — Fique o tempo que quiser.

Conforme me aproximo dela, sinto um *flash* de reconhecimento. Mas ainda não consigo lembrar quem é.

— Ah, que bom! Fiquei tão feliz quando soube pelo seu pai que a loja abriria hoje! Queria vir conhecer, mas durante a semana fica difícil por causa do trabalho.

É ela! Como pude não reconhecer Soraia? Hoje ela não está com a combinação de roxo e amarelo, mas seu vestido vermelho e florido é tão vivo quanto a roupa que usava quando a conheci.

— Fico contente que a senhora tenha conseguido vir! Vivi, essa é a Soraia, amiga do meu pai.

— Eu também, mas, para eu ficar ainda mais feliz, faça o favor de parar com esse negócio de "senhora" — ela me responde enquanto acena em cumprimento para Vivi.

— Negócio fechado! Procura algo específico, Soraia?

Seus olhos percorrem toda a loja até voltarem a mim. Como da última vez, ela me encara como se me estudasse. Desvio o olhar e me remexo, desconfortável com a situação.

— Vim com a mente aberta — ela enfim responde, sorridente. — Gosto de descobrir o potencial de cada loja! E que belezinha você fez aqui!

Conforme Soraia vai andando pelas araras, conto para ela a minha história com a loja, desde como tive a ideia até todo o planejamento envolvido ao longo do ano passado.

Ela olha todos os tipos de peça, sem deixar de me dar atenção. Na verdade, Soraia é tão receptiva que as palavras saem de mim com facilidade. Quando dou por mim, o assunto mudou sem que eu tivesse percebido e Vivi também entrou na conversa, e agora está recebendo conselhos.

— Vai por mim — Soraia fala com convicção. — Um banho de sal grosso, uma vez por semana, vai aliviar bastante. Só cuidado que tem que ser do ombro para baixo, não pode jogar em cima da cabeça. Vou levar esta bata!

Enquanto Vivi desce as portas da Frida para que ninguém mais entre, vou até o caixa fechar o pedido de Soraia. Pergunto se ela não quer experimentar, mas ela me assegura de que não precisa.

Estou colocando a peça na sacola quando sinto a mão de Soraia na minha. O toque é caloroso e suas unhas compridas vermelhas encostam de leve em minha pele clara, de tom amarelado, que contrasta com a dela, mais escura.

— Vai dar tudo certo, viu, filha?

Sua voz é tão reconfortante que, para minha surpresa, sinto um bolo começar a se formar na garganta. Mas o engulo antes que sua ameaça se cumpra.

— É seu caminho, e você precisa aceitá-lo, apesar da dor. Se quiser acompanhar seu pai qualquer dia no nosso grupo, vai ser muito bem-vinda.

Quando Vivi me pergunta o que aconteceu, depois de Soraia já ter deixado a loja, ainda não sei explicar sobre o que exatamente ela estava falando. E nem por que pareceu tão certo.

★ ★ ★

— Entra logo, o Karl não pode sair!

— Oi pra você também, Bi.

Dou um beijo em seu rosto assim que consigo me esgueirar pela fresta que minha amiga deixou na porta. Depois de um dia cansativo como hoje, eu só queria um programa caseiro, e Bianca topou na mesma hora a minha proposta de filme e pizza.

— Deus que me livre se meu Karlzinho resolve escapar — ela diz, naquele tom de voz que donos de pets usam com seus bichinhos sem temer parecer ridículos.

Karl é o cachorro de Bianca, que ela resgatou de um canil. Quando ela o adotou, perguntei na hora se era uma homenagem a Marx. "Lagerfeld", foi o que ela respondeu, e me senti estúpida por não ter pensado no designer de moda logo de cara. Apesar de a escolha ter parecido boa, acho que o nome subiu à cabeça de Karl.

Ele é um lulu-da-pomerânia menor do que o comum, o que significa que é quase um ratinho grande. Ele nasceu com um problema no coração que é típico da raça e, por isso, não pode cruzar. Quando os criadores descobriram a doença, pensaram em sacrificá-lo, já que ele só daria prejuízo. Bianca ficou sabendo do caso por um conhecido e correu para salvar Karl, fazendo questão, depois, de expor toda a situação em seu Facebook, em uma tentativa de conscientizar as pessoas a não comprar seus animaizinhos.

A questão é que, apesar de ser cardíaco, ele compensa em energia o que falta a ele em dimensão: além de não ficar quieto um segundo sequer, também sofre do complexo de cachorro pequeno valentão. Bi defende o jeito dele, diz que o pobrezinho sofreu muito com os antigos donos e por isso agora vive na defensiva.

Por mais que eu adore cachorros, não tem como não ficar meio de pé atrás com Karl. Tanto que uma vez dormi aqui e fiz questão de fechar muito bem a porta do quarto de hóspedes. Dei a desculpa de que eu me mexo muito durante a noite e fiquei com medo de machucá-lo se ele entrasse no quarto, mas a verdade é que morro de medo dele.

Eu sei, parece exagero, ainda mais se a gente considerar que Karl é menor do que minha bolsa, mas eu já o vi tendo um ataque de nervos e foi bizarro. Já tentei falar com Bi, sugerindo sutilmente, em uma conversa, que ela desse um floral ou algo similar para ele, mas ela nem quis ouvir. Perto dela, o demônio vira um anjo, o que só mostra quão perversa é a mente desse cão — peço licença aqui para usar esse trocadilho.

E é óbvio que Karl vem me recepcionar ao me ouvir entrar. Adoraria que ele fosse um daqueles animaizinhos que vêm correndo com o rabinho balançando, latindo de alegria por ver alguém querido. Mas Karl não gosta de ninguém além de Bianca, o que eu até compreendo, dado o histórico, mas, caramba, já não mostrei para ele nesse tempo de convivência que sou uma pessoa legal? Então, vejo a bola de pelos raivosa chegando perto de mim, latindo como se quisesse me extirpar da face da Terra. Mesmo conhecendo a peça, não posso evitar me sentir um ser humano horrível, o que acontece sempre que um cachorro ou um bebê me rejeita — está entre as piores sensações do mundo olhar para a criança e ela chorar como se não houvesse amanhã.

— Trouxe um vinho. — Entrego a garrafa para Bianca quando consigo me mexer de novo. O segredo com Karl é se fazer de desentendida: ele se afasta assim que te cheira e vê que você, na verdade, não é nada de mais. — Vamos pedir a pizza?

— Vou fazer isso, vai abrindo a Netflix. Pode ser meia abobrinha, meia marguerita?

Concordo e vou até o sofá, onde me afundo antes de ligar a TV. Nem escolhi o filme quando meu celular apita.

Marcos me enviou uma foto com o rosto todo sujo de batom e escreveu: A Mari quis brincar de fazer maquiagem. Este é o final de semana em que ele fica com a filha, e, pelo visto, ele gosta de conversar mandando fotos. A que ele mandou mais cedo era de sua mão segurando uma caneca de café.

Rio alto e digito a resposta.

Hahahaha, acho que ela precisa descobrir os tutoriais no YouTube. Ou isso ou vai acabar sendo processada, se decidir seguir carreira na área quando crescer.

Ele logo responde:

Isso porque você não viu o restaurante dela. Me serviu água numa panelinha suja e ainda quis me cobrar por isso.

— Não posso te deixar um minuto sozinha e você já está fazendo o quê? Trocando mensagem com homem em vez de escolher nosso filme. Já descobriu se ele gosta de cachorro? — Bianca pergunta ao se sentar ao meu lado, colocando uma almofada no colo e pegando o controle remoto, que deixei caído entre nós.

— Esqueci. Mas vou corrigir o erro, pera aí.

Envio a pergunta a Marcos sem mais explicações. Ele não demora a responder:

Uhm, gosto? Mas se você estiver pensando em dar um para a Mari, vou ser forçado a dizer que não.

Não!! Foi só uma pergunta aleatória, pode ficar tranquilo.

A experiência me ensinou que nenhuma pergunta é feita sem propósito, o que significa que esse deve ter sido um teste. Ou seja, como eu posso ficar tranquilo sabendo disso?

Hahaha, você passou ;)

— Tranquilo, ele gosta de cachorro.

Com isso, silencio as notificações para prestar atenção no filme que Bianca escolheu.

— *Divertida Mente*? Sério, Bi?

— Ué, desde quando você tem problemas com animações?

— Desde nunca, só não era o que eu esperava agora.

— Vai, você vai me agradecer por isso depois. Se o *boy* tem uma filha, você precisa estar por dentro dos desenhos, tia Lily.

Reviro os olhos para sua imitação de voz infantil.

— E outra, me falaram muito bem de *Divertida Mente*. Quero assistir.

Qualquer outra pessoa não veria nada de mais nessa afirmação, mas conheço Bianca tão bem quanto ela me conhece. E essa determinação toda por causa de um filme só pode ter uma origem.

— Quem é o *crush*?

— Que *crush*?

Ela sustenta meu olhar fazendo cara de desentendida, mas desiste da dissimulação ao ver que não vai conseguir me enganar.

— É *a crush*, só para constar.

Bingo!

— Ainda não sei onde vai dar. A gente tem conversado bastante, mas é complicado.

— Ela não se assumiu?

— É, mais ou menos isso.

Assinto e resolvo não perguntar mais. É óbvio que Bianca não quer falar a respeito, porque, se quisesse, já teria me informado até o que eu não faço questão de saber. Mas eu entendo, porque faço a mesma coisa, então a troca de comentários que violam a privacidade alheia é comum entre a gente.

Depois de quase trinta minutos de filme, a pizza chega.

Enquanto Bianca vai até a portaria, aproveito para conferir minhas mensagens. Porém, mal pego o celular quando sinto um olhar sobre mim.

Karl ouviu o interfone, então resolveu nos dar o ar de sua graça. Sentado e me encarando quase sem piscar, ele certamente está me julgando.

— Qual é o seu problema, hein? É só uma mensagem, caramba. Se você fosse uma pessoa, eu tenho certeza de que também teria um celular, aí quem sabe você não ficaria no pé de todo mundo. Se bem que é melhor você continuar assim, acho que você seria daqueles que comentam merda nos posts dos outros.

Ele continua me encarando.

Então me dou conta de que estou discutindo com um cachorro. *Um cachorro* me deixou na defensiva por eu ficar checando minhas notificações.

Capítulo 13

Everyone knows all about my transgressions
Still in my heart somewhere
There's melody and harmony
For you and me, tonight
"Say Something", Justin Timberlake
ft. Chris Stapleton

Acabo de sair do meu Banho Relaxante. Hoje é meu encontro oficial com Marcos! Coloco um vestido que normalmente adoro, mas por algum motivo não gosto de como cai em mim agora. Troco para uma saia, mas a blusa que gosto de usar com ela está lavando. Por fim, visto um macacão preto com decote em V que fica um arraso.

Começo a me maquiar e estranho o fato de estar suando, mesmo com o ventilador ligado. Uso um lenço umedecido para retirar o excesso de oleosidade do rosto e continuo.

Mas, por algum motivo, nada me agrada. Passo uma sombra e tiro logo em seguida por sentir que deixou meus olhos carregados demais. Resolvo ficar só de lápis e rímel, mas pareço muito simples. Passo um batom bem vermelho para compensar, mas me sinto uma palhaça, então tiro no instante seguinte. Cheguei a vestir um salto maravilhoso que comprei recentemente e ainda não usei, mas ficou exagerado, então troquei por um mais baixo.

Sério, qual é meu problema? Se eu não me conhecesse tão bem, diria que estou nervosa.

O que é ridículo, porque não consigo me lembrar da última vez que me senti assim antes de encontrar alguém. Uma coisa é estar empolgada para a gente se ver, outra, bem diferente, é agir como uma menina de 15 anos com o *crush* da escola.

Escolhemos um bar perto de casa para o encontro e decido ir a pé, já que optei pelos sapatos confortáveis. Caminhar sempre me acalma e me distrai, e preciso deixar esse nervosismo horroroso de lado o quanto antes. Se continuar assim, qual vai ser o próximo passo? Gaguejar quando a gente estiver conversando? Corar só de ele sorrir para mim?

Quando viro a esquina e avisto o bar, vejo Marcos descer de um carro. De calça escura e camisa jeans, ele consegue passar um ar ao mesmo tempo despojado e elegante, que combina com ele mesmo sendo um visual diferente do músico da semana passada. Os dreads estão de novo meio presos em um coque e balançam quando ele vira o rosto em minha direção.

Assim que me vê, ele levanta o braço em um cumprimento e, mesmo de longe, consigo perceber o bíceps saliente saltando pela manga justa. Instintivamente, coloco o cabelo atrás da orelha e sorrio, cumprimentando-o de volta. Mas fico tão distraída que não vejo o desnível na calçada à minha frente.

Quando meu pé encontra o declive, só tenho tempo de torcer para não me machucar. Sinto o corpo todo ser projetado para a frente e estico as mãos em uma tentativa de me proteger.

A primeira coisa que sinto ao atingir o chão é a ardência nas palmas das mãos, esfoladas na calçada. Em seguida, o que passa a queimar é meu rosto, quando me dou conta da vergonha que acabei de passar. Considero ficar ali e esperar que um ciclista alucinado me atropele e acabe com meu sofrimento, mas tento buscar um resquício de pensamento positivo.

Obrigada, Senhor, por eu não ter vindo de salto, nem de vestido. Como desgraça pouca é bobagem, se eu estivesse com eles com certeza teria quebrado o pé e pagado bundinha também, e não é assim que eu planejo que Marcos veja minha raba. É difícil demais sensualizar quando se está estatelada na calçada feito uma lagartixa.

— Você está bem? — Marcos veio correndo me socorrer e agora está agachado ao meu lado, já que continuo na glamorosa posição de antes.

— Se você desconsiderar a dignidade ferida, estou ótima!

Porém, quando tento me sentar, sinto uma fisgada no tornozelo.

Ai.

— Onde dói?

Hum, acho que gemi em voz alta.

— Meu tornozelo. Ai! — Fracasso mais uma vez na nova tentativa de me mover.

— Não se mexe, deixa eu olhar.

Vejo que Marcos se aproxima do meu pé e saca seu celular do bolso para usar a lanterna e analisar melhor a situação.

— Não sabia que você era entendido dessas coisas.

— Não sou, então sinto dizer que não faço a menor ideia do que estou vendo. — Marcos faz uma careta como quem pede desculpas e percebo no ar espirituoso de seus olhos que, apesar da sincera preocupação comigo, ele está tentando aliviar meu constrangimento. — Ele não parece estar em nenhuma posição estranha, então não deve ter quebrado. Mas se você está sentindo dor, pode ter torcido. Vou chamar um Uber e vamos para um pronto-socorro, tá?

— Não! — praticamente grito, em uma tentativa de impedi-lo. — Eu não gosto de hospitais e tenho certeza de que não foi nada de mais — acrescento ao ver sua expressão confusa.

— Olha, acho que você já é bem grandinha e sabe o melhor para você, então não se ofenda, mas... você não acha melhor ir até lá e garantir?

— Prometo que, se não melhorar, vou amanhã. Mas é sério, acho que não foi nada grave, repouso e uns analgésicos devem ajudar.

Não digo que não estou nem um pouco a fim de terminar a noite — que já foi arruinada — ouvindo que eu deveria perder peso para evitar que essas coisas acontecessem, mas Marcos percebe que realmente não quero passar no médico e aceita minha decisão.

— Bom, acho melhor te levar até em casa, então. Por enquanto, não se mexe, quando o carro chegar eu ajudo você a levantar.

Concordo com a cabeça e solto um "obrigada" quase inaudível, de tão humilhada que me sinto. Não acredito que paguei um mico desses, estraguei o encontro e ainda posso ter machucado o pé para valer.

Pelo menos não há mais ninguém na rua. Quer dizer, o bar não está tão longe de onde estamos e, diante dele, tem a movimentação natural de quem está chegando, mas nem os seguranças na entrada nem as demais pessoas parecem ter reparado em nós. Os humilhados podem não estar sendo exaltados, mas pelo menos não foram mais humilhados ainda.

Chegamos ao meu apartamento em menos de cinco minutos. Deve ter sido a viagem de Uber mais curta que fiz na vida, mas não sei se conseguiria vir andando do bar até aqui.

Marcos me ajuda a descer do carro e permite que eu me apoie nele para caminhar até o elevador. O músculo tensionado de seu braço dá a volta em minha cintura enquanto sua outra mão segura a minha. Com nossos quadris se tocando de leve, tenho a impressão de sentir a palpitação em seu peito, onde meu ombro o toca. Cada parte do meu corpo em contato com o dele parece iluminada por um holofote, obrigando-me a prestar atenção no calor que emana delas. É quando percebo que a dor no pé nem está mais tão forte, mas é melhor não forçar, certo?

Não conversamos a respeito, mas acho que ficou implícito que Marcos vai subir comigo. Caramba, nunca imaginei que seria nessas condições que ele conheceria meu apartamento.

— E aí, como está sendo o pior encontro da sua vida? — pergunto quando entramos no elevador.

Ele dá risada antes de responder:

— Não sou eu quem está com dor, então para mim não tem nada de ruim.

— Ah, fala sério! Como é que pode não estar sendo ruim? A gente nem chegou a entrar no bar!

Ele me encara, a expressão sincera.

— Inesperado, sim. Mas não ruim. A não ser que você comece a falar que curte comer criancinhas no jantar, aí a coisa muda de figura.

— Não, até parece. Todo mundo sabe que essa é uma refeição pesada demais para se fazer de noite. Criancinhas só no almoço mesmo.

O sorriso dele se alarga.

— Viu? É a companhia que faz valer a pena.

Entramos em silêncio no meu apartamento e torço para não ter esquecido nenhuma calcinha em algum lugar indevido ou qualquer coisa do tipo, mas fico aliviada ao constatar que está tudo em ordem.

— Não sei como te agradecer — falo assim que me aco-modo no sofá, depois de uma rápida passada na cozinha para tomar um analgésico. — Posso pedir uma pizza para gente? Acho que tenho umas cervejas na geladeira, pode pegar!

— Não vou rejeitar, mas, se quiser me agradecer mesmo, deixa para fazer isso aceitando sair comigo mais uma vez. A gente pode escolher um ambiente controlado da próxima, para garantir que não vai haver mais quedas ou outros acidentes.

Sorrio para ele e assinto, concordando.

Marcos pega as bebidas na geladeira enquanto faço o pedido para nós dois. Quando ele retorna, com a *long neck* aberta e um copo com suco para mim, fazemos um brinde silencioso.

— Que bonito esse vaso. — Ele aponta para algo acima de mim antes de tomar um gole da bebida, então sei que está fa-lando da jarra que deixo na prateleira. — É de cerâmica?

— É sim, foi um presente da minha mãe. Ela sempre amou a cultura mexicana. É por isso que a loja chama Frida: mamãe é fascinada por ela.

— Seu nome é composto, por acaso? Você cresceu vendo *Chiquititas* na versão original?

— Não, só Lilian mesmo. E cresci, como quase toda crian-ça da nossa geração. Mas sinto informar que a *Chiquititas* ori-ginal era argentina, não mexicana. Você deve ter confundido com *Rebelde*.

— Droga. Acho que sou mais bem informado sobre pro-gramações infantis hoje em dia. Eu não era uma criança que via muita TV.

Ele se senta ao meu lado. Aproveito a deixa para perguntar sobre Mari.

— Ela não foi planejada. Nem um pouco planejada, aliás. — Ele ri. — Engravidei a mãe dela na primeira e única vez que a gente saiu, então a notícia pegou todo mundo de surpresa. — Ele passa a mão pela cabeça. — Não era o momento ideal. Eu tinha acabado de perder meu pai.

Só me dou conta de que toquei nele para confortá-lo quando ele vira o rosto em direção ao antebraço, onde minha mão está posicionada. Retiro-a dali no mesmo instante, recostando o corpo de volta no sofá.

— Sinto muito.

— Obrigado. Mas quer saber o que aprendi com isso tudo? Acho que não tem essa de momento ideal. Foi uma barra na época, eu tinha bem menos trabalho do que hoje e estava triste por causa da morte do meu pai. Mas foi a Mari quem trouxe alegria para gente e a sensação de que a vida continua. — Engulo o nó que se forma em minha garganta. — Ela deixou as coisas um pouco menos difíceis. Quer dizer — ele se corrige —, vira e mexe eu me vejo preocupado com um monte de coisa que não me preocupava antes. Não é fácil esse negócio de ser pai. Mas me dei bem com o papel. Compensou em vários sentidos, e eu não trocaria minha filha pela vida de antes por nada neste mundo. Antes dela, eu acreditava que precisava ser durão, sabe? Mais ou menos o que me fizeram acreditar que tinha que ser. A Mari me deu leveza e me ensinou que eu também tinha direito a esse afeto.

Sinto uma compaixão enorme por Marcos e o ímpeto de tocá-lo novamente.

— A gente acaba se apegando ao que nos dá forças, né?

Penso em dividir com ele como a Frida me ajudou depois dos meses difíceis em 2015, como precisei mudar todo o meu estilo de vida. Mas, sendo sincera, nunca contei isso para ninguém, exceto para minha mãe. Nem meu pai sabe o que me motivou de verdade a mudar de profissão. E, sem fazê-lo entender quanto a loja significa para mim, a comparação não tem o menor sentido. Quer dizer, ele está falando da filha, caramba. Nada se compara a isso.

O som do interfone quebra de vez meu impulso de compartilhar algo tão íntimo. Marcos se prontifica a atendê-lo e a buscar a pizza lá embaixo. Como estou me sentindo melhor, arrisco a me levantar e pegar pratos para nós. Dou uma mancadinha, mas nada muito preocupante.

Quando ele retorna, o balcão da cozinha está munido de pratos, talheres, azeite e guardanapos, e não demoramos a nos servir da pizza quentinha.

Como a janela está aberta, o som da noite paulistana chega até nós, mesmo que distante. O burburinho da agitação da cidade que não dorme contrasta com o silêncio que se apoderou de nós, perdidos em nossas fatias com queijo derretido.

— Você acredita que eu me recusava a comer pizza quando era criança? — Marcos enfim nos tira da quietude.

— Uma criança que não gostava de pizza? Essa é nova!

— Pois é, isso só foi mudar quando eu era adolescente, por causa das aulas de biologia.

Franzo o cenho, achando a conversa mais estranha a cada nova informação.

— Era por causa do molho — ele acrescenta após engolir o pedaço que estava mastigando. — Eu caí naquela conversa de que tomate é fruta e tinha nojo de pensar em calabresa, queijo, frango, qualquer um desses recheios em cima de uma camada de algo doce. E sim, eu já tinha comido tomate, mas meu cérebro não aceitava que o sabor seria aquele. Eu só conseguia pensar em um molho de morango ou sei lá.

— Espera, tomate não é uma fruta?

Como assim eu fui enganada minha vida toda?

— Não, é um fruto.

— E qual é a diferença?

— Nem toda fruta é um fruto. E nem todo fruto é uma fruta.

Encaro Marcos de uma forma que aparentemente demonstra que não estou entendendo nada do que ele diz — e que devo ter dormido nas aulas de biologia —, porque ele ri e continua:

— O conceito de "fruto" é da botânica. O de "fruta" é culinário. Uma banana e um morango, por exemplo, são indiscutivelmente frutas, mas eles não são frutos, segundo a biologia. Tem a ver com a parte do vegetal de onde eles se desenvolvem: para ser fruto tem que ser desenvolvido do ovário da flor e ter semente.

— Tá, a conversa ficou nojenta. Que negócio é esse de comer ovário de planta? E como é que você se lembra de tudo isso?

Marcos dá risada do meu jeito inconformado.

— Eu memorizo tudo que acho interessante. Por isso, reconheci seu rosto logo de cara quando seu perfil apareceu para mim no Tinder.

Dou um sorriso tímido, sentindo o coração quentinho na mesma hora.

Um pouco depois de terminarmos de comer, Marcos tira o celular do bolso da calça para ver as horas. No mesmo instante, sou tomada por uma relutância de quem não quer que a noite acabe.

Mas ele volta a guardar o aparelho e se oferece para lavar a louça. Recolho os pratos e talheres, jogo o lixo fora. Marcos cuida do resto e quase me obriga a voltar a me sentar no sofá. Segundo ele, não quero piorar a situação do meu tornozelo "ficando que nem um poste ao lado dele". Aceito não só porque meu pé está mesmo incomodando, mas porque podemos continuar conversando assim — vantagens de morar em um apartamento pequeno e de ter uma cozinha americana.

Assim que termina, Marcos vem até mim.

— Acho que já vou — ele diz, após novamente conferir as horas no celular. — Se quiser, posso trancar a porta para você e passar a chave por debaixo da soleira, aí você não precisa se levantar de novo.

— Fica tranquilo, eu consigo fazer isso.

Ele assente e se vira em direção à porta. Então hesita e volta o corpo para mim. Fico esperando ele dizer algo, mas ele apenas me encara.

O ar ao nosso redor de repente parece denso como concreto, mas constituído pelos mesmos elementos que formam Marcos.

Não consigo não me sentir consciente de sua presença. Embora ele ocupe um pequeno espaço sobre o tapete, é como se ele estivesse espalhado por toda a sala.

Apesar de o encontro ter começado todo errado, acabei conseguindo conhecê-lo ainda melhor do que se tudo tivesse acontecido conforme o planejado. Sei muito bem qual era o propósito inicial do nosso encontro, mas nada do que Marcos fez foi pensando em me levar para a cama. Não houve segundas intenções. E a forma como ele me olha agora me faz acreditar que o ar preenchendo seus pulmões tem aroma de lírios.

O formigamento recém-surgido em meus lábios se intensifica.

Engulo em seco quando vejo Marcos respirar com mais força e uma faísca cruza seu olhar.

Meu Deus, eu quero beijar esse homem. E quero desesperadamente que ele queira me beijar também.

Tenho a impressão de que estamos conectados por um fio de tensão, e, ao mesmo tempo que ele nos energiza, também nos paralisa, mantendo essa distância entre nós que não consigo quebrar.

Então, ouvimos o barulho do elevador lá fora e somos despertados do transe.

— Boa noite, Lily. Vai me avisando de como está o tornozelo, tá?

Só quando ouço o clique da porta se fechando é que percebo o quão vazia e fria minha sala ficou.

Maio

Capítulo 14

I'm quiet you know
You make a first impression
I've found I'm scared to know
I'm always on your mind
"COLLIDE", HOWIE DAY

— Pelo amor de Deus, Lily, você não tem uma panela de pressão?

Quase me arrependi de ter contado para vovó que caí ontem à noite. Ela botou na cabeça que eu precisava de ajuda e veio cuidar de mim.

Mas só quase, porque nunca me recuso a ser mimada por ela. Especialmente quando ela resolve fazer meu almoço.

— Como se você não soubesse que cozinhar não é meu forte, vó — grito para ela do sofá.

— Mas é inadmissível uma pessoa morar sozinha e não ter uma panela de pressão. Como você sobrevive?

— Com um micro-ondas, delivery e comidas que exijam o mínimo de preparo.

Em minha defesa, eu me ofereci para ajudar com o almoço, mas vovó me expulsou da cozinha. Além de ela odiar dividir o espaço com alguém, acho que ficou com medo do tipo de refeição que meus dotes culinários poderiam criar.

Por isso, estou linda e esparramada em meu sofá, vendo um filme qualquer na Netflix. Apesar de meu tornozelo não estar mais doendo muito, é ótimo que hoje seja feriado, assim eu garanto que ele não vai piorar.

— Seu pai não vem mesmo comer com a gente?

— Não. Ele disse que estava ocupado corrigindo umas provas — o que, por um lado, foi bom. Do jeito que o apartamento está, ele com certeza reclamaria da bagunça.

— Desnaturado. Faz uns dez dias que ele não passa lá em casa para me dar oi. Você tem a quem puxar mesmo.

Ela fala brincando, mas ainda assim não gosto de passar muito tempo sem que a gente se veja.

— Desculpa, vó! As coisas andam corridas por aqui. E foi a senhora quem me dispensou da última vez.

— Ora, e eu lá tenho culpa de você resolver querer me visitar quando já tenho compromisso?

— Como foi o encontro, aliás? Foi a segunda vez que vocês saíram, né?

— Foi, e também a última. Apesar de ele ter perdido a mulher há dez anos, acho que ainda não está pronto para outra relação, sabe? Pela forma como ele ficou falando da esposa...
— Vovó dá de ombros, parecendo conformada. — Vai, agora você, me conta direito como foi com o músico ontem — diz enquanto descasca uma cebola no balcão da cozinha.

Embora seja sempre muito fácil conversar com vovó Nina, dessa vez não sei o que dizer. Falar com Marcos passou a fazer parte da minha rotina. Mas tivemos dois encontros e nada de mais aconteceu.

Quer dizer, pelo menos na prática. Mas e na teoria?

Eu *sei* que não inventei a atração que surgiu entre a gente. Ainda assim, nos encontramos em situações tão atípicas que não fomos além da conversa. Eu quero ir além, tenho certeza de que ele também, mas, ao mesmo tempo, não faço ideia do que está rolando entre a gente. E nem quando vamos ultrapassar o estágio do blá-blá-blá.

— Ah, vó. Ele é legal. E bem bonito. Mas ainda estamos na fase da conversa.

Vovó Nina para de cortar a cebola para me encarar. Ela parece ensaiar dizer algo, mas desiste.

— Desembucha, dona Nina.

— É só que... Não sei, parece que você não está me dizendo alguma coisa.

Desvio o olhar na mesma hora e sinto o rosto corar.

Por que minha avó tem que me conhecer tão bem?

A questão é que eu deixei mesmo uma coisa de fora. Embora parte de mim esteja muito atraída por Marcos, decidi que vou evitá-lo um pouco, pisar no freio. O problema é que, de repente, tudo pareceu *demais* para alguém que, antes de ter começado a conversar com ele, nem ao menos queria novos encontros. A frustração esmagadora que senti quando ele foi embora sem ter me beijado... Pareceu importante demais para o que deveria ter sido uma troca de saliva.

Uma troca de saliva com muita química, mas ainda assim.

Acho fofo Marcos ter se preocupado, talvez, em deixar para me beijar quando eu não estivesse mais dolorida, mas o problema era só meu pé, o resto do meu corpo estava muito bem! Se a gente tivesse resolvido isso logo, agora eu não estaria assim.

Quer dizer, a noite de ontem não para de me vir à mente. Fico lembrando de como foi gostoso estar na companhia de Marcos e de como ele foi cuidadoso comigo. Também não consigo esquecer a sensação de quando ele foi embora.

E, caramba, que perda de tempo! Todo mundo sabe que não é saudável ficar pensando assim em alguém, parece até que estou obcecada. Sem contar que é perigoso, porque as coisas que aconteceram começaram a se mesclar com as minhas impressões e sentimentos.

Por exemplo: tenho certeza de que, para ir embora, Marcos simplesmente saiu do meu apartamento. Esse é o fato, certo? Ou seja, é algo que não deve ter durado mais que alguns segundos. Estamos falando de São Paulo, o apartamento que eu consigo bancar não é nenhuma mansão. É cientificamente impossível alguém demorar mais de trinta segundos para ir do meu sofá à porta quando se propõe a fazer esse trajeto sem pausas.

Então por que, na minha cabeça, é como se isso tivesse demorado uma eternidade? Lembro de ele me olhar, como se... como se eu estivesse atrás de uma vitrine. E lembro que de repente ficou difícil respirar, como se eu realmente quisesse transpor os vidros ao meu redor.

Como isso pode ter acontecido em questão de segundos?

Mais que isso, não esqueço como, de repente, senti vontade de compartilhar com ele meus pensamentos mais íntimos. Depois que Marcos foi embora, fiquei um tempo no sofá, encarando o teto e digerindo as duas horas anteriores. Fazia tempo que não me sentia tão... vulnerável.

Então, preciso de um tempo.

Mas acho que vovó não aprovaria essa minha abordagem, por isso estava evitando contar a ela.

— É só que... Não sei. As coisas parecem estar intensas entre a gente, talvez por causa da expectativa que estamos criando. E não sei se gosto disso. Prefiro as coisas mais leves, sabe?

Vejo vovó concordar com a cabeça.

— Você já se perguntou por que prefere que elas sejam assim?

O que vovó quer dizer?

Pauso o filme — não estava prestando atenção há um tempão mesmo —, cruzo as pernas no sofá e me viro de frente para o balcão.

144

— Como assim, vó? Não tenho o que me perguntar. Só estou em outro momento agora, não quero ficar me desgastando em um relacionamento.

— É. Você precisa focar na Frida, né? Vem cá, tem mais alho em algum lugar ou só esse murcho na geladeira?

Quando me levanto para pegar um pote de alho picado, fico com a impressão de que vovó Nina não acreditou em minha resposta.

★ ★ ★

Depois que vovó vai embora, resolvo fazer uma faxina na casa. Começo pela sala, batendo o tapete na varanda e varrendo o chão, sonhando em comprar um daqueles robôs aspiradores. Tiro os envelopes acumulados em cima do rack: a fatura do meu cartão, contas da casa, a parcela do empréstimo. Quando um mal-estar ameaça despontar entre minhas costelas, jogo tudo dentro da gaveta e saio em busca de um incenso, para atrair boas energias.

Chegando a hora do meu quarto, abro as portas do armário, me sento no chão e vou desbravando as gavetas, separando o que não quero mais usar e dobrando peça por peça novamente.

Fico tão entretida com a tarefa que mal percebo a tarde passar. Só noto que já escureceu quando a tela do meu celular se acende com uma chamada do meu pai, clareando o ambiente.

Assim que atendo, ele pergunta do meu tornozelo e embarcamos em uma conversa rotineira.

— Queria te pedir um favor. — Papai tenta soar despreocupado, mas percebo que está inseguro. — Amanhã vai ser minha terceira reunião lá do grupo e eles me pediram para levar um acompanhante. Faz parte do processo.

Ele fica em silêncio, aguardando que eu me manifeste.

— E você precisa que eu te acompanhe?

— Se você puder. Convidei sua avó, mas ela disse que estaria ocupada com uma aula de massagem tântrica. — Rio alto. Ou vovó não faz ideia do que isso realmente significa ou sabe muito bem e realmente vai na tal da aula. Sinceramente? Eu não ficaria surpresa com nenhuma das opções. — Tentei encontrar outras pessoas, mas não consegui. É importante para mim e não quero chegar lá sem ninguém.

Suspiro. Queria usar a cartada do "meu tornozelo está ruim", mas comecei a conversa falando que ele já está 100%. Por que meu pai tinha que usar o "é importante para mim"? Ele sabe que não consigo negar quando fala desse jeito.

E isso responde minha pergunta.

— Tudo bem, eu vou.

— Vai mesmo? — Quase consigo ouvir seu sorriso.

— Vou, né? Depois da leve chantagem emocional...

Ele dá risada.

— Eu sabia que funcionaria.

O pior é que não consigo nem fingir que estou indignada.

Capítulo 15

I am beautiful
No matter what they say
Words can't bring me down
I am beautiful
In every single way
Yes words can't bring me down
So don't you bring me down today
"Beautiful", Christina Aguilera

— Vai demorar muito, Bi? — pergunto mais alto do que gostaria para garantir que minha amiga, a alguns metros de mim, vai me escutar, e dou um sorrisinho nervoso para o casal que me nota ao passar por mim.

Bom, não teria como não me notar, considerando que estou toda produzida, fazendo pose, sentada na calçada. Com uma das mãos no chão e a outra no queixo, meu rosto está inclinado em uma expressão blasé. A intenção é fazer um carão e conseguir uma foto bem bonita para o Instagram, mas tenho um leve pressentimento de que só vou contribuir para o meme "expectativa *versus* realidade".

— Se você continuar falando, vai. Foco, dona Liliane!

Os pedestres passando por mim atrapalham mais do que minha fala, mas engulo o comentário e respiro fundo, invocando minha *coach* interior. Bianca só quer me ajudar, tem um olho ótimo para fotografia e, quanto mais eu resistir, mais tempo vamos demorar — e mais exposta vou me sentir. Por isso, relaxo os ombros e trabalho minha melhor expressão de modelo, encarando Bi. Ela está na mesma calçada que eu, mas, segundo ela, o enquadramento ficaria melhor se ela se afastasse.

— Agora olha para a câmera como se eu fosse o *boy*, quero realmente acreditar que você quer sentar em mim.

Isso me faz fitá-la com uma expressão que não nega o quanto meu único desejo, apesar de sua orientação, é trucidá-la. Se eu pudesse matar alguém com o olhar, Bianca teria caído dura no chão. É óbvio que ela não viu, atrás dela, o senhor sem dúvida mais velho que vovó Nina — e, a julgar por sua expressão contrariada, muito mais conservador.

— Pelo amor de Deus, Bianca — falo entredentes, depois de o homem nitidamente mudar de ideia sobre seu percurso e atravessar a rua. Ainda bem que não tinha nenhum carro se aproximando. Só me faltava, para além da humilhação pública, ser a causa indireta de um acidente.

— Você quer uma foto boa, não quer? — Acho que não sou só eu que estou irritada, a julgar por sua mão na cintura e a expressão de desdém. — Então me ajuda a te ajudar e se acostuma, que quase nunca dá para conseguir de primeira.

Reviro os olhos, mas sei que ela está certa. Eu nem deveria estar irritada, é muito mais difícil fazer fotos legais sozinha. Em uma das minhas tentativas em casa, demorei horrores até encontrar um lugar onde eu pudesse apoiar o celular e ainda assim garantir um bom enquadramento. Depois, os dez segundos entre ativar o disparador da câmera e correr para a posição eram insuficientes. Ou seja, precisei repetir a experiência várias vezes, procurando ser cada vez mais rápida. Mirei na pose elegante, mas, com a correria toda, acertei na desgrenhada.

Ainda assim, é muito difícil não me sentir ridícula tirando fotos no meio da rua. Pode ser que as pessoas não estejam nem aí para nós, mas não posso evitar a impressão de ter uma melancia pendurada no pescoço.

— É que não quero me atrasar...

Bianca me interrompe antes que eu conclua o pensamento.

— Você nem queria ir nessa reunião, para começo de conversa.

Merda.

— Mas não quero deixar meu pai esperando — respondo, em uma nova tentativa.

— E ele não vai, se você *parar de reclamar*.

Finalmente cedo. Eu não devia ter aberto o Pinterest em busca de inspirações perto de Bianca. Conhecendo minha amiga, era óbvio que ela se empolgaria. Assim que bateu os olhos na foto que nos trouxe aqui, gritou "É essa!" e saiu escolhendo as peças para compor o *look*, dizendo que até já sabia onde *nós* faríamos a foto — e, devo ressaltar, até esse momento eu só tinha falado com ela usando o singular. Não tive escolha senão concordar, então deixamos Vivi cuidando da loja e viemos para uma das ruas paralelas à Frida. Confesso que, no começo, estava empolgada, mas só porque pensei que seria sentar, posar e pronto.

Só que, depois do primeiro clique, Bianca deu início a uma série de orientações: "coloca o braço mais para trás, mas mantém o tronco onde está"; "se inclina mais para a esquerda... a minha esquerda, não a sua"; "vira o queixo levemente na minha direção"; "o olhar vai só um pouquinho para o outro lado"; "segura aí, tem gente passando" e por aí vai.

Já deve ter passado uma meia hora, a luz vai começar a mudar logo mais e vou ter que correr para encontrar meu pai na reunião — pegando o metrô bem no horário de pico. *Uhul!*

Canalizando todas as minhas energias positivas, fecho os olhos por um instante e, quando os abro, encaro Bianca com o olhar intenso que o retrato pede. Ela, percebendo que entrei no clima, toca a tela furiosamente e movimenta o celular em diferentes ângulos tirando as fotos, aproveitando também que, ao que tudo indica, os céus resolveram colaborar e não enviaram nenhum pedestre.

— Acho que temos uma foto. — Ela sorri ao olhar para o aparelho, e sua voz soa como um coral de anjos aos meus ouvidos.

Eu me levanto, passando a mão na bunda para limpá-la, e Bianca vem até mim. Preciso admitir que o trabalho valeu a pena: um raio de sol surgiu bem na hora, dando um efeito que parece até que foi inserido em edição. Além disso — assumo sem modéstia alguma — estou *muito* gata, poderosíssima com meu carão!

— Valeu, Bi! — Nossas palmas se tocam em comemoração, a irritação de antes esquecida.

Então, quando vejo as horas, a tensão volta com tudo, e corro para a Frida em busca das minhas coisas, certa de que não vou ter tempo de me trocar para a reunião.

* * *

Acabo de descobrir uma nova obsessão: carecas.

Não, não desenvolvi nenhum tipo de tara estranha. Mas nunca havia percebido como elas podem ser interessantes.

Quando a gente pensa em carecas, a imagem que vem à mente costuma ser a de uma cabeça lisinha e brilhante, certo? Pois é, mas ela não necessariamente corresponde à realidade, posso garantir. A cabeça do senhor sentado exatamente à minha frente no círculo de pessoas que formamos, por exemplo, parece ser essa da idealização no primeiro vislumbre. Porém, um olhar mais atento — como o meu neste instante — consegue ir além.

Ele tem rugas acima da testa, em pequenos vincos resultantes de anos e anos de formação de linhas de expressão. Por mais que elas não façam parte do topo da cabeça, é como se fossem a porta de entrada, uma saudação dizendo "você vai encontrar outras irregularidades mais para a frente".

Passada a área das linhas, chegamos à das manchinhas de sol. Assim mesmo, no diminutivo. Elas são tão claras e pequenas que nem dá para percebê-las de relance.

É então que a mágica acontece, porque essas mesmas manchinhas começam a se espalhar pelo topo da cabeça como um todo — ao menos na área em que definitivamente não há mais cabelo. No caso deste senhor, as laterais da cabeça são mais escuras, onde o cabelo, embora raspado, ainda cresce. Contudo, a área central é diferente, mais lisa e lustrosa, e é bem nessa parte que as manchinhas pipocam.

Além disso, ele também tem algumas pintinhas. Eu sei que é possível ter pintas no couro cabeludo porque tenho uma na parte da frente da cabeça e, quando mamãe a descobriu, levou um susto, achando que fosse um piolho. De qualquer forma, não é algo que fique assim à vista de todos. Será que esse homem sabia que tinha uma pinta ali antes de ficar careca?

Que outros segredos nosso cabelo pode esconder? O que mais existe na pele da nossa cabeça que se torna invisível por causa da cabeleira? Será que podemos realmente conhecer quem somos, por inteiro, se não formos carecas ao menos uma vez na vida?

Epa.

Cogitei raspar a cabeça sem um motivo plausível ou é impressão minha?

O pensamento me desperta e sacudo a cabeça de leve para a realidade. Exceto por meu pai, à minha esquerda, e por Soraia, ao lado dele, não conheço ninguém neste círculo de cadeiras — e Soraia está mais para uma quase desconhecida, considerando que só nos vimos duas vezes antes de hoje —, e essa constatação me deixa um pouco mais aliviada, já que ninguém sabe quem sou e ninguém vai me ver de novo depois de hoje. Estou um pouco incomodada com minha maquiagem carregada e um *look* que, no mínimo, destoa das demais vestimentas. Digamos que eu sou a única com um short desfiado, colete comprido e aberto por cima de uma regata e minhas queridas botas de cano curto.

Uma senhora de cabelos brancos e fofinhos que me deixa com vontade de abraçá-la está falando sobre a morte de seu marido no ano passado.

Olho para cima, encarando o teto do salão da igreja. Algumas manchas de umidade se espalham pelas paredes brancas, indicando que o local precisa de uma reforma. Fora isso, o ambiente é simples e agradável. As cadeiras de madeira dispostas em círculo ocupam o centro do espaço, e fico me perguntando como aqui deve ser nos dias em que não há nenhuma reunião. Será que os móveis continuam como estão ou são dispostos de outra maneira?

Ao fundo do salão, à minha esquerda, há uma mesa ao lado de uma porta que dá acesso à área externa da igreja, quase como um quintal. Atrás de mim, outra porta leva à igreja em si.

Conforme a senhorinha continua falando, vou prestando atenção em tudo. Juro que há uns dez minutos consegui acompanhar o voo de uma mosca sem perdê-la de vista!

Em minha defesa, eu tentei, de verdade, prestar atenção nos depoimentos. Porém, como eu suspeitava, ouvir o que cada um tem a dizer só faz com que eu me sinta mal. Ouvi um jovem dizer como não conseguia superar o fim de seu relacionamento, uma mulher relatando como a dificuldade de engravidar tem afetado seu casamento e, agora que a palavra foi passada para a senhorinha, sinto que atingi meu limite.

Pela expressão emocionada das pessoas ao meu redor, não é difícil notar que, para elas, as reuniões ajudam. Não duvido disso, de maneira alguma. Mas, como eu já tinha dito a papai, elas não funcionam para mim.

De repente, uma garotinha de uns 5 anos, no máximo, entra correndo no salão pela porta que dá acesso ao quintal dos fundos. Ela para de supetão ao nos ver e, com os olhos, procura alguém.

— Aqui, filhota — Soraia sussurra, balançando a mão no ar, tentando não atrapalhar a reunião.

A menina vai até ela e fica em pé ao seu lado, com o rosto voltado para baixo. De onde estou, não consigo ver nada além de seus cabelos crespos presos em duas marias-chiquinhas no alto da cabeça.

— A vovó não pode agora, espera um pouquinho.

Apesar dos esforços de Soraia, a senhorinha que estava falando fica em silêncio e a reunião é interrompida, ainda que não de forma constrangedora.

— Desculpa, gente, é que ela quer brincar.

Todos sorriem. Afinal, é um típico caso de uma criança sendo criança.

— O menino da sacristia estava com ela lá fora, mas ele deve ter ficado ocupado. Podemos continuar, ela fica aqui com a vovó, né, filhota?

Soraia até tenta colocar a menina no colo, mas ela pula fora na mesma hora.

— Eu posso ficar com ela — falo, já me pondo de pé —, se vocês não se importarem.

Percebo meu pai me encarar de forma questionadora, mas finjo que não percebi. Tenho certeza de que ele sabe que estou querendo fugir.

— Não, imagina, querida. Não quero te atrapalhar e fazer você perder a primeira reunião.

— De verdade, não vai ser incômodo algum. Eu... Eu estava mesmo precisando tomar um ar, sabe.

Faço uma cara de quem está enfrentando um momento difícil.

O que não é mentira. Soraia só não sabe qual é a dificuldade em questão.

Ela me olha com ternura e algo a mais, que não sei identificar. Por que essa mulher parece estar sempre me estudando?

— Ah, coitadinha. Melhor ela sair um pouco mesmo — diz, em minha defesa, a senhorinha que estava dando seu depoimento.

Merda, agora vou para o inferno por fazê-la achar que a reunião está sendo demais para mim. Bom, poderia ser pior. Poderíamos estar *dentro* da igreja, e não no salão ao lado dela. Espero que aqui não seja considerado solo sagrado e que mentirinhas passem despercebidas.

— Se precisar desabafar, estamos aqui para isso. Queremos que se sinta acolhida.

As demais pessoas concordam e me incentivam a falar.

Meu pai apenas me encara, estreitando os olhos em reprovação. Ele é o único que sabe que estou apenas entediada.

— Não, não — me apresso em responder. — Acho que falar seria pior. Melhor eu ir com ela — percebo que ainda não sei o nome da menina — lá para fora, aí me distraio e vocês podem continuar aqui.

— Filhota, brinca com a moça enquanto a vovó termina aqui?

A garotinha olha para mim por uns segundos, como se estivesse avaliando se sou de confiança. Então volta o rosto para Soraia e concorda com a cabeça, estendendo a mão para mim em seguida.

Suspiro de alívio e, de mãos dadas, vamos para o quintal da igreja, sem nem olhar para trás.

— Como você se chama? — ela me pergunta assim que colocamos o pé para fora do salão.

A área externa é simples: alguns bancos dispostos nas laterais e uma área gramada rodeada por um chão cimentado. Penso em me sentar em um dos bancos, mas, ao ver a menina na grama, me sento perto dela, na área de cimento.

— Lily. E você?

Ela me olha por um instante antes de responder:

— Laura.

— Que bonito. E quantos anos você tem, Laura?

— *Quato*... não, quatro! Olha, pra você.

Ela me entrega uma pedra cinza, bem comum e cheia de terra. Recebo o presente sem hesitar.

— Uau, que linda! Muito obrigada, adorei.

Ela sorri, satisfeita com minha reação. Seu sorriso repleto de dentes de leite fica ainda mais reluzente em contraste com a pele em tom de mogno, alargando o rostinho rechonchudo.

— Você gosta de ir para a escola? — pergunto, meio incerta sobre que assunto puxar com uma criança, apontando para a camiseta de seu uniforme, da mesma escola onde meu pai dá aula.

— Gosto.

Seu dar de ombros não me deixa muito convencida, mas, como a conheço faz tipo uns dez minutos, não sei dizer se está ou não sendo sincera.

— Sua roupa não é de escola. — Ela imita meu gesto.

— Não é mesmo. — Coloco a pedra que ela me deu no chão e estico a barra da minha regata, olhando para ela e depois para Laura. — Mas é da minha loja. Vendo um monte de coisas bonitas lá!

Mas a atenção dela não está no meu rosto, e sim no pedaço da minha barriga que ficou à mostra quando levantei o tecido.

— Você tem as linhas!

Instintivamente, cubro as estrias. Laura é criança, sei que não está falando por mal, mas fico na defensiva do mesmo jeito. Porém, logo em seguida, penso se o mais correto não seria agir com naturalidade e mostrar para ela que é algo normal.

— A mamãe também tem — complementa Laura, antes que eu me decida sobre o que dizer. — Ela disse que essas linhas são que nem as que tem no meu livro de princesa, que a barriga dela *tá* contando a história de como eu vim para cá. Que história a sua barriga conta?

Abro um sorriso, agora sem reservas. Pelo contrário, o carinho toma conta de meu peito.

— Você gosta de princesas?

Ela assente com a cabeça, o semblante ávido pelo que está por vir.

— Essas linhas contam a história de uma... uma princesa guerreira. Quando ela era pequena, fizeram com que ela acreditasse que não podia ser princesa...

— Por quê? — Laura me interrompe, visivelmente indignada.

— Porque ela era diferente. Disseram que ela não era bonita para ser uma princesa... — faço uma pausa, criando suspense —... porque ela era gorda.

Seus olhinhos castanhos cintilam em compreensão.

— As princesas podem ser gordas, a mamãe disse que podem!

— Sua mãe tem razão.

Laura não imagina a sorte que tem por ter uma mãe assim. Sei disso porque, na sua idade, eu também não imaginava.

— Por causa disso, uma fada escreveu na pele dela para que ela nunca duvidasse — continuo minha história, as palavras fluindo mais facilmente do que eu poderia esperar, considerando que estou improvisando.

— Escreveu o quê?

Ela engatinha em minha direção, reclinando o corpinho roliço, ansiosa para ver as linhas. Atendendo a seu desejo, levanto a blusa, sem ressalva alguma, e, com carinho, pego seu dedo, que passa devagar por minhas estrias.

— "Atestado de realeza: a Senhora Suprema das Fadas deixa aqui registrado que Lily é uma princesa, para que ela nunca duvide".

Laura sorri, os olhos brilhando com ainda mais intensidade, e levanta uma das mãos para um "bate aqui".

O som das nossas palmas se mescla ao das vozes vindo em nossa direção.

— Aí estão vocês!

Soraia passa pela porta acompanhada de meu pai e de uma moça que não estava no grupo. A julgar pelas semelhanças com Laura — o sorriso de ambas é quase o mesmo —, deve ser sua mãe.

— Mamãe! — A menina se levanta e corre em direção a ela.

Ora, ora, se não temos uma Xeroque Holmes aqui.

— Oi, meu amor! Gostou de ficar com a vovó?

A mãe de Laura a pega no colo com tanto carinho que, no mesmo instante, tenho o vislumbre de uma lembrança, que tanto me conforta como causa um aperto no peito, assim como foi toda a nossa conversa.

Afasto a imagem da mente.

— Gostei. Eu conheci a Lily. A barriga dela também tem as linhas de histórias, mamãe!

Sou encarada por dois pares de olhos confusos e um constrangido.

— Oi, muito prazer. — Resolvo me pronunciar e finalmente me levanto do chão, batendo as mãos na parte de trás da minha calça para limpá-la e colocando no bolso a pedra que ganhei. Eu me aproximo do grupo estarrecido e faço um carinho no rosto de Laura. — Essa mocinha aqui me contou uma história linda que ouviu da mamãe, e contei outra para ela.

Encaro a mulher que, mesmo sendo menor que eu, também não é magra, procurando tranquilizá-la de que sua filha não me constrangeu por falar das minhas estrias.

— É mesmo, filha? Que legal! — A mulher sorri para mim, visivelmente aliviada. — Me desculpa, qual é seu nome mesmo?

— Lilian. Mas pode me chamar de Lily.

— Prazer, Lily. Sou a Andressa. Peço desculpas por essa apresentação corrida, mas preciso ir, ainda tenho que dar o jantar dela. — Ela se vira para Soraia. — Dá tchau para a vovó, filha!

— Tchau, meu amor! — Soraia dá um beijo na neta e depois se despede de Andressa. — Se precisar de alguma coisa, me avisa, viu, filha?

— Pode deixar, obrigada! Dá um beijo na Lily, amor.

— Tchau, Lily! Você vai brincar comigo de novo?

— Sempre que a gente se vir! — Não quero dizer para Laura que talvez não nos vejamos de novo, já que não tenho intenção de voltar aqui. — Mas ó, estou levando o presente que você me deu!

Laura sorri de orelha a orelha ao ver a pedra e vai embora feliz.

Ficamos os três observando Andressa desaparecer pela porta com a filha no colo.

— Imagino que vocês tenham se dado bem — papai comenta, com um tom de quem pede explicações, mas não sei se quero compartilhar.

— Ela é uma ótima mãe — respondo, sem dar mais detalhes.

— Nem me fale! — Soraia fala orgulhosa, voltando o corpo para mim. — E você, está melhor, filha? Gostou da reunião, mesmo sem ficar até o fim?

Merda. Preciso reagir rápido.

— Melhorei sim, Soraia. Nada que a companhia de uma criança não ajude, né?

Ela sorri para mim, sem dizer nada.

Por ora, me safei, embora o olhar cínico do meu pai indique que não vou conseguir fugir dele mais tarde.

— Se precisar de qualquer coisa, pode pegar meu telefone com seu pai, e volte sempre que quiser. Vai ser bom ter você com a gente!

É. Acho que vou mesmo para o inferno. Soraia é um amor, e aqui estou a enganando na maior cara de pau.

— Obrigada! Agora preciso ir também. Você vem comigo, pai?

— Não, filha, fiquei de ajudar aqui a organizar o salão. A gente conversa depois.

— Está bem, então tchau — eu me despeço de ambos, me fazendo de desentendida.

Já consigo até ouvir a bronca que vou levar de papai depois. Mas agora preciso ir a um lugar.

Capítulo 16

I'm looking for a place
I'm searching for a face
Is anybody here I know
Cause nothing's going right
And everything's a mess
And no one likes to be alone
"I'm With You", Avril Lavigne

Assim que entro em nosso café, encontro minha mãe sentada a uma das mesinhas ao lado da janela, me esperando. Assim que saí do grupo de apoio, eu sabia que tinha que vê-la.

A imagem dela e o cheiro do café misturados ao aroma quente e adocicado de bolo recém-saído do forno me dão uma sensação instantânea de conforto.

— O que aconteceu, minha flor? — mamãe me pergunta quando me sento à sua frente.

— Eu te contei que o papai começou a frequentar um grupo de apoio emocional? E que me fez ir hoje com ele?

Cada uma das afirmações causa nela um franzir da testa e uma expressão repleta de pena. E dor.

— Nem foi o encontro em si que mexeu comigo, mas uma menina que eu conheci lá. E, na verdade, nem sei por que me incomodou tanto. Quer dizer, eu sei, mas… Ah…

— Por que você não me conta o que aconteceu e aí tentamos entender juntas?

Então conto para ela como escapei da reunião me prontificando a cuidar de Laura. Vejo carinho no sorriso que mamãe abre e sei que tomei a decisão certa ao procurá-la.

— Posso ajudar? — Uma garçonete me interrompe. — Quer fazer o pedido?

— Uma água com gás, por favor, e um expresso. Ah, e uma porção de cookies.

Aguardo até que ela se afaste o suficiente antes de continuar a desabafar.

— No fim, ficou tudo bem. Nossa conversa foi ótima, aliás.

Passo a mão sobre a barriga antes de cruzar os braços sobre a mesa e meu olhar se perder na rua.

— Mas?

Levo um tempo para voltar o rosto em sua direção, tentando colocar os pensamentos em ordem.

— Acho que a situação como um todo me fez pensar na gente. Me fez lembrar do *bullying* que sofri e de como você deixava tudo mais fácil... Senti que precisava ver você.

— Então você fez bem em ter vindo.

Sinto o calor de sua palma em meu antebraço, mas me distraio quando a garçonete retorna com os pedidos.

Mais uma vez, aguardo que ela se afaste da mesa para retomar a conversa.

— Tem mais alguma coisa te incomodando, não tem? — Mamãe é mais ágil do que eu.

— Não sei. Quer dizer, sei, sim. — Paro para organizar os pensamentos. Fecho os olhos, respiro fundo e continuo: — É o Marcos.

Tomo um gole do café. O sabor forte me anima.

Enquanto conto sobre como me senti atraída por ele desde a primeira vez que nos vimos e de como fiquei nervosa em nosso primeiro encontro oficial, mesmo antes de eu ter caído e alterado todos os planos para a noite, sou transportada de novo para minha pré-adolescência, deitada em meu quarto com Avril Lavigne tocando no MP3.

Em 2002, era praticamente a única coisa que eu escutava, e passei muito mais tempo na fase de "I'm With You". Enquanto Avril se sentia solitária, questionando se alguém viria encontrá-la, quem quer que fosse, eu me contorcia em posição fetal, agarrada a uma almofada, partilhando do mesmo sentimento. Naquela época, meninos e meninas começavam a se aventurar em seus primeiros beijos, aos poucos deixando para trás a fase das brincadeiras de criança. Mas nenhum garoto se interessava por mim.

Os fones não me deixavam ouvir as batidas de mamãe na porta, então era comum que eu só percebesse sua chegada quando sentia a cama afundar e ela acariciar, com cuidado, meu rosto molhado.

— Sei que isso é importante para você, minha flor — lembro de ela me dizer com gentileza —, mas não é a única coisa que importa. Conta mais sobre aquele projeto da feira de ciências!

Aquela era sua forma de me fazer entender que minha vida não podia se resumir aos garotos, sem subestimar a importância daquilo. Mamãe não queria me privar da experiência, muito menos acreditava que eu não poderia vivê-la. Ela só sabia que tudo tem seu tempo — e seu devido valor.

Se não fossem suas orientações sempre francas, talvez meu primeiro beijo não tivesse sido especial. Ao contrário, poderia ter sido bem traumático.

Isso porque, com quase 14 anos, fiquei sabendo que um dos garotos populares — que nunca nem havia me dirigido a palavra — queria ficar comigo.

Minha primeira reação foi ficar nas nuvens. Mateus tinha olhado para mim! Mas, lá no fundo, eu sabia que algo não estava certo. E, daquela vez, não era minha insegurança querendo me sabotar, mas sim um mau pressentimento.

Contei para mamãe, sem mencionar o mal-estar incômodo de fundo.

Ela ouviu com atenção.

— Ele é um garoto inteligente por ter se interessado por você. Você é linda, filha.

Meus pais sempre ressaltavam minhas qualidades para além da minha aparência. Mas, naquele momento, eu precisava ser lembrada de que era bonita.

— Mas acho que tem algo de estranho — acabei admitindo.

— E por quê? — Não era ela quem precisava da resposta.

— Ele nunca falou comigo.

— Então tente descobrir se esse Mateus está sendo sincero. E não se permita pensar, de forma alguma, que ele é melhor do que você, porque não é verdade. — O pensamento "Como alguém como ele pode olhar para alguém como eu?" era o que mais vinha rondando minha mente. — Você é tão capaz de chamar a atenção de alguém quanto qualquer outra pessoa. Se ele não estiver bem-intencionado, o problema é ele, não você.

— Ou seja, ele é um babaca se não quiser dar umas bitocas na minha filha — papai opinou ao entrar na cozinha para buscar um copo de água, me fazendo rir.

O ponto é que, se mamãe tivesse, logo de cara, demonstrado desconfiança, eu teria me ressentido e dado ouvidos às minhas inseguranças de que ela também acreditava que Mateus não *tinha como* se interessar por mim. E teria ficado com ele apenas para provar o contrário.

Mas, agindo como fez, minha mãe abriu espaço para eu revelar minhas próprias inquietações. Mais do que tudo, ela me ajudou a primeiro conhecer Mateus antes de ceder ao meu desejo de ficar com alguém.

E foi assim que descobri, em tempo, que ele só estava interessado em me sacanear. Justamente por supor que eu estaria desesperada para ficar com qualquer pessoa, ele ia se aproveitar de mim, o que talvez não conseguisse com outras garotas.

Mas o que ele não sabia era que, se eu não conseguia — ainda — me sentir segura sozinha, tinha uma rede de apoio forte o suficiente ao meu lado.

Babaca arrogante.

Dei meu primeiro beijo somente aos 15 anos, muito depois de todas as minhas amigas, mas fiz isso com quem se interessou, de verdade, por mim. E era alguém em quem eu também estava interessada.

— É estranho, sabe? — digo ao terminar meu relato sobre Marcos. — Não estar a fim dele, mas o jeito que estou a fim. Por exemplo, eu curtia o Pedro, mas era uma coisa mais tranquila, avançando aos poucos. Agora? Dez dias atrás eu mal sabia que o Marcos existia no mundo e, de repente, a gente se fala todo dia e ele causa uma sensação estranha em minha barriga... Não sou essa pessoa, mãe. Há um bom tempo que não. Preciso me focar na loja, que não tem vendido como esperado, e estou aqui perdendo tempo ficando obcecada por um cara que não me beija mesmo que nós dois obviamente queiramos isso.

Quando termino, percebo de esguelha a garçonete me lançar um olhar estranho, o que me faz questionar quão alto estou desabafando. Ela finge não estar prestando atenção, eu me recomponho e continuo como se nada tivesse acontecido.

— Bom, então você já sabe o que fazer.

Não preciso dizer em voz alta a pergunta que surge em minha mente.

— Francamente, minha flor — diz mamãe, olhando bem fundo em meus olhos, enquanto tomo um gole de água —, beija logo esse homem.

Capítulo 17

You don't have to be cool
Don't have to be smart
Don't need to know everything all the time
It's alright if you're a little bit outta there
I don't care, I just wanna be your friend
"Friend", Kaitlyn

Apesar de, em geral, concordar com mamãe — sou adepta de ir lá e fazer logo de uma vez seja lá o que for que tiver que ser feito —, prefiro continuar com a abordagem de deixar as coisas esfriarem um pouco. Vai ser melhor que a gente se veja sem tanta tensão envolvida.

E uma maneira excelente de dissipar tensões é se exercitar. Por isso, no final do expediente de quinta, estou pilhando Vivi para irmos para a academia. Ela tinha dito que talvez faltasse hoje, que estava meio cansada, e passei a tarde tentando convencê-la do contrário.

— Me respondam uma coisa. Como faz para assistir a uma aula experimental? É só chegar lá e fazer?

— É isso mesmo que está acontecendo? — pergunto, chocada. — Por acaso você se interessou em ir, Bi?

Bianca se interessa tanto por uma academia quanto por um homem que quer ficar com ela por achar que vai descolar um *ménage* por ela ser bissexual.

— Uma mulher pode mudar seus hábitos, ok?

— É só ir, sim. Mas só acredito que você vai de verdade quando vir você lá.

Ela me encara com ultraje. Bianca adora um desafio.

— Pois então vamos.

— Opa, acho que essa eu não posso perder — se manifesta Vivi. — Vou me arrepender se faltar e não presenciar esse momento épico.

Dessa vez, a expressão de Bianca não é de indignação. Ela sorri empolgada.

★ ★ ★

— Mas meu pé nem está mais doendo! — Esse é meu protesto para Nati, nossa professora de *FitDance*.

— E você não quer que ele volte a doer. De verdade, Lily, é pelo seu bem. Você caiu há poucos dias e a aula pode ser pesada para você. Semana que vem você volta. Vai ser como se nada tivesse acontecido!

A contragosto, me dou por vencida e me despeço das meninas antes de deixar a sala de aula sob os olhares de desculpas de Vivi. Ela me perguntou se meu tornozelo estava mesmo 100%, Natália ouviu, quis saber o que aconteceu e aqui estamos.

Estou reunindo coragem para me trocar, emburrada pelo tempo desperdiçado, quando ouço alguém chamar meu nome.

— Oi, Carol! — cumprimento, surpresa.

Desde que eu e Vivi mudamos nosso dia de academia, não tínhamos mais encontrado meu ex e a atual namorada. Apesar de ficar um pouco receosa, porque agora ela com certeza sabe quem eu sou, fico contente de vê-la por aqui. Além de o meu santo ter batido com o dela quando nos conhecemos, posso ver que Carol aderiu aos tops para treinar.

— Fiquei mesmo me perguntando se a gente não se esbarraria de novo — diz ela, sentando-se no banco vazio à minha frente e tomando um longo gole de água da garrafinha.

— Pois é, eu e minha amiga precisamos mudar o dia da nossa aula.

Ela apenas assente.

— E vocês, continuam vindo de segunda e quarta? — pergunto, apenas para não deixar o clima mais constrangedor do que parece.

— O Pedro, sim. Eu estou vindo quase todos os dias, para ser sincera. Me empolguei com as opções. — Carol faz uma pausa, substituindo o sorriso contido por uma mordida nos lábios. — Olha, sei que vai parecer meio impulsivo, mas prefiro falar de uma vez para tirar esse elefante branco daqui.

É, o clima não *parece* constrangedor. Ele *está mesmo* constrangedor.

— O Pedro me contou sobre vocês. E eu entendo se você preferir me evitar ou *nos* evitar. Mas só queria que você soubesse que não precisa. Quer dizer — ela se ajeita no banco —, não estou dizendo para a gente conviver, a gente só se esbarrou uma vez e sei que a situação como um todo é meio estranha. Só que gostei de quando a gente conversou. Foram menos de, sei lá, vinte minutos, mas deu para sentir que você é uma pessoa legal. E não quero que fique um clima chato cada vez que a gente se vir por causa de uma coisa que aconteceu no passado. Eu tenho histórico, ele tem histórico, você tem histórico. A não ser que exista algo mal resolvido entre vocês, o que Pedro me garantiu que não, acho que podemos só seguir como adultos maduros, não?

— Pode ficar tranquila, não tem nada de mal resolvido entre mim e ele — me apresso em dizer, me sentindo mais aliviada por não precisarmos mais fingir que não havia um incômodo no ar. — Eu também gostei de você, e não gosto nem um pouco daquele desconforto todo que estava por aqui uns cinco minutos atrás.

Ela sorri para mim, evidentemente mais aliviada também.

— O Pedro me falou da sua loja e, bom, eu não aguentei e fui dar uma espiada nas redes da Frida — diz ela com timidez, como se tivesse feito algo que não deveria. — Achei seu trabalho tão incrível que só validou ainda mais o que você me disse aquele dia, porque vi que foi sincero como pareceu. Isso que você faz é lindo, porque você faz com o coração. Eu, que nem te conhecia, senti isso nos posts. Continua. Esse é seu caminho!

Mais do que surpresa, fico comovida. Além disso, não posso deixar de notar a ironia da situação.

— Acho que preciso te agradecer, e não só por esse elogio. Eu estava insegura de aparecer nos stories da Frida pela primeira vez, e lembrar de você me deu o empurrão de que eu precisava.

Dessa vez, é ela quem me encara com um brilho surpreso e emocionado no olhar. Sinto que criamos um vínculo, como um laço invisível ao nosso redor.

Vovó Nina estava certa. Vai ser uma bobeira evitar Carol só por termos dormido com a mesma pessoa.

Assim que nos despedimos, tomada por uma repentina inspiração, aproveito meu tempo livre e, depois de me ajeitar no espelho, saio em busca de um enquadramento legal para uma foto na academia.

Quer post mais blogueirinha que esse?

Capítulo 18

Eu desço dessa solidão
Espalho coisas sobre
Um chão de giz
Há meros devaneios tolos
A me torturar
"Chão de giz", Zé Ramalho

— Afinal, e o Marcos, Lily? Vocês não vão sair de novo?

Bianca me pergunta isso no meio da tarde, quando estamos papeando na Frida à espera de clientes. Vivi precisou sair mais cedo, então estamos só nós duas na loja.

— Vamos, mas ainda não sei quando. Ele estava enrolado esses dias.

O que não deixa de ser verdade.

Faz uns dez dias desde o último encontro e, de lá para cá, nossa troca de mensagens deu uma esfriada. Marcos até tentou manter as coisas como estavam nos primeiros dias que nos falamos, mas com certeza percebeu que eu não estava no mesmo clima.

Ele me chamou para sair de novo no final de semana passado, mas, como preferi esperar uns dias para aquietar o turbilhão de coisas que eu estava sentindo em relação a ele, dei uma desculpa e recusei.

— Mas vocês têm se falado?

— Quando dá tempo, sim!

Só não digo para Bianca que dá tempo quase todos os dias, até porque muitas vezes é só um "oi", então não conta.

E, para quem estava se falando todo dia, o dia inteiro, só um "oi" e *quase* todo dia é sim uma boa esfriada.

— A gente podia ir de novo em algum show dele, aquela outra vez foi tão boa!

— É... Vamos ver. Mas e sua *crush*? Você não me falou mais nada sobre ela.

Bianca desvia o olhar. Da última vez, entendi que ela não queria tocar no assunto e não forcei a barra, mas é bem estranho que ela continue reticente a falar a respeito.

— As coisas estão indo bem aos pouquinhos. A gente tem se falado, mas ainda não rolou nada também. Como eu te falei, é meio complicado.

— Me fala mais sobre ela! — Resolvo ir por um caminho que não envolva explicações que não possam ser dadas.

Então Bi passa a mão no cabelo e sorri de leve.

— Gosto muito das nossas conversas. Ela é mais na dela, não é expansiva que nem eu, mas é aquele tipo de pessoa perspicaz. Ela sempre faz ótimas observações e, ao mesmo tempo, consegue ser um doce de pessoa. Sabe aquela companhia gostosa e divertida? Ela é assim. Sem contar que é linda.

— Companhia? Então ela não é do Tinder?

Bi fica sem graça na mesma hora e se remexe na cadeira.

— Conheci ela na pós — diz por fim.

— Espero que as coisas deem certo! Você parece bem na dela. — Acho melhor encerrar por aqui, antes que Bianca se sinta mais acuada. Quando ela achar que é a hora, vai me contar.

★ ★ ★

Estou andando pela rua de casa. Não a do meu apartamento, mas a da minha infância, onde hoje meu pai mora. Vou pela calçada, com uma caneca nas mãos. Sozinha.

Não é uma caneca qualquer. Ela é grande, vermelha e, caramba, meu objeto favorito no mundo. Não sei por que é tão importante, mas a questão é que ela é, e ando abraçada com ela como um bebê com seu cobertorzinho da sorte.

De repente, Marcos aparece bem na minha frente. Quase não o reconheço, porque ele está careca. Quero perguntar o que ele fez com aqueles *dreads* — eles davam um ar tão sexy a ele! Mas, antes que eu possa emitir qualquer som, Marcos se inclina em minha direção.

Meu coração dispara e sinto aquela fisgada de desejo. Será que ele vai finalmente me beijar?

Quanto mais ele se aproxima, mais eu vejo o quanto ele é bonito, com ou sem *dreads*, e tenho um palpite bem forte de que ele também é bem bonito com ou sem roupa. Se a sorte estiver ao meu lado, espero logo descobrir.

Então, quando estou prestes a sentir seu corpo encostando no meu — minha boca está seca pela respiração entrecortada passando pelos lábios abertos —, entendo que Marcos não está interessado em mim. Ele quer o objeto em minhas mãos.

Espera aí. Ele não vai me beijar e ainda quer roubar meu tesouro?

Espera, eu posso perder a caneca para ele?

Meu sangue gela. Se antes meu coração palpitava de um jeito bom, agora o ribombar é desesperador e, de repente, entendo o quanto *não posso* deixar Marcos pegar minha caneca.

Caramba, por que ele não me pega em vez disso e deixa a caneca em paz?

Então, dadas as condições e nossa proximidade alarmante, tomo a única atitude possível: desvio e saio correndo.

Obstinado, Marcos vem em disparada atrás de mim.

Corro o mais rápido que posso. Corro tanto que minha canela começa a queimar. Isso sem falar na vontade de vomitar!

Paro de forma tão brusca que, por um instante, acho que vou perder o equilíbrio.

Mamãe está em pé, no meio da rua, segurando uma criança no colo.

Laura? Mas desde quando elas se conhecem?

De qualquer forma, minha mãe estende o braço livre e me chama para um abraço. Não penso duas vezes e me jogo nele, sentindo na mesma hora seu cheiro de lírios — mais uma das coisas que nos une, porque esse é o meu cheiro também. O perfume se intensifica quando meu rosto afunda em seus cabelos sobre os ombros. Sei que agora vai ficar tudo bem.

Os fios fazem meu nariz coçar, então me afasto, sem me soltar de mamãe. Um de seus braços passa por meus ombros e eu, ela e Laura — que ainda não entendi o que está fazendo aqui — formamos uma barreira.

Marcos interrompe a corrida ao nos alcançar e me encara. É visível a derrota em seu semblante e, por um segundo, tenho pena. Ok, ele estava me perseguindo feito um doido instantes atrás, mas agora parece tão deprimido que, se minha caneca não fosse tão preciosa, eu iria até lá e a entregaria de uma vez para ele.

Como não é o caso, pode ir tirando o cavalinho da chuva, querido.

Então é a vez de mamãe me surpreender. Ela se desvencilha de mim com gentileza e me pede para segurar a caneca.

Acho estranho, porque, afinal, a caneca é minha. Eu entrei em uma maratona maluca para não a perder!

Mas é minha mãe. Se eu não puder confiar nela, então o mundo está perdido.

Estico o braço.

Ela aceita o objeto.

E joga a caneca com tudo no chão.

174

Capítulo 19

Ouvi dizer
Que existe paraíso na terra
E coisas que eu nunca entendi
Coisas que eu nunca entendi
Só ouvi dizer
Que quando arrepia já era
Coisas que eu só entendi
Quando eu te conheci
"Ouvi dizer", Melim

Das dificuldades da vida adulta, uma das mais dolorosas é aceitar que você precisa usar parte do seu sábado para fazer compras em vez de qualquer outra coisa mais empolgante que uma ida ao supermercado.

Acordei hoje em um raro momento de inspiração, fui toda feliz preparar um belo café da manhã e quebrei a cara quando vi a geladeira quase vazia. Até pensei no que daria para fazer com um pote de manteiga, duas maçãs murchas e um pacote aberto de macarrão que venceu há três semanas, mas as opções não eram lá muito animadoras.

Pensei então em passar um cafezinho, algo que nunca está em falta por aqui, e depois comer fora, mas descobri que não tinha mais filtro descartável. Encarei numa boa, como uma oportunidade de ser alguém melhor para o meio ambiente, e fui atrás do meu coador de pano. Foi quando lembrei que me desfiz do meu porque — olha só — eu não o usava. Infelizmente, me rendi à praticidade do de papel. Foi mal, planeta!

Enfim me dei por vencida e aproveitei o restinho de bom humor que ainda corria pelas minhas veias para me convencer de que, ao menos, eu não tinha nada planejado para hoje e conseguiria ir ao supermercado com calma.

Então, aqui estou com meu carrinho passeando pelos corredores, o cabelo preso em um rabo de cavalo para disfarçar a oleosidade depois de três dias sem lavá-lo e a cara limpa, expondo minhas espinhas típicas da TPM. Pelo menos minha camiseta combina com o chinelo, e jeans é universal, mesmo quando é o primeiro que você encontra no armário. Meu restinho de bom humor não foi suficiente para eu querer me arrumar de fato.

Como uma boa adulta, fiz uma lista para evitar gastos desnecessários. Coloquei todos os produtos de limpeza e de cuidados pessoais, além dos alimentícios, e estou me atendo ao que anotei. Mas não sou *tão* inflexível, e me permito um mimo ou outro.

Quando termino de colocar tudo no carrinho, agradeço pelo fato de estar com tempo, já que vou ter que voltar à boa parte dos corredores para devolver algumas coisas. Acho que me empolguei com os mimos.

Que fique bem claro que chocolate não é regalia: é essencial para minha qualidade de vida, então ele ainda está no carrinho quando finalmente me dirijo aos caixas.

Acho que muitas pessoas tiveram a mesma ideia que eu, porque não encontro um caixa sem fila. Passo por aquela difícil decisão sobre o que parece mais rápido, sabendo que é provável que a fila bem ao lado ande mais rápido e eu me arrependa amargamente da minha decisão.

Estou distraída com meus pensamentos enquanto espero ser atendida, olhando para o nada, então levo um susto quando sinto algo grudar em minhas pernas.

— Lily!

O "algo" tem cerca de um metro de altura e está, mais uma vez, com os cabelos crespos presos em marias-chiquinhas na lateral da cabeça.

— Nossa, oi, Laura! Você veio com a mamãe?

O sonho do meu cochilo de ontem volta com tudo e me deixa assombrada pela coincidência. E como se não bastasse, em primeiro lugar, encontrá-la logo depois de ter sonhado com ela, e em segundo, em um mercado *em São Paulo*, onde é difícil esbarrar aleatoriamente com qualquer pessoa, a situação consegue piorar. Porque ela me responde ao mesmo tempo em que uma voz grave, que mais parece música para meus ouvidos, faz minha barriga se revirar:

— Não, com o papai!

— Laura?

De jeans e camiseta branca, Marcos — a versão com *dreads*, não a careca — me parece ainda mais bonito do que eu me lembrava, e imagino que meu rosto demonstre tanta surpresa quanto o dele. O mais curioso é que reconheço que não estamos apenas desconcertados pela situação: seu olhar tem um tom de confusão que eu sem dúvida também estou sentindo. Além da vergonha por nem ter me arrumado. Eu não podia tê-lo encontrado quando estivesse pelo menos de cabelo limpo? Ainda bem que tive um pingo de noção e desisti de colocar a camiseta que estava furada.

De qualquer forma, a pergunta mais urgente não é essa. Marcos está com Laura? Mas ela disse que está com o pai, e a filha dele se chama Mariana.

— Oi, Marcos! — falo, para quebrar o silêncio. — Que surpresa te encontrar! — Especialmente porque sei que ele não mora por aqui. Ele devia estar pela região. — A Laura está com você?

Ele parece despertar de um transe e vem me cumprimentar. Vejo que ele hesita, mas me dá um beijo no rosto.

— Quem é Laura?

Nós dois olhamos para a menina, postada atrás da minha perna e que, de repente, parece muito interessada em mexer nas gôndolas que ficam nos caixas.

— Uhmm, ela?

Marcos desvia o olhar e me encara franzindo a testa, a boca aberta como se ele tivesse a intenção de dizer algo.

— Bom — ele então verbaliza seus pensamentos —, considerando que fui eu que a registrei, tenho certeza de que não. — Ele ri, ainda tentando entender a situação. — Essa é minha filha, a Mari. E de onde vocês se conhecem? Eu não teria visto você se não fosse por ela, que saiu correndo para te cumprimentar.

Mari?

É a minha vez de garantir algumas rugas para a testa da Lilian do futuro.

— A gente se conheceu semana passada. Fui com meu pai a um grupo de apoio emocional e ela estava lá com a avó. Mas ela me disse que se chamava Laura!

— Ah, minha mãe me contou mesmo que precisou levar a Mari com ela outro dia. A Andressa tinha um compromisso e eu também não podia pegá-la na escola. — Marcos muda o apoio do corpo ao dobrar uma das pernas. — Não sabia que você frequentava o grupo! — E, apesar da pergunta, olha para trás, como se não estivesse tão interessado assim na resposta.

— Eu não frequento, meu pai começou a ir mês passado e me arrastou para ir com ele. Pera, sua mãe? Mas a Soraia é mãe da Andressa!

Coço a cabeça. Não estou entendendo mais nada.

— Uhm, não. — Ele ri de novo, confuso, e volta a me encarar. — Soraia é minha mãe.

Lembro muito bem de Soraia chamando Andressa de filha. E caramba, quantas coincidências bizarras vão acontecer de uma só vez?

— Mas ela chamou...

Nem termino a frase. É verdade que Soraia chamou Andressa de "filha", mas, na verdade, ela também chamou a Laura/Mari assim.

Caramba, ela *me* chamou assim!

Mas a explicação faz sentido. Marcos tinha me dito que seu pai morrera. Soraia deve ter criado o grupo por causa do marido falecido.

— Minha mãe chama todo mundo de "filha" ou "filhota", se era isso que você ia dizer. — Seu tom de voz não entrega nada além da informação.

— É, acabei de perceber. Que grande confusão!

Apesar de a conversa estar fluindo e de estarmos compartilhando esse momento de muitas coincidências, Marcos me parece diferente das outras vezes que nos vimos. É como se ele estivesse... mais contido. Como se não estivesse indo tão além do que dita a educação.

— Nem me fale! Não consigo acreditar em como este mundo é pequeno. Mas eu ainda não entendi por que você achou que a Mari se chamava Laura.

— Foi o que ela respondeu quando perguntei. E acho que não falamos o nome dela quando conversei com sua mãe e a Andressa, então ninguém percebeu.

Espera. Isso significa que eu conheci a ex do meu atual *crush*?

Mas não consigo pensar muito a respeito, porque Marcos se vira para falar com Mari.

— Filha, por que você mentiu seu nome para a Lily?

Ela dá de ombros, sem se virar para nós, ainda entretida com as gôndolas.

Marcos suspira e pergunta novamente:

— Você conhece alguma Laura?

Mari parece ponderar.

— É minha amiga da escola — responde ela, por fim.

Marcos e eu nos entreolhamos, incertos sobre o que pode ter se passado na cabeça dela. Chega minha vez de ser atendida e volto minha atenção para o caixa. Marcos me ajuda a colocar os produtos na esteira, e percebo que ele só tem uma garrafa nas mãos.

— Você ficou nessa fila enorme para passar um suco?

— Ah, a gente estava indo para o caixa rápido quando a Mari te viu. Aí uma coisa levou a outra e aqui estamos.

— Bom, me lembra de agradecer sua filha depois, então.

Viro de volta para a esteira e vou colocando as compras. É impossível não me surpreender com a cantada que sai da minha boca, considerando meu recente esforço em tentar deixar as coisas com Marcos esfriarem. Também faz sentido que agora ele não pareça assim tão receptivo a um xaveco.

Então, me surpreendo ainda mais quando sinto um calor tomando a lateral do meu corpo. Marcos não chega a encostar em mim, mas existe uma energia tão intensa entre nós que parece palpável, como se tivesse encostado.

— Pode deixar, aí eu aproveito e agradeço também.

Ele fala com a voz baixa, beirando à rouquidão. É como se houvesse receptores específicos para as notas que ele produz espalhadas por todo o meu corpo, e seu timbre ressoa em mim como se estivesse ligado em um amplificador, fazendo os pelos na minha nuca se arrepiarem no mesmo instante.

De repente, respirar é uma atividade que exige muito esforço.

Mais do que tudo, é como se minha fala tivesse quebrado o gelo que antes envolvia Marcos. Pelo seu tom de voz, ele voltou a ser a pessoa que encontrei das outras vezes.

— Qual a forma de pagamento, senhora?

Dou um pulo quando a caixa fala comigo, e rezo para que ninguém tenha percebido.

Enquanto pago e embalo as compras, sou tomada por duas percepções.

Em breve terei que me despedir de Marcos.

Eu não quero ter que me despedir de Marcos.

Só que não posso propor esticar as coisas, já que ele está com a filha. Mesmo que a gente saísse só para bater papo, seria complicado envolvê-la assim.

Marcos me encara e posso apostar que está ponderando o mesmo que eu.

— Você veio de carro? — pergunta enfim.

— Não, a pé. Ia voltar de Uber, por causa das sacolas. É mais barato e prático. — Não comento que vendi o meu.

— Quer carona? Normalmente eu faria como você, mas não dá para ficar sem carro tendo uma filha.

Meu coração dá um pulo com a perspectiva de termos uns minutos a mais.

— Se não for atrapalhar vocês, eu aceito sim, obrigada!

Satisfeita, aguardo com meu carrinho depois do caixa enquanto Marcos paga pelo suco.

— Você quer alguma coisa, filha? Aproveita que o papai está passando agora.

— Quero, quero essa bala! É de morango.

E o segundo fato absurdo do dia acontece. Mas, desta vez, um absurdo cômico.

Porque Mari não está segurando um pacote de balas de morango, mas sim um pacote de *camisinhas* sabor morango.

Marcos encara a filha em um choque constrangido, e vejo que tanto a caixa quanto as pessoas atrás dele na fila estão segurando o riso, evitando encará-lo, enquanto eu mesma mordo os lábios para não rir.

Ainda desconcertado, ele se vira em minha direção em busca de ajuda. Mas, no momento que nossos olhos se encontram, todo o ar de diversão desaparece e aquele fio que nos prendeu na sala de casa no outro dia volta a nos conectar em uma intensa e instantânea tensão sexual.

Sua expressão se altera na hora, e seu olhar parece escurecer. Engulo em seco.

Ele parece dividido, como se não estivesse certo se compartilho do sentimento. Então, resolvo ajudá-lo.

— Acho que você não deveria decepcionar a Mari. — Pigarreio.

Sua íris é tomada por um brilho ao me ouvir, e ele assente.

— Tem razão. É bom que todo mundo tenha dessas balas, para quando precisar. Mas, filha, essas aqui são bem mais gostosas para você. Você não acha, Lily?

— Com certeza — reforço quando ele pega um pacote de balas de verdade. — Acho até que eu quero experimentar. Você me dá uma, Mari?

— Dou!

E respiramos aliviados por ela ter se esquecido do primeiro pacote.

Ou tão aliviados quanto possível, dadas as circunstâncias. Porque não consigo parar de pensar no fato de que acabei de incentivar Marcos a comprar um pacote de camisinhas.

★ ★ ★

Continua rolando um clima entre nós quando chegamos ao carro. Marcos primeiro prende Mari na cadeirinha no banco de trás e depois me ajuda a colocar as sacolas no porta-malas.

— E quais os seus planos para hoje?

— Vocês vão comer fora?

Rimos um para o outro por termos falado ao mesmo tempo.

— Você primeiro — diz ele, enquanto dá a partida no carro.

— Sem planos, na verdade. A vinda ao mercado era toda a minha programação. É difícil ter uma vida tão agitada…

— Sei como é, meus planos se resumiam a tentar jogar um pouco de Xbox quando a Mari tirasse o cochilo da tarde. E, respondendo à sua pergunta, combinei de almoçar com ela no McDonald's. Regalia de quem nem sempre passa os sábados com o pai.

Isso me recorda de nossa situação inusitada. Antes mesmo de a gente trocar um beijo, eu conheci a filha e a ex dele de uma vez só. Sem contar a mãe, que até visitou minha loja.

Tudo bem que nenhuma de nós fazia ideia de que tínhamos o fator Marcos em comum, mas, caramba, não dá para não se sentir estranha numa situação dessas. Ainda assim, é reconfortante que o contato tenha sido positivo. Eu e Andressa mal ficamos cinco minutos uma ao lado da outra, mas houve certa cumplicidade. Teria sido mil vezes pior se tivesse rolado qualquer atrito entre a gente e depois ela descobrisse que estou saindo com Marcos. Ao menos, eu não ia querer minha filha perto de alguém em quem não confiasse.

Marcos está sorrindo para mim e percebo que, assim como eu, está prolongando o momento, buscando um jeito de fazer nossos minutos renderem mais que a carona. E é por isso que faço uma proposta, sem pensar muito a respeito:

— Você disse que não tem planos para depois do almoço, né? Posso mostrar uma coisa para vocês?

— Pode! A gente deixa as compras na sua casa, você almoça com a gente e depois vamos. Que tal?

— Fechado! — digo, sorrindo.

★ ★ ★

— Bem-vindos à Frida!

Espero Marcos e Mari entrarem e então tranco a porta. Enquanto eles tentam enxergar o interior da loja, vou até o interruptor. Assim que as luzes se acendem, Mari arqueja.

Adoro ver quando as pessoas se sentem impactadas ao entrarem aqui, e percebo que consegui causar esse efeito nos dois.

Marcos percorre as araras admirando a variedade de peças, cores, estilos. Mas ele não se atém apenas às roupas, e fica dividido entre olhar para elas e para a decoração.

Embora eu ame minha loja, acho que já me acostumei com ela e com como ela pode ser impactante. Passo a maior parte do tempo, enquanto estou aqui, prestando atenção nas clientes, e não no ambiente. Agora, entretanto, permito-me olhar para ela com os olhos de quem a vê pela primeira vez.

Quase todas as paredes são cobertas por espelhos. Alguns são emoldurados, para que as pessoas se sintam como parte de uma pintura ao se verem refletidas. A maior parte, sem moldura, monta uma trilha nas paredes, como um caminho de pedras em um jardim. A ideia é que as clientes possam se ver em qualquer ponto da loja, porque aqui é um lugar em que elas *devem* ser vistas. E é um lugar onde elas podem brilhar. Esse é um dos efeitos mais legais de todos os espelhos.

Enquanto Marcos se encaminha para a área próxima aos provadores, onde temos um espaço simulando um camarim, Mari fica encantada com os manequins.

— Por que tem tantas *bonecas*? — Ela me faz sorrir com seu jeito de perguntar.

— Porque elas são como as pessoas que vêm aqui — respondo e caminho em sua direção.

— Coloridas?

Meu sorriso se alarga quando paro ao lado dela.

— Diferentes.

Mari parece compreender, porque, na mesma hora, leva as mãozinhas aos manequins, os dedos percorrendo as representações dos diferentes corpos: magros, gordos, em cadeiras de rodas, usando próteses de braços e pernas, em tantas cores quantas encontrei disponíveis para comprar, e vestidos em estilos diversos, combinados a perucas lisas, onduladas, cacheadas, crespas, curtas, compridas — há até manequins carecas.

Marcos se aproximou de nós sem que eu percebesse, e agora ouve atento nossa conversa. Então, sinto seus dedos largados ao lado de seu tronco esbarrarem nos meus, tão de leve que fico em dúvida se foi proposital ou não. Meu coração dispara de surpresa e, antes que eu dê por mim, dou um passo em direção a Mari, me arrependendo logo em seguida por não ter aproveitado melhor o toque.

— Ei, quer me ajudar a escolher uma roupa para ela? — Aponto para um dos manequins pretos.

Mari concorda na hora e saímos em busca de uma peça. Marcos vem nos ajudar e, quando dou por mim, estamos fazendo uma bagunça enorme nas araras, o que significa que Vivi vai querer me matar na segunda-feira por ter destruído sua organização. Mas não me importo de mudar tudo de novo se for preciso, só o que me importa agora são nossos sorrisos.

Não satisfeitos, trocamos as roupas de todos os outros também. A cada nova escolha, a beleza se manifesta de um jeito diferente. Nenhum dos manequins se parece e alguns são mais próximos dos padrões de beleza do que outros. Mas todos são lindos.

— Todas elas são princesas — declara Mari, e não posso concordar mais.

Talvez eu pudesse aproveitar esse momento e produzir algum conteúdo, sem expor Mari — eu não faria isso, mesmo que Marcos concordasse, sem o consentimento da mãe. Os dois teriam que estar cientes. Mas não quero. Esse momento é particular. Registro algumas fotos para guardar. São uma lembrança da tarde em que convidei duas pessoas por quem me afeiçoei para conhecer uma parte muito especial da minha vida.

Quando terminamos, Marcos insiste em colocar tudo no lugar. Assim, eu e ele fazemos o trabalho pesado enquanto Mari nos ajuda com o que pode, alcançando para nós uma peça ou outra espalhada pela loja.

Ao entrarmos no carro de Marcos, Mari dorme quase instantaneamente; com a farra na loja, ela ainda não tinha tirado o cochilo da tarde. Juntando isso à energia gasta com a brincadeira, ela só poderia estar mesmo exausta.

— Acho que você e eu não sabemos ter um encontro normal, né?

— Pelo menos hoje eu não me machuquei, o que é um avanço.

Minha resposta é tão automática que só depois de falar percebo que Marcos se referiu a hoje como um "encontro". No fim, acho que foi o que tivemos mesmo, ainda que não tenha sido, de novo, nada planejado.

A questão é que encontros costumam se encerrar de um jeito que, mais uma vez, não vai acontecer, e a constatação disso me dá uma sensação tanto de pesar quanto de urgência. Ainda nem me despedi de Marcos, mas sei que mal posso esperar para vê-lo de novo, o que só me deixa ainda mais consciente do quanto *quero* que isso aconteça.

Meus planos foram por água abaixo. O afastamento da última semana só aumentou minha atração por ele. Enquanto a gente não se via, era fácil acreditar que estava tudo sob controle. Mas agora, depois de passarmos um dia todo juntos, meu corpo grita por ele.

— Você fica com a Mari o fim de semana todo?

Ele parece estar pensando na mesma coisa que eu.

— Fico. Na verdade, quase.

Sinto um frio na barriga com a perspectiva.

— Combinei com a mãe dela de levá-la de volta amanhã depois do almoço.

Seu olhar é tão significativo que não deixa dúvidas sobre o que estamos combinando. Quando ele estaciona o carro, apenas assinto com a cabeça antes de dizer:

— Amanhã, então.

— Amanhã.

Olho para trás para dar tchau, mas Mari continua apagada.

— Então, até lá.

Inclino a bochecha para me despedir, mas Marcos me surpreende ao virar meu rosto e capturar minha boca com um beijo.

Penso em resistir, imaginando o que aconteceria se Mari acordasse, mas sou incapaz de fazer qualquer outra coisa que não me render. Algo tão bom quanto a sensação de seus lábios nos meus não pode ser errado.

O beijo começa suave, com o polegar de Marcos roçando meu rosto. É como se estivéssemos conhecendo um ao outro, explorando esse novo contato entre nós. Nossas línguas se encontram em uma carícia terna, quase de forma tímida, e isso me deixa querendo mais.

Aproximo meu corpo do seu e o barulho de nossos quadris deslizando no banco nos faz interromper o beijo para ver se Mari continua dormindo.

Ela nem ao menos se moveu.

Aliviadas, nossas bocas voltam a se encontrar. Porém, é como se toda a sutileza tivesse dado lugar a algo primitivo.

As mãos de Marcos estão em minhas costas e em minha cintura e em minha nuca e então de volta em minhas costas, e tudo que quero é que ele as coloque por baixo da minha blusa. Meu corpo arde de vontade de sentir sua pele; minha pele grita por seu toque.

Agarro sua nuca, e então Marcos suga meu lábio, para logo depois abrir minha boca novamente com a língua, quase com violência.

Mas ele não se contenta e sai em busca do meu pescoço, que mordisca e chupa antes de beijar.

Apenas quando percebo que estou instintivamente abrindo as pernas para que sua mão me explore é que me lembro de que estamos parados na frente do meu prédio, com o céu ainda claro e a filha dele dormindo no banco de trás.

Com muita dificuldade, me afasto de Marcos, que me olha com o mesmo desespero que sinto.

— Acho melhor eu entrar.

Ele respira fundo, mas concorda.

— Até amanhã.

Acima de tudo, a despedida é uma promessa.

Capítulo 20

Open up your eyes
You keep on crying
Baby I'll bleed you dry
Skies are blinking at me
I see a storm bubbling up from the sea
And it's coming closer
And it's coming closer
"CLOSER", KINGS OF LEON

Estou me sentindo ridícula.

Primeiro porque eu levantei absurdamente cedo por não conseguir mais dormir. Aí, para não ficar de bobeira, resolvi fazer um bolo. Eu, pessoa sem aptidão e sem gosto algum por cozinhar, achei que essa seria uma boa ideia.

Pelo amor de Deus, não faz sentido *algum*. Além dos motivos óbvios, o que eu, que moro sozinha, vou fazer com um bolo inteiro? Isso se ele ficar gostoso.

Francamente, que ideia ridícula.

Eu poderia fazer um daqueles de caneca ou correr até a doceria mais próxima e pedir uma fatia, mas, pensando bem, a questão não é exatamente comer o bolo. Eu *precisava* me distrair ou a ansiedade me deixaria ainda mais louca.

Porque a verdade é que, hoje, já olhei para meu celular mais vezes do que o normal e senti meu estômago dar uma cambalhota a cada mensagem nova, independentemente de quem tivesse mandado. Sem contar que não consegui parar de pensar no beijo de ontem e, principalmente, nas possibilidades das próximas horas. Basta pensar em como ele me segurou que fico com a impressão de ter vestido a calcinha logo depois de tirá-la da máquina de lavar.

Já disse quão ridícula estou me sentindo?

Merda, por que Marcos tinha que beijar tão bem assim?

O beijo ter sido absurdamente bom não é um problema, é o oposto disso. Porque, sério, se o beijo é uma amostra do que vem depois…

O problema é o que isso acarreta.

Se eu fosse da área acadêmica, com certeza faria uma pesquisa para saber de quem é a voz da consciência de cada pessoa, porque tenho um forte palpite de que, na maioria dos casos, ela pertence à nossa melhor amiga. Quase posso ouvir a Bi dizendo "Mas qual é o problema de as coisas serem boas assim, dona Liliane?".

Como toda pessoa normal, abro a boca para discutir comigo mesma, o que só complementa a cena belíssima formada por uma tigela redonda afundando entre meus seios, uma camiseta branca toda respingada pelo marrom da massa de chocolate e muito cabelo, que, a essa altura do campeonato, está metade preso por uma piranha e metade solto ao redor do meu rosto suado, uma vez que ela não foi capaz de segurar o volume das minhas madeixas.

Porém, quando sinto o discurso prontíssimo para sair em uma enxurrada, fecho a boca sem conseguir proferir uma palavra sequer.

Sim, estou plenamente confortável com minha solteirice e não estou buscando ninguém para mudar esse *status*.

Sim, acho que um relacionamento não cabe na minha vida nesse momento.

Sim, acho que a vida é muito mais simples sem esses frios na barriga todos.

Ou seja, não estava nem um pouco preparada para esse rebuliço emocional que Marcos causou. Por que me prepararia para algo que eu nem queria?

O problema é que, apesar da confusão, estar com Marcos tem sido bom desde o começo. Aliás, o beijo de ontem me mostrou que eu estava errada. Estar com Marcos não é bom, é *ótimo*. E aí eu não sei mais o que isso significa, o que isso quer dizer sobre mim. É como se eu tivesse me dado conta de que a história que resolvi ler não é um conto, mas um romance com muitos capítulos pela frente. E quando você começa um livro, não tem jeito, você sabe que tem um caminho para percorrer entre aquelas páginas.

Será que quero chegar ao fim desse livro? Será que preciso mesmo ler essa história?

Se com um beijo Marcos causou tudo isso, o que mais ele vai fazer se eu seguir em frente?

E, além de tudo: por que as perspectivas parecem tão assustadoras?

Talvez seja só aquele receio de sair da minha zona de conforto. Então, por que tenho a sensação de que é mais do que isso?

★ ★ ★

— Você deve ter batido demais a massa. — A voz de Bianca ecoa na cozinha quando dou play no áudio que ela me mandou em resposta à foto do bolo pronto, que mostrei indignada por ele ter murchado inteiro depois que saiu do forno. — Se foi isso mesmo, se prepara que ele também vai estar todo borrachudo, em vez de fofinho. Agora, a pergunta do século: quem é você e o que você fez com a minha amiga? Lily na cozinha, é isso mesmo? O que eu perdi aqui nessa história?

Com preguiça de digitar, gravo um áudio para Bi explicando que queria me distrair. Corto um pedaço do bolo ainda quente, rezando para ela estar errada. Mas basta eu dar a primeira garfada para ver que ela tinha razão. Em vez de fofa, a massa ficou pesada e se embola na minha boca conforme mastigo.

— Bom, considerando que cozinhar não é seu forte quando você está concentrada, não dava para esperar um resultado diferente com você toda aérea, né? — responde Bi, rindo, e eu rio com ela enquanto jogo, com dor no coração, o bolo inteiro no lixo. — Mas, vem cá, isso tem alguma coisa a ver com o beijo de ontem?

Eu deveria saber que Bianca não deixaria essa passar.

Penso em negar, em dizer que não é nada demais. Mas estou mesmo precisando desabafar.

— Ai, Bi — falo enquanto me desloco para o quarto —, estou em pânico, sendo bem sincera. Não consigo me reconhecer! Qual é, não lembro a última vez que tive um medo desses, ainda mais por causa de homem. Mas minha sensação é a de que tem algo terrível prestes a acontecer.

Finalmente consegui colocar em palavras parte do sufoco que venho sentindo. Solto o botão para enviar a mensagem a Bianca enquanto me jogo na cama e, deitada, mando outro áudio:

— Isso faz algum sentido?

Perdida em reflexões, mal vejo os minutos que se passam até Bianca me responder.

— Ok, preciso dizer que estão sendo muitas novidades para mim, que ainda nem almocei. Primeiro você resolve fazer bolo, depois assume que ficou abalada por um cara? Se tiver mais algum acontecimento surpreendente na manga, só me dá um toque para eu me preparar melhor, tá?

Reviro os olhos com seu primeiro áudio e me preparo para ouvir o seguinte, consideravelmente maior.

— Tá, agora falando sério. Acho que essa é a definição do medo, Lily. Quer dizer, medo é isso, né, é o desconhecido. A gente se assusta com aquilo que não conhece, e a situação com o Marcos é novidade, considerando que você passou muito tempo saindo com pessoas que não te abalaram. Das outras vezes, você sabia o que esperar: saía com o cara e, se algo rolasse, era só deixar esfriar depois ou então dar o fora se você cansasse. Mas agora é diferente. Você vai finalmente se encontrar com alguém por quem sente alguma coisa, e isso muda a dinâmica. E antes que você me pergunte, não, eu também não sei o que você tem que fazer, muito menos o que vai acontecer, porque descobrir faz parte do processo. Meu conselho é um só: deixa acontecer, na-tu-ral-meeente...

O áudio termina com a cantoria de Bi. Seu jeito descontraído me faz rir e me sentir um pouco mais aliviada.

Valeu, Bi! Vou tentar pirar menos. Hoje você tem compromisso?

Dessa vez, ela faz como eu e me responde em texto:

Tenho! Vou finalmente sair com a *crush*. <3 Depois te conto tudo!

Por favor! Estou curiosa para saber quem é essa mulher misteriosa.

Ela me envia um gif de uma das gêmeas Olsen criança sorrindo de forma conspiratória, e dou nossa conversa por encerrada.

Jogo o celular ao meu lado na cama e, tentando fazer a mesma coisa com todo o meu medo, simplesmente desejo que as horas voem.

★ ★ ★

A caminho!

Não sabia que duas palavras poderiam ser tão poderosas até ler a mensagem de Marcos e me sentir completamente desestabilizada.

Respiro fundo e saio andando pelo apartamento para me acalmar, checando pela quarta ou quinta vez se tudo está em seu devido lugar.

O banheiro está em ordem e cheiroso, os lençóis na minha cama estão trocados, não há nada jogado pela sala, a pia na cozinha está brilhando e toda a louça está guardada. Depois do fiasco do bolo mais cedo, ativei o modo "faxina" e, dessa vez, arrasei na tarefa.

Ainda evitando ficar parada, acendo um incenso no corredor entre o quarto e a sala e o deixo de forma estratégica sobre a mesinha estreita que enfeita o local. Quando levanto os olhos, dou de cara comigo mesma refletida no espelho, colocado para "dar a impressão de que o ambiente é maior", de acordo com Bianca. Porém, agora me pergunto se ele não está aqui também para mostrar que minhas emoções são ainda maiores do que me parecem. Meus olhos castanhos, ainda mais escuros pelo ambiente pouco iluminado, são uma mescla de assombro e expectativa. Posso ver que a mulher empoderada e segura de si está aqui; hoje, entretanto, minhas sobrancelhas finas estão mais arqueadas do que de costume e ressaltam um ar de menina assustada que eu não via em mim há muito tempo.

Jogo para trás minha franja e, quando ela volta a cair em diagonal no meu rosto, assenta-se com leveza e naturalidade. Trago para a frente parte do cabelo ondulado em camadas e volto a me sentir mais como a mulher confiante que sou em vez da menina alarmada que pareço.

Volto para a sala e, no tempo em que ligo a caixa de som e a sincronizo com a *playlist* que preparei para esse momento, meu interfone toca, fazendo a corrente de ar tão conhecida nas últimas semanas percorrer minha barriga.

Depois de atendê-lo e pedir para o porteiro deixar a visita subir, sou invadida pela certeza de que *está acontecendo*. Em poucos instantes, Marcos estará aqui e não tenho mais para onde correr, o que só me dá duas opções: passar o tempo que tivermos juntos analisando minhas emoções e tentando preservar a parte de mim que reconheço ou me entregar ao momento sem pensar nas consequências.

Preservação ou entrega?

Preservação ou entrega?

Preservação ou entrega?

A campainha toca.

Basta abrir a porta e olhar para Marcos do outro lado do batente para fazer minha escolha.

Ele deve perceber o desespero transbordando de mim, porque vem ao meu encontro com a mesma fúria com que vou para cima dele.

Dessa vez, não há crianças dormindo no banco de trás nem câmbios que possam nos manter separados, então colamos nossos corpos como se tivéssemos receio de que alguém pudesse nos afastar e grudamos nossas bocas como se não quiséssemos nem ao menos respirar.

Marcos dá um passo para a frente e, sem se desprender de mim, fecha a porta atrás de si com o pé, em um gesto que demonstra sua determinação em não tirar as mãos do meu rosto.

É esse toque de seus dedos em minhas bochechas que me faz perceber como ele me beija não apenas com ânsia e desejo, mas também com carinho e cuidado. Acho que nunca experimentei essa mistura tão peculiar de lábios que sabem devorar e cuidar, sorver e adorar, e a sensação faz algo explodir em meu peito. Sou energia irradiando por todos os lados, sou emoção em estado bruto.

Ao me prensar contra a parede, Marcos me torna ainda mais refém da situação. Seu corpo me rodeia, e sua presença, mais uma vez, se impõe em tudo ao meu redor e me domina por completo.

Então, ele interrompe o beijo bruscamente, e na mesma hora sinto sua falta quase com uma pontada de dor. Contudo, ele me encara com tanto carinho que não consigo resistir e sorrio em resposta ao esgar que surge em seus lábios.

— Essa foi com certeza a melhor recepção que já recebi na vida.

— Bom, tenho uma ideia de como ela pode ficar ainda melhor.

A inversão de poder entre nós é sutil, mas quase instantânea. Ainda prensada contra a parede, começo a mover meu corpo no ritmo das batidas lentas da música sensual, sem desprender meus olhos dos de Marcos. O poder que sinto em mim se intensifica e não demoro a sentir Marcos completamente rijo.

Ainda dançando, deixo minhas mãos percorrerem de leve seu peitoral em direção a sua barriga e, em resposta, Marcos me puxa para si pelos quadris. Então, encosto em seu pescoço e acaricio sua pele com a ponta do nariz em movimentos semelhantes aos de uma serpente prestes a dar o bote.

Marcos engole em seco e aproveito para segurá-lo pela mão, roçando meus lábios em seu rosto antes de afastá-lo do meu corpo. Levo-o, então, em direção ao sofá, onde faço com que ele se sente. Tomada pela música e pela sensualidade que me percorre, começo a me despir, descendo lentamente a alça do vestido pelo ombro sem deixar de dançar e de encarar Marcos. Acho que nem que quisesse eu poderia parar de olhá-lo; o fio que nos une é intenso demais para isso.

Vejo-o respirar fundo e travar uma batalha consigo mesmo entre permanecer onde está e avançar sobre mim. Suas mãos tamborilam inquietas sobre o braço e o assento do sofá, e sei que ele quer se tocar enquanto não pode encostar em mim.

A suave negativa que faço com a cabeça, acompanhada de um sorriso repleto de lascívia, é suficiente para que ele entenda que deve permanecer como está. Por enquanto, Marcos só pode assistir.

Sorrio ao constatar meu poder sobre ele e ouso ainda mais, virando de costas e rebolando até o chão enquanto deixo o vestido cair sobre meus pés. Quando volto a ficar em pé, olho para Marcos por sobre o ombro, torturando-o mais um pouco com a demora em me aproximar. Sem desviar meus olhos dos dele, levo as mãos às costas em direção ao fecho do sutiã, e, quando sinto a peça se abrir, seguro-a no tórax conforme me viro devagar. De frente para ele, enfim solto a lingerie.

A atmosfera que envolve Marcos é feroz, e ele me devora com o olhar. Quero me aproximar, quero que ele me beije como se fosse me engolir, mas resisto. Antes, quero me expor inteira a ele e quero vê-lo me desejar como sou.

Então, começo a tocar meu corpo sem pressa. A trilha sonora sensual continua vibrando e mais uma vez me permito me fundir às ondas sonoras. Elas me rodeiam, me envolvem e fazem com que eu me movimente em seu ritmo. Jogo o cabelo para trás com uma das mãos enquanto a outra aperta meus seios. Também em uma dança lenta e sensual, meus dedos navegam por meu corpo, reproduzindo aquilo que Marcos gostaria de estar fazendo. Neste instante, a música, minhas mãos e meu corpo são uma coisa só.

Quando alcanço o cós da calcinha, detenho-me antes de tirá-la. Com a mão direita, exploro o monte que ela recobre em um gesto que aflige Marcos e a mim. Nós dois queremos mais, e a demora é deliciosamente insuportável.

Decido que é hora de acabar com a tortura e deslizo a peça por minhas pernas até vê-la cair no chão, quando levanto os pés com delicadeza para enfim me libertar dela.

Ao voltar a olhar para Marcos, estou totalmente exposta, e sei que minha nudez revela muito mais do que apenas as formas do meu corpo.

Não conseguindo mais se conter, Marcos deixa o sofá e se ajoelha diante de mim, beijando minha barriga e agarrando meus quadris com sofreguidão. Enquanto me beija e me encara, sinto-me uma deusa sendo reverenciada, e sei que nunca me senti tão linda quanto neste momento.

Seus lábios traçam um caminho de carícias até o local onde antes meus dedos estiveram, e, ao senti-lo ali, dou um passo para trás, quase incapaz de controlar o prazer que jorra por mim.

Quero gritar, explodir, mas só deixo um gemido escapar, o que incentiva Marcos a continuar com ainda mais intensidade. Dessa vez, seu olhar me diz quão saborosa eu sou.

Segurando seus antebraços, faço um gesto para que ele se levante. Preciso beijá-lo, preciso sentir meu gosto misturado ao dele, preciso provar seu corpo.

O beijo consegue ser ainda mais furioso que antes e logo se transforma em uma confusão de braços, mãos e toques. Não tenho certeza de qual de nós enfim tira a camisa de Marcos, mas sei que, de repente, minha pele está encostada na dele, e suspeito que essa seja a melhor sensação que já provei na vida.

Ele para de me beijar para terminar de se despir, e agora é minha vez de reverenciá-lo quando o vejo nu em toda a sua glória.

Quando ele volta a se aproximar, vira meu corpo com brusquidão, ficando atrás de mim.

— Quero tocar você, Lily.

A melodia em meu ouvido quase me derrete, mas não tenho tempo de esmorecer. Com a mão esquerda, Marcos levanta meus braços em diagonal. Seu rosto se encaixa em meu pescoço, intensificando os arrepios que me percorrem. Então, com a outra mão, ele dedilha minha pele. A ponta de seus dedos pouco encosta em mim e traça um caminho de notas. Eu queria ser capaz de escutar a música que ele produz em sua mente ao fazer de mim um instrumento musical, mas só consigo ouvir os sons que escapam de meus lábios.

— Essa é a música mais bonita que já compus — sussurra quando solto um gemido mais alto.

Não consigo mais resistir e abaixo os braços ao mesmo tempo em que me viro de frente para Marcos. Penso em devolver a carícia que ele me fez, mas o controle da situação ainda está com ele. Ele me pega pela mão e me guia até o quarto, adivinhando o caminho. Agora, é sua vez de me jogar na cama e me fazer assisti-lo.

A cortina fechada sobre a janela aberta nos envolve em uma meia-luz convidativa, e só então percebo que Marcos trouxe algo em sua mão livre. Rio assim que reconheço o preservativo de morango.

— Bem que dizem que não se pode ignorar a sabedoria das crianças — brinco enquanto ele rasga a embalagem.

Apesar da brincadeira, a tensão entre nós não se quebra.

Mesmo quando Marcos está dentro de mim, ela não se esvai.

Ao contrário, partimos em uma busca alucinada para acabar com o desespero que ela criou em nós.

Capítulo 21

Por isso hoje eu acordei com uma vontade danada
De mandar flores ao delegado
De bater na porta do vizinho e desejar bom-dia
De beijar o português da padaria
"Telegrama", Zeca Baleiro

Já é noite quando Marcos vai embora, lamentando por ainda ter aulas para preparar.

Depois de enfim fechar a porta para ele, já que ficamos sorrindo e trocando beijos como dois adolescentes até Marcos se afastar e chamar o elevador, eu me jogo na cama em uma tentativa de absorver o que foi este dia. Com as mãos acima do corpo, que está totalmente relaxado sobre o colchão, encaro o teto recordando as últimas sensações na minha pele, ainda sensível.

Eu poderia dizer que é o cheiro nos lençóis que me dá a impressão de estar rodeada por Marcos, mas é mais do que isso. É a forma como o contato com ele parece ter impregnado cada célula cutânea, como se tivéssemos realizado trocas por nossos poros — sei lá se isso é possível, nunca fui muito boa em biologia — e agora eu tivesse um pouco dele comigo, enquanto ele levou um tanto de mim.

Olho para os móveis ao meu redor e seguro uma risada constrangida, mas satisfeita. Quando era criança e assisti a *Toy Story*, fiquei me perguntando se qualquer objeto, na verdade, teria vida, e a ideia vira e mexe volta à minha mente. Não quero nem imaginar o que a mobília do meu quarto (e da sala; e do banheiro; e talvez da cozinha) estaria pensando depois de ter testemunhado os acontecimentos das últimas horas.

Com um suspiro, sento na cama e pego meu celular, esquecido na cômoda. Como não o chequei desde que falei com Bianca, ele está cheio de notificações, inclusive dela querendo saber como foi o encontro.

Mando uma mensagem bem curta e sinto que preciso atualizar minha mãe.

Além de o encontro de hoje ter sido ótimo, ele ajudou a aliviar minhas neuras de antes. Eu tinha tentado amenizar a atração que Marcos me despertou por medo do que ela poderia significar, e agora só consigo me perguntar por que fiz isso comigo. A atração era isso: atração. Eu e ele temos uma química absurda? Temos. Mas e daí? É química e pronto. Estar com ele foi tão bom que não vejo problema algum em repetir a dose. Somos adultos e plenamente capazes de seguir com nossas vidas tendo uns encontros ocasionais.

Empolgada com essa nova perspectiva, aproveito e conto tudo para minha mãe.

Como sempre, ela me responde na hora e hoje me diz que está feliz por eu ter me permitido.

★ ★ ★

Pela primeira vez desde que abri a Frida, eu me atraso na segunda pela manhã. Tive um sono tão profundo e gostoso que, quando meu celular despertou, desliguei o alarme, virei para o lado e voltei a dormir. Só acordei quarenta minutos depois.

Ciente de que seria impossível chegar na Frida no horário, avisei Bianca, pedi para ela abrir a loja para mim e fui me arrumar sem pressa. Eu odeio levantar acelerada, porque aí fico afobada pelo resto do dia, então me obrigo a não me estressar. E quer saber? Acho que hoje eu nem conseguiria. Estou tão bem-humorada que me sinto a própria princesa da Disney despertando alegre com os passarinhos.

Meu bom humor permanece mesmo quando faço a baldeação no metrô. Como moro perto da primeira estação de uma das linhas, sempre pego os vagões vazios e só vou sentir a lotação do horário de pico na hora de trocar de linha, como agora. Fico em pé o mais próximo que consigo da porta, mesmo porque não consigo adentrar mais do que isso no vagão. Nas estações seguintes, as trocas de passageiros me permitem mudar de posição, mas acabo de frente para um cara. Geralmente odeio quando isso acontece, porque, veja bem: estamos espremidos entre um banco e uma muralha de pessoas, o que já é ruim por si só. Porém, também fico impedida de olhar para a frente, senão eu e o cara desconhecido vamos ficar nos encarando. Ou seja, estou quase fazendo um cosplay da menina de O Exorcista por causa do meu pescoço todo contorcido para evitar o constrangimento e, mesmo assim, nada me abala.

— Bom dia, flores do dia! — exclamo ao entrar na Frida, sobressaltando Bianca e Vivi, paradas atrás do balcão.

— Olha quem finalmente resolveu aparecer. — Bi vem apressada em minha direção.

Minha amiga tem algo de diferente, mas não consigo dizer o quê. Ela não mudou o cabelo, a pele marrom-clara está impecável como sempre e sua roupa não é nova — já vi Bianca com essa camisa de oncinha tantas vezes que posso argumentar com veemência que pessoas formadas em moda são também gente como a gente no quesito "repetir looks".

Quando ela me cumprimenta e nossos olhares cruzam, eu percebo. Ela também está reluzente!

— Seu encontro! Você não me contou! — E eu, no meu momento de êxtase pós-Marcos, não me lembrei de perguntar.

Mas não tenho a chance de ouvir suas novidades, porque uma cliente entra na loja e Vivi passa por nós para atendê-la. Mal guardo minha bolsa e outra mulher entra para olhar as roupas. Vou até ela, esbanjando sorrisos, e faço a pergunta de praxe para saber se posso ajudar em alguma coisa.

A sorte parece estar a meu favor. Em vez de responder o costumeiro "só estou dando uma olhadinha", ela me diz o que está buscando e passo a próxima hora inteira a atendendo, com a ajuda de Bianca. Ela, munida de seu celular, mostra vários looks do Pinterest para ver se algum agrada à cliente. No fim, acaba sendo bem divertido tentar reproduzir as combinações que encontramos, e Cibele — nossa mais nova freguesa — sai da Frida satisfeita com o atendimento e suas aquisições.

Na hora do almoço, fazemos nosso revezamento e, enquanto Vivi sai para comer, eu e Bianca ficamos sozinhas.

— No começo foi estranho — diz ela ao começar o relato. — Foi a primeira vez que saímos conscientes de ser um encontro, e ficou aquele clima meio constrangido, até porque ela é tímida. Eu fiquei tentando deixar as coisas mais leves, mas ela demorou para se soltar e eu cheguei a me questionar se aquilo ia dar certo, se eu não estava tentando forçar uma situação entre a gente.

Então Bianca conta como tudo mudou quando elas finalmente conseguiram conversar de verdade e se conectaram.

— Parecia outra pessoa, Lily! Ela se soltou e as coisas ficaram tão naturais que a gente esqueceu o que estava fazendo ali. Éramos só eu e ela, não importava em que circunstâncias. Quando eu percebi, a gente já tinha se beijado e... caramba!

Os olhos de Bi brilham tanto que sei exatamente como ela se sentiu.

— Foi difícil me controlar, já que a gente estava em casa, mas eu não queria pressionar. Pelo que ela me contou, ela se assumiu para família não tem muito tempo, e as coisas entre eles ainda estão estranhas. Eles são bem conservadores e ela sempre se reprimiu. Então estamos indo com calma. Sinto como se tivesse voltado para a época da escola, quando tudo acontecia bem aos pouquinhos, mas, quer saber? Eu tinha até esquecido como era gostoso viver algo assim. Cada mensagem que a gente troca é um frio na barriga, cada conversa tem aquela expectativa.

Sinto como se estivesse assistindo a um filme particular de comédia romântica bem fofa e bato palmas de empolgação. Adoro ver minha amiga entusiasmada assim!

Quando chega minha vez de narrar o encontro com Marcos, somos interrompidas duas vezes pela chegada de clientes. De qualquer forma, não tenho tanto o que dizer em termos de acontecimentos, o relato é muito mais sobre como me senti enquanto estivemos juntos.

— Que bom que você resolveu pensar menos e aproveitar mais — diz Bianca quando concluo a história discorrendo sobre a compreensão a que cheguei a respeito da grande atração entre nós. — Agora vai almoçar, que ainda não estou com tanta fome — completa ela quando Vivi aparece de volta.

— Não vou recusar, acho que a maratona de exercícios de ontem abriu meu apetite — respondo com um sorriso ainda maior do que o ronco que meu estômago produz.

★ ★ ★

Ao final do dia, meu bom humor permanece, mas minha energia diminuiu consideravelmente. Cheguei em casa tão cansada que só pensei em tomar um banho, pegar qualquer coisa na geladeira e me jogar no sofá, pronta para começar uma série nova.

Mas acabo passando uma boa meia hora navegando pelo catálogo da Netflix e não consigo escolher nada. Não é que nada tenha chamado minha atenção; ao contrário, são tantas opções que paralisei.

Alguma sugestão de série?, digito e envio para Marcos.

Ele me responde na hora: Perguntou pra pessoa errada. Estou bem por fora do que está rolando. Mas aceito indicações :)

É assim? Eu peço uma ajuda e acabo tendo que te ajudar?

Pra você ver como a vida dá voltas... Por isso é importante aproveitar o hoje :P

Você não vai querer competir comigo no uso de frases motivacionais. Sou quase uma coach.

Hahahaha, e quem falou que a gente precisa competir? Somar as habilidades é muito mais proveitoso para os dois lados.

Ok, você é melhor do que eu pensava.

Espero que não só na habilidade de enviar mensagens motivacionais...

Vou pensar aqui se te dou ou não esse biscoito.

Se existe um biscoito a ser dado, então é quase como se eu já tivesse ganhado.

Espertinho!

;)

E como está a sua agenda para esse final de semana?

Dessa vez, Marcos demora um pouco para me responder e volto a navegar pelo catálogo da Netflix. Quando chega uma nova notificação, solto o controle na mesma hora e pego o celular mais uma vez.

Tenho um show no sábado, evento fechado. Te falei que também toco em casamentos? Mas na sexta estou livre!

Combinamos de sair de novo na sexta e continuamos conversando sobre os tipos de evento que Marcos faz até ele me falar de um show no final do mês, em São Sebastião.

Se você estiver livre, de repente podia ir comigo... Vou tocar num barzinho, voz e violão, deve ser tranquilo. A gente podia pegar uma pousadinha, de repente...

Ok, por essa eu não esperava. E é uma proposta com tantas camadas a considerar...

Por exemplo, é um convite para uma viagem. Curta, mas ainda assim, *uma viagem*. Sem contar que eu seria a acompanhante dele em um ambiente de trabalho, o que torna a situação equivalente a ele ter me chamado para, sei lá, a festa de final de ano da empresa.

E a parte mais importante: é só no final do mês. Não é meio precipitado fazer planos assim? Não indica uma certa perspectiva de futuro entre a gente?

Caramba, quando foi que sexo sem compromisso ficou assim tão complicado?

Ou será que sou eu que estou complicando, de novo?

Não, chega de dificultar as coisas. Estou na *vibe* de me permitir, não estou?

Opa! Se não for te atrapalhar, bora :)

De jeito nenhum! O único jeito de você me atrapalhar seria se me atacasse logo antes do show e a gente se atrasasse. E, mesmo assim, o saldo da situação me parece bem positivo...

E por acaso tenho cara de quem não tem autocontrole?, mando para disfarçar o quanto a mensagem de Marcos me deixou com a sensação de estar pegando fogo.

Você eu não sei, mas sei que por aqui fica bem difícil manter o controle quando o assunto é você.

Quando a nova mensagem chega, releio para ter certeza de que meu cérebro não resolveu pregar uma de suas costumeiras peças.

Fico feliz ao descobrir que, dessa vez, ele não fez nenhuma confusão.

Capítulo 22

E nessa loucura de dizer que não te quero
Vou negando as aparências
Disfarçando as evidências
Mas pra quê viver fingindo
Se eu não posso enganar meu coração
Eu sei que te amo
"Evidências", Chitãozinho & Xororó

— Fica à vontade, mas não repara na bagunça.

— Eu vim aqui por vários motivos, Marcos, mas te garanto que reparar na bagunça inexistente não foi um deles — dou um selinho nele assim que passo pela porta.

Estava saindo da Frida quando recebi uma mensagem dele perguntando se eu, por acaso, não estaria livre mais tarde. Respondi que eu, por acaso, estaria, e ele então me convidou para ir até a casa dele. Na verdade, eu tinha pensado em dar um pulinho na minha avó, mas ele não precisava saber disso. Nossos últimos encontros foram na minha casa, então nada mais justo que eu agora conhecer a dele.

— E por quais motivos você veio, posso saber?

Nem preciso olhar para Marcos para saber que ele está me devorando com os olhos. Seu tom de voz cheio de malícia entrega tudo.

— Para conhecer sua coleção de palhetas, ué.

Sua risada atinge meus ouvidos enquanto ele me abraça pelas costas, encaixando o rosto na curva do meu pescoço. Ele então dá um beijo na minha pele exposta e me desenlaça, pegando minha mão e tomando a frente.

— Deixa eu te mostrar o meu cafofo.

O apartamento de Marcos é quase do mesmo tamanho que o meu, mas, por ser mais antigo, parece mais arejado, talvez pelo pé-direito mais alto. O meu, porém, é mais iluminado; o chão de taco e os móveis de madeira daqui deixam o ambiente mais escuro.

Aponto para os vários bonequinhos da série ao lado da TV, no rack da sala.

— Olha só, não sabia que você era fã de *Star Wars*.

— Meu lado *geek* é só uma das coisas que você ainda não conhece sobre mim.

— Uau, que misterioso. Você também tem um quarto para os seus gostos peculiares?

— Tenho, mas você não entenderia...

A resposta nos faz rir alto.

— Aqui é minha cozinha — ele aponta para a esquerda e continua antes que eu consiga registrar alguma coisa —, esse aqui é meu banheiro... — ele chuta de leve a porta à sua frente — ... e este aqui é meu quarto — diz ele, me levando para dentro, seu corpo abraçado ao meu.

A luz que ilumina o cômodo é a que vem da sala, porque Marcos não chega nem perto do interruptor. Mesmo na penumbra, enxergo um armário e duas mesas de cabeceira, uma de cada lado da cama de casal. Uma pilha de roupas no canto, ao lado da janela fechada, indica que há uma cadeira subterrada.

Mas logo paro de prestar atenção ao ambiente, distraída por algo mais interessante.

— E seu quartinho secreto? — consigo perguntar quando a boca de Marcos se afasta da minha para encontrar meu colo.

— Prefiro te mostrar depois. Você não?

Não tenho pressa alguma para conhecer o cômodo misterioso.

Ainda assim, um pouco depois, quando estamos embolados um no outro ainda ofegantes, o corpo mole sobre os lençóis agora bagunçados, encontro forças para dizer:

— Eu não esqueci que você ainda não me mostrou seu quarto dos prazeres.

— E você ficou pensando *nisso* esse tempo todo? Caramba, acho que preciso rever minhas táticas.

— A não ser que eu tenha ficado pensando em *você* nesse suposto quarto safado, e no que você poderia fazer dentro dele.

Meu dedo desliza em vaivém pelo peitoral suado de Marcos enquanto conversamos. Estou encostada na lateral de seu tronco, e seu cheiro almiscarado e quente me envolve em uma atmosfera preguiçosa e reconfortante. Ele me puxa mais para perto e beija o topo da minha cabeça, rindo do meu comentário.

— Quão grande é essa sua curiosidade? Porque, não sei você, mas eu não faço a menor questão de me levantar daqui por enquanto.

— Não tão grande assim. Acho que já gastei a energia que eu tinha para me mover.

Porém, pouco tempo depois, nossa conversa é interrompida pelo barulho de um ronco.

— Isso foi a minha barriga ou a sua? — pergunta ele, rindo.

— Se você não estiver com fome, então com certeza foi a minha.

— Eu estava tentando ignorar que queria comer, mas não posso deixar você passando fome. — Ele suspira fundo antes de retirar o braço de debaixo de mim. — Vem, linda, deixa eu te alimentar.

Vamos até a cozinha semivestidos — Marcos está apenas de calça de moletom, eu só vesti a calcinha e a blusa — e encosto no batente da porta enquanto o observo abrir os armários.

— O que você quer comer? A fome está mais para um lanche ou para comida mesmo?

— Para aquilo que der menos trabalho.

— Então você vai ser apresentada à minha famosa crepioca. — Ele me encara, de cenho franzido. — Pode ser? Você gosta?

— Se é alguém se oferecendo para preparar a comida no meu lugar, eu adoro!

Apesar da brincadeira, me ofereço para ajudá-lo. Como Marcos recusa, sento em uma cadeira e fico o vendo trabalhar. A cena me transporta para outro momento e, de repente, não é mais Marcos quem está cozinhando, mas meu pai, enquanto eu e minha mãe batemos papo, ocasionalmente roubando uma azeitona ou qualquer outro ingrediente que possa ser beliscado.

Momentos assim eram tão comuns que eu nunca tinha me dado conta de que, um dia, poderiam deixar de existir. Não que eu não os valorizasse, só fui ingênua por não perceber que eles não seriam ilimitados. É estranho agora olhar para trás e constatar que uma vida que foi tão real um dia hoje não existe mais. Como uma rotina pode acabar assim, de uma hora para a outra? Isso não é contra a própria ideia do que é uma rotina? Elas não deveriam durar para sempre?

Eu, que achava que rotinas costumavam ser sólidas, descobri que, na verdade, são feitas de pó e podem facilmente ser levadas pelo vento.

— Você ficou tão séria de repente — Marcos me desperta do transe.

— Ah, eu só me distraí.

— Alguma ideia interessante?

Penso um pouco antes de responder, vendo-o despejar a massa quase líquida em uma frigideira.

— Nada que mereça ser compartilhado — sorrio.

— Ah, esqueci de dizer. — Ele se vira para mim enquanto espera a mistura ganhar consistência. — Descobrimos o mistério de a Mari ter se apresentado como Laura.

— O que foi?

— Eu e a Andressa estávamos desconfiando de que poderia ser algum problema na escola. Minha mãe foi trabalhar lá para a Mari conseguir uma bolsa. A escola do bairro estava com vários problemas, falta de professores, essas coisas todas que a gente está careca de saber. Mas a nossa preocupação é que, agora, na escola particular, ela é uma das únicas alunas pretas. — Ele se volta para o fogão, virando a massa na frigideira e acrescentando presunto e queijo como recheio. — A gente conversou com ela sobre isso, orientou, mas mesmo assim é diferente quando acontece. Parece que duas coleguinhas dela, uma tal de Valentina e uma tal de Laura, falaram besteira sobre ela. Ela devia estar insegura quando te conheceu, então deu o nome da menina.

— Ela tem sorte de ter vocês como pais. — Tento confortá-lo. — Quando a gente se conheceu, a Mari comentou das minhas estrias. Foi tão bonito o jeito que ela falou, do que a Andressa explicou para ela, me lembrou… — paro de repente, percebendo o que quase mencionei — ... como é importante esse apoio desde criança, para ela não crescer se rejeitando.

Não acrescento que falo por experiência própria, ainda que os preconceitos que eu enfrentei não sejam os mesmos que os dela.

Marcos concorda e me serve, antes de se virar para preparar sua crepioca.

— Como você lida com isso? — pergunto ao perceber seu desconforto.

— Eu me sinto impotente de ver minha filha passando por isso. E é frustrante, porque parece que nada muda. E, se eu já odeio passar por esse tipo de situação, é mil vezes pior ver acontecer com minha filha.

— Sinto muito — digo, sem saber o que falar além disso e pegando o garfo e a faca postos à mesa.

Ele assente antes de perguntar em um tom notadamente espirituoso:

— Se não for a melhor crepioca que você já comeu, eu me demito do cargo de chef agora mesmo.

Faço suspense, assoprando a porção cortada antes de a levar à boca.

— É, dá pro gasto — brinco depois de engolir.

— De fato, uma mulher que não se satisfaz com pouco. — Marcos sorri com malícia e me dá um selinho enquanto espera sua crepioca ficar pronta.

Quando enfim terminamos de comer, Marcos me olha com expectativa.

— Preparada para conhecer meu quarto misterioso?

Fico em pé na mesma hora.

— Achei que esse momento nunca fosse chegar!

O suspense não dura muito tempo, porque o cômodo misterioso fica na lavanderia, que é quase grudada na cozinha.

Marcos acende a luz fazendo um "Tá-dááá" e, em vez de instrumentos de tortura — ou prazer, acho que depende da perspectiva —, encontro um miniestúdio.

Basta olhar para as paredes forradas com caixas de ovos para ter um lampejo de reconhecimento.

— Então foi aqui que você tirou aquela sua foto do Tinder.

Marcos me encara com ar presunçoso.

— Você tem uma boa memória fotográfica ou ficou admirando minhas fotos?

Seu tom brincalhão me faz rir, mas minhas bochechas esquentam de leve, como se eu tivesse sido pega no flagra.

— Ela chamou minha atenção, seu convencido. Você parecia tão à vontade!

— Também gosto dela — admite. — Foi a Mari que tirou!

Isso explica bastante coisa.

Passo, então, a reparar melhor no ambiente. Apesar do espaço apertado, Marcos conseguiu fazer caber aqui uma mesa com um computador, um amplificador, uma guitarra, um violão, um teclado e um pedestal com microfone. No canto oposto à porta, ele colocou uma estante de metal, na qual consigo ver caixas transparentes que guardam cabos diversos, além de diversas pastas, que suponho terem partituras.

— Bom, ainda bem que você não é baterista.

— Vontade de ter uma batera eu tenho, mas, como você pôde perceber, falta espaço. E acho que as caixinhas de ovos não seriam suficientes para segurar o som delas aqui no apartamento.

— Você fez um ótimo trabalho.

— Obrigado — responde ele, com um sorriso cheio de orgulho, antes de passar pela porta.

— Você não tem músicas próprias? — pergunto, curiosa.

O olhar de Marcos passeia pelos instrumentos.

— Tenho, mas é difícil tocar originais. Não é o que as pessoas querem ouvir.

— Eu não sou "as pessoas". — Arqueio uma sobrancelha, deixando explícito meu pedido.

Seu semblante surpreso vem acompanhado de um sorriso, que ilumina suas feições.

— Vem cá, então!

Ao se sentar em um banquinho, Marcos me oferece o outro ao seu lado. Pega o violão, passando a correia pelo pescoço, e começa a dedilhar as cordas.

— Vou ganhar um show particular? — Finjo surpresa.

— Exclusividade de clientes especiais.

Ele beija a ponta do meu nariz e não consigo não sorrir.

Então, ele canta. Os acordes me embalam desde a introdução, em um estilo que me faz pensar no John Legend. A letra fala de um amor que transformou tudo, que trouxe uma doçura ao eu lírico à qual ele não acreditava ter direito.

Quando ele termina, visivelmente tocado, inclino a cabeça e o encaro com carinho.

— Você escreveu para a Mari, né?

Ele assente com a cabeça.

— É linda! Você publicou em algum lugar?

— Ainda não. Não tenho o equipamento para fazer uma produção legal e não quero lançar de qualquer jeito.

— O que demonstra o profissional competente que você é.

A profundidade de seu olhar, que surge em um breve instante, me atravessa. Nesse único gesto, nenhuma palavra é necessária para Marcos me dizer que não costuma compartilhar suas composições — e costuma menos ainda ser elogiado por elas. Ele, então, sorri sem jeito antes de se voltar para o violão. Por mais ousado e confiante que ele tenha se mostrado quando me cantou, vejo agora uma faceta diferente de sua personalidade. Com seu canto, a postura dele é outra.

— O que acha de um dueto? — ele propõe, mudando de assunto e ocultando seu lado mais vulnerável. — Você toca alguma coisa?

— Sinto muito, não tenho aptidão alguma para isso.

— Tá, então vai ter que me acompanhar na cantoria.

— Você nunca me ouviu cantando, né? Sério, melhor parar enquanto dá tempo.

— Deixa de ser boba, é só por diversão.

Não resisto mais, porque, na verdade, estou adorando a ideia de poder cantar fora do chuveiro.

— Vamos começar por qual?

— Uma que todo brasileiro sabe: nosso hino nacional.

Gargalho quando reconheço os acordes.

— "Quando digo que deixei de te amar, é porque eu te amo"... Vai, me acompanha — Marcos me encoraja.

Mas não consigo, estou rindo demais, principalmente porque ele está fazendo caras e bocas exageradas para acompanhar a música.

— "Quando digo que não quero mais vooocê"...

— "É pooorque eu te queeeero" — consigo cantar, ainda entre risadas.

Então, enfim, me controlo e entro na cantoria.

Quando chegamos no refrão, estamos os dois soltando cada nota com empolgação, as minhas um tanto desafinadas, mas não me importo.

— "Eu entrego a minha vida pra você fazer o que quiser de miiiiiim, só quero ouvir você dizer que sim!"

Nos últimos acordes, vamos baixando o tom aos poucos, até a música terminar em nossos sorrisos de cumplicidade.

— Viu? Não foi divertido?

Foi tão divertido que eu poderia fazer esse momento virar rotina. Mas, sabendo como elas acabam, é melhor nem pensar na ideia.

Capítulo 23

Down in a hole, feelin' so small
Down in a hole, losin' my soul
I'd like to fly, but my wings have been so denied
"Down in a Hole", Alice in Chains

— Que bom que você conseguiu vir!

Vivi me cumprimenta antes de se sentar na cadeira à minha frente. Estamos em um bar em uma das ruas que cruzam a Augusta, nossa mesa na calçada nos permitindo ver o movimento do começo da noite de sábado.

Passei a tarde em uma exposição sobre o México no Sesc com mamãe, mas, dessa vez, depois de me despedir dela, ainda queria companhia. Bianca tinha um casamento hoje, e Marcos está com Mari, então mandei uma mensagem para Vivi perguntando se ela não queria me encontrar.

— Como foi lá na exposição?

Ela despeja em um copo vazio o resto da cerveja que pedi enquanto a esperava.

— Foi incrível! Tinha uma parte só para a produção artística do país, e é óbvio que tinha bastante coisa da Frida. — Fiquei particularmente encucada com um quadro dela de natureza morta, o *Viva la vida*, porque ele chamou minha atenção de uma forma que nunca tinha feito. Nunca questionei o motivo de ele retratar melancias ou seu título, que sempre me faz cantar Coldplay mentalmente na mesma hora, mas, dessa vez, fiquei pensando a respeito, mesmo sem ter chegado a alguma conclusão. — Tinha também uma área sobre história e política, e outra com referências pop — falo, pegando na bolsa um dos folhetos da exposição que trouxe comigo.

— Ai, tinha algo falando do *Viva*? Eu amo tanto esse filme!

Tomo um gole da bebida. Respondo, ainda encarando meu copo:

— Tinha, mas não prestei muita atenção. Como não assisti, não ia fazer muito sentido, e eu não queria *spoilers*.

— Sério que você não viu? Lili, você não sabe o que está perdendo! Mas separa uma caixa de lenços de papel quando for ver.

— Olha, por ora eu dispenso, prefiro ver coisas mais "pra cima", sabe?

— Mas ele é "pra cima", apesar de tudo. É tão colorido, as músicas são tão empolgantes! Aliás, é uma boa pedida para você ver com o Marcos, já que ele é músico.

E correr o risco de chorar na frente dele? Não, muito obrigada.

Mas não falo isso para Vivi.

— É, quem sabe.

— Aliás, vocês se viram um dia desses, né? Como foi?

Conto para ela sobre o estúdio caseiro e nossa cantoria, mas deixo de fora o comentário sobre *quanto*, de fato, eu gostei daquele momento. Parece errado compartilhá-lo, como se ele tivesse sido mais íntimo do que as coisas que eu e Marcos fizemos uma hora antes entre as quatro paredes do quarto dele.

Conversa vai, conversa vem, estamos pedindo a quarta garrafa e sei que estou altinha, com aquela sensação de que o riso vem mais fácil e a cabeça parece mais leve. Vivi não está muito diferente de mim: mais solta que de costume, suas bochechas normalmente bem claras estão de um tom rosado, e seus olhos parecem lacrimejar por causa do brilho.

— Ei, moça! — grito quando vejo uma ambulante vendendo rosas para os casais nas mesas.

Quando ela se aproxima de nós, pergunto:

— Quanto custa uma flor?

Pego minha carteira assim que ela fala o valor.

— Vou levar!

— Obrigada! Pode pegar a que você quiser.

Ela me oferece o buquê, passo os olhos por todas e escolho uma ainda fechada.

— Assim ela dura mais tempo!

— Boa escolha.

A mulher, então, me encara. Seu semblante transparece gratidão, e a pele clara, enrugada e bronzeada de sol não me deixa adivinhar sua idade.

Começo a me sentir desconfortável. A forma como ela me olha me faz pensar em Soraia, e me sinto analisada, para além da minha aparência.

— Posso ler sua mão? — Ao me ver hesitar, complementa: — Não vou cobrar nada por isso, pode ficar tranquila.

Olho de soslaio para Vivi, desconfiada, e vejo que ela assiste à cena com interesse. Posso estar errada, mas acho que ela, diferente de mim, está doida para que sua mão seja lida.

— Tudo bem.

Estendo a palma, evitando ser indelicada.

A mulher assente, coloca o buquê sobre nossa mesa e só então pega minha mão, que fica apoiada sobre a palma esquerda dela, enquanto seu indicador direito traça linhas sobre as minhas. Resisto às leves cócegas e me concentro para não rir. Não quero que ela pense que estou debochando dela.

— Seu caminho é grandioso, querida, mas, para ele se completar, você precisa se libertar. Tem muita coisa te prendendo e tapando seus olhos. Deixe ir. Às vezes a gente precisa primeiro se entregar para só então retomar o controle.

Quando ela solta minha mão, estou menos leve do que estava minutos antes. O que foi isso? Não só a cena é bizarra — o que se confirma por alguns olhares das mesas ao nosso redor —, como não faço ideia do que ela quis dizer.

Ainda assim, agradeço com um sorriso sem graça e me seguro para não virar o copo cheio. Em vez disso, tomo uma golada da cerveja, o líquido gelado descendo pela garganta e afastando um pouco do desconforto.

— Você também quer? — pergunta a mulher para Vivi, com uma gentileza e uma confiança de quem sabe quão difícil é para alguém resistir a uma proposta de leitura da sorte. Especialmente quando se tem certo teor alcóolico no sangue.

Vivi confirma com a cabeça com tanta convicção que tenho certeza de que estava doida por esse momento.

A mulher repete o gesto, mas — talvez seja impressão minha — leva menos tempo analisando a mão da minha amiga.

— Você encontrou o que queria, não é? Exigiu coragem de você, mas você aceitou o desafio. A recompensa é boa, querida, é só aproveitar.

Ao contrário de mim, Vivi parece saber exatamente do que a mulher está falando. E, ao contrário de mim, não está nem um pouco incomodada.

Ela agradece e nós duas nos despedimos da mulher, que volta a oferecer as flores às outras pessoas.

Quando ela se afasta, eu e Vivi nos viramos uma para a outra na mesma hora:

— O que você achou?

— Sobre o que ela te falou?

Faço um gesto pedindo calma, rindo de nossa afobação.

— Você primeiro. — Vivi é mais rápida do que eu.

Volto a tomar um gole da cerveja e penso em como responder.

— Sendo sincera? Não faço a menor ideia.

Solto uma gargalhada, jogando a cabeça para trás.

— Não é possível, Lili! Alguma coisa do que ela falou deve ter feito sentido para você.

— Juro que não, amiga.

— Nada? Quando você pensa nas palavras dela, o que vem à cabeça?

Encaro o nada, lembrando o que ela me falou.

Penso em minha mãe.

Mas isso não faz sentido. Por mais que eu não goste de pensar no que aconteceu, eu *já* superei. Não mudei de vida, até? Não mudei minha forma de encarar as coisas? Não estou sendo mais positiva do que nunca? Não abri meu próprio negócio? Se isso é sinônimo de estar presa de alguma forma, por que pareço estar mais próxima do que nunca de quem realmente sou?

Olho para Vivi e nego com a cabeça.

— Sinto muito — digo. Ela se encosta na cadeira, frustrada. — Sua vez.

Ela abre a boca, mas fecha novamente sem dizer nada.

É impressão minha ou suas bochechas parecem mais coradas do que já estavam?

Vivi então abaixa a cabeça e deixa a franja cair sobre o rosto. Na mesma hora, ela a coloca atrás da orelha em um gesto automático, mas os fios voltam a cair.

— Ela acertou — fala por fim.

— Isso é tudo o que você vai me dizer?

Meu sorriso quase grita "hipócrita" em um tom divertido.

Ela dá de ombros, voltando a aparentar ser a garota tímida que conheci, e vejo que é melhor não insistir.

— Vou ao banheiro. Peço mais uma garrafa na volta?

— Com certeza! — respondo e viro o resto da bebida que ainda estava em meu copo.

Se antes eu estava altinha, agora posso me considerar oficialmente bêbada. Não a ponto de passar mal — já passei dessa idade, obrigada —, mas o bastante para saber que meu estado atual é a embriaguez.

Rio de minha própria situação e sou tomada por uma vontade incontrolável de falar com Marcos.

E, como toda pessoa bêbada, sou incapaz de resistir ao impulso.

Acho que tô bêbada kkkkk, digito para ele.

Pouco depois, ele me responde:

Só não vou dizer que te invejo porque estou com a Mari. Mas tava doido por uma gelada.

Uma cigana leu minha mão, envio sem pensar, mesmo que a mensagem não tenha conexão alguma com o que ele falou.

É mesmo? E o que ela falou?

Não falou coisa com coisa. Acho que ela também devia estar bêbada rsrsrs.

Capítulo 24

Hold on little girl
Show me what he's done to you
Stand up little girl
A broken heart can't be that bad
"To Be With You", Mr. Big

— Sempre me irrito quando ouço essa música — declaro assim que Mr. Big começa a tocar na *playlist* que Marcos selecionou para nossa viagem, bem similar ao repertório do Bar da Garoa.

É sábado à tarde e estamos na rodovia rumo a São Sebastião. Nossos encontros nas últimas semanas foram deixando nossa convivência mais natural, e estar com ele agora é tão reconfortante quanto sentir o carro fluindo pela via sem um tráfego intenso para nos atrapalhar.

— Pode pular, se quiser, mas vai ter que me explicar o porquê dessa ira. Faz você lembrar de algum ex? — Ele me olha de canto de olho, com um sorriso divertido.

— Não me faz lembrar de ninguém. É que eu acho um absurdo ele dizer que "um coração partido não pode ser tão ruim". Queria ver ele afirmar isso se fosse do coração dele que estivéssemos falando!

— É o que dizem: pimenta nos olhos dos outros é refresco.

Ele diz isso fazendo um carinho acima do meu joelho, logo após mudar a marcha do carro para pegar uma saída. Então, percebo Marcos hesitar e, por fim, ele repousa a mão, ainda incerto se deveria mantê-la ali.

Ok, talvez ainda não estejamos agindo tão naturalmente assim na companhia um do outro.

Como se o gesto não tivesse me causado um sobressalto silencioso, viro o rosto para a janela, apreciando a paisagem. A música termina, outra começa, e Marcos tira a mão de minha perna quando, mais uma vez, precisa mudar de marcha. Sinto meu joelho esfriar na hora e a sensação de conforto que me tomou instantes atrás se dissipa.

— Preciso de um favor. Não me deixa esquecer de pegar o galão de água vazio no porta-malas quando a gente chegar? Tenho que levar água do mar para minha mãe.

— Sua vez de me explicar — digo, arqueando a sobrancelha.

— Coisas de dona Soraia. — Marcos revira os olhos, mas sua expressão é carinhosa. — Já assistiu a *Casamento grego*?

— Comédia romântica das antigas é comigo mesmo, adoro esse filme!

— Minha mãe também. Lá em casa ele sempre foi conhecido como "filme do professor bonitão".

— Sou obrigada a concordar com sua mãe sobre a parte do "bonitão".

— E quem disse que foi ela que apelidou assim?

Olho para ele, surpresa.

— Meu ego é frágil, Lily, não minha masculinidade. — Dou risada de seu tom divertido. — A questão é que minha mãe com água do mar é a versão feminina e brasileira do pai dela com o Vidrex. Ela acha que essa é a solução para tudo e sempre tem um pouco guardado.

Apesar de ter visto Soraia poucas vezes, consigo imaginar que isso é bem a cara dela, e faço o comentário para Marcos.

Ele arregala os olhos, mas logo sua expressão exibe compreensão.

— É mesmo, eu esqueci que vocês se conheceram. Ela não falou nada de estranho para você?

— Tirando o fato de que, da primeira vez que eu a vi, ela estava testando as vibrações na casa do meu pai, foi tudo normal.

— Marcos balança a cabeça, com um ar divertido, e me lembro da forma como Soraia me olhou. — Ela também me disse algo sobre as coisas ficarem bem, mas não tenho muita certeza sobre o que ela estava falando.

Penso nas palavras da cigana no bar na semana passada.

— Ah, era isso que eu queria saber. Comportamento típico da minha mãe. Mas tenho que admitir... — ele faz uma pausa —... ela não costuma errar. Não sei em que você acredita, mas minha mãe é muito boa para ler as pessoas.

Reflito sobre como responder. Sempre fui cética em relação ao misticismo, o que não significa que eu ache pessoas como Soraia charlatãs. É só que não acredito na mesma coisa que elas.

— Ela me pareceu uma ótima pessoa, sem dúvida. Foi gostoso estar na companhia dela. Mas também preciso confessar: nunca fui muito chegada em esoterismo. Não duvido de você, mas acho que sou mais inclinada a acreditar que ela é boa em interpretar os outros do que em ter alguma percepção mística.

Esse comentário também pode se aplicar muito bem à cigana. Além disso, sendo sincera, as palavras das duas foram bem genéricas. Tenho certeza de que fariam sentido para várias pessoas, em contextos diferentes.

Ele assente, um novo sorriso surgindo em seus lábios.

— Virgem?

Considerando tudo o que aconteceu entre nós no último domingo, imagino que Marcos esteja falando de astrologia.

— Capricórnio.

— Era meu próximo palpite. Sabe o ascendente?

— Eu não sei nem o que você está me perguntando.

Ele gargalha com minha resposta.

— Ascendente é como se fosse seu segundo signo. É o jeito como você se mostra para o mundo, como se fosse sua máscara social. Tem esse nome porque é definido de acordo com a posição do sol na hora que você nasceu. Qual é? — ele complementa ao ver minha expressão, um misto de descrença com divertimento. — Eu sou filho da minha mãe.

— Justo. Eu só sei meu signo porque muita gente é ligada nisso e não me deixa esquecer. Mas dizer que sou Capricórnio ou qualquer outro daria no mesmo para mim.

— Então você não é daquelas que deixaria de ficar com um cara por causa do signo dele?

— Nem um pouco. Pode ficar despreocupado.

Voltamos a ficar em silêncio, que é quebrado depois pela introdução da música que reconheço como "Madagascar". Adicionei algumas músicas do Emicida à minha *playlist* um dia desses.

— Qual é o seu? — pergunto despretensiosamente.

Mais uma vez, a risada alta de Marcos se sobrepõe aos acordes.

— Eu estava aqui me questionando quanto tempo ia levar para você me perguntar isso.

Resisto a dar um tapa de brincadeira em seu braço e demonstro meu ultraje fazendo uma expressão forçadamente ofendida, com direito a mão no peito e boca aberta.

— Sagitário — diz ele por fim.

Apenas assinto, já que ele poderia ter dito qualquer outro e o significado seria o mesmo.

— Você consegue pegar para mim os óculos de sol que estão no porta-luvas? — ele me pede, franzindo a testa e fazendo força para enxergar apesar da claridade.

Assim que abro o pequeno compartimento, uma chuva de papéis caí de lá.

— Acho que você está precisando fazer uma limpezazinha aqui, Marcos.

— Adoraria, mas não posso. Só *entucha* tudo aí dentro de volta que está tudo certo.

— Mas o que é essa papelada toda, afinal?

Só depois que pergunto percebo que posso estar sendo invasiva. De qualquer forma, ele falou de um jeito tão casual que não deve ter problema eu perguntar.

— As notas fiscais dos meus equipamentos de show.

— Por que você anda com elas? Eu jogo fora a maioria das minhas notas.

O que não é algo muito inteligente da minha parte. Se alguma coisa der defeito dentro do prazo de garantia, eu me ferro.

— Porque, se eu for parado em alguma batida, pode ser que duvidem que meu equipamento é de fato meu. Já aconteceu — ele acrescenta ao me ver de olhos arregalados.

O clima despojado de antes me abandona, e não sei o que dizer. É o tipo de coisa que eu esqueço que existe no mundo, por não ser algo que aconteceria comigo ou com quem é como eu. Privilégio.

— É, é só mais uma das merdas de se viver numa sociedade racista, mas hoje não quero me estressar com isso.

— Bom — emendo, entendendo a deixa —, então o que você diria que define um sagitariano?

★ ★ ★

— Está com frio?

Marcos pergunta ao me ver estremecer. Estamos caminhando na orla e a brisa que sopra do mar é bem gelada nesse início de madrugada.

Não há ninguém além de nós na rua. Assim que o show acabou, o bar fechou e guardamos os equipamentos e minha bolsa no carro. Então decidimos dar uma volta antes de retornar à pousada, já que os dois ainda estávamos meio elétricos.

É incrível como Marcos, sozinho, consegue criar tanta energia. O show foi em um quiosque na praia, voz e violão, e o lugar lotou com as pessoas que passavam pela rua e se empolgaram ao ver a movimentação dos clientes. Até eu entrei na dança, literalmente. Um rapaz, quando me viu sentada sozinha, acompanhando as músicas com palmas e um remexer de ombros, me puxou para a "pista". Fez isso sem nenhuma segunda intenção, e Marcos sorriu para mim do palco ao ver que eu estava me divertindo.

— Frio é uma palavra muito forte. Por enquanto, só deu uma refrescada. — Esfrego as mãos nos antebraços. — Já aliviou!

— Se quiser, podemos voltar.

— Não. — Eu mesma me surpreendo com a rapidez com que nego. — Quando é que tenho a oportunidade de caminhar assim pela praia, no meio da noite?

Eu estava mesmo precisando me afastar um pouco de São Paulo. Estou no ritmo frenético da Frida desde que comecei a planejá-la, e não fiz sequer uma viagem de lá para cá. Nesses momentos, entendo um pouco mais a preferência de Marcos por um trabalho como o dele.

Se bem que costumo ter a maioria dos finais de semana livres, e nada me impede de fazer um bate e volta.

— Não é estranho como a gente às vezes vive no automático? — solto, em complemento aos meus pensamentos. Quando vejo o olhar interrogativo de Marcos, continuo. — Não tem nada que realmente me impeça de fazer uma viagem dessas. Se eu me organizar, cabe no orçamento, cabe na agenda e, ainda assim, não me lembro qual foi a última vez que saí de São Paulo. Quer dizer...

A lembrança retorna de uma vez. Sei exatamente quando foi.

Foi também a última vez que eu, mamãe e papai estivemos juntos como uma família feliz, curtindo um domingo.

Acordei naquele dia com mamãe me ligando, querendo saber o que eu achava de almoçar em Guararema, uma cidadezinha próxima a São Paulo. Topei no mesmo instante e, uma hora depois, os dois passaram no meu apartamento para me buscar.

Fomos a um restaurante de comida caseira e depois passamos a tarde caminhando pelas ruas turísticas e rodeadas de natureza. Mamãe até sugeriu que voltássemos em outra ocasião para passar um final de semana em uma das pousadas de lá.

Isso nunca aconteceu.

— Quer dizer? — Marcos rompe o silêncio.

— Ah, não era nada.

Faço um gesto com a mão para minimizar a importância do que quase revelei. Não quero conversar sobre isso agora.

— Bom, já que você vive tanto no automático, acho que a gente pode inovar um pouco.

Quando ele pega minha mão e me olha como uma criança empolgada, eu me pergunto o que ele tem em mente.

Marcos, então, entra na pequena trilha que dá acesso à areia.

— Olha, eu falei sério sobre aquele negócio de sexo na praia ser superestimado e tal. — Estremeço só de lembrar do incômodo dos grãos na parte de baixo do meu biquíni, quando eu era criança, sem conseguir mensurar como seria fazer outro tipo de brincadeira, uma brincadeira adulta, na areia.

— Por mais deliciosa que você seja, linda, juro que dessa vez minhas intenções são inocentes. Ou quase. O que acha de um mergulho noturno?

— Quê? — Estanco onde estou. — Nesse frio?

— Achei que "frio" fosse uma palavra muito forte.

Marcos me encara com um olhar de desafio e diversão. Estamos no início da areia, ainda a alguns metros do mar, completamente sozinhos. Caramba, não é perigoso a gente estar aqui? E se a gente for agredido, sequestrado, assassinado, sei lá?

— Vai me dizer que você não congela só de pensar em quão gelada deve estar a água? É final de maio, não janeiro!

— Eu prefiro focar na parte divertida da coisa. Eu posso te esquentar, se você ficar com muito frio.

Bom, não dá para negar que ele tem certa razão. Só esse sorrisinho cheio de malícia já me esquentou consideravelmente.

— Achei que sua ideia era inocente.

— E era. Só vou tomar medidas drásticas se elas forem necessárias.

— Cara de pau.

Não consigo evitar rir, mas ainda não deixo Marcos saber que me convenceu. Pode mesmo ser divertido.

— Por acaso você está com medo, Lily?

Ah, mas não mesmo.

Quer dizer, ele não precisa saber dos pensamentos preocupados que eu tive agora há pouco.

Arqueio a sobrancelha e, sem dizer nada, levo os dedos em direção aos botões da minha camisa. Marcos arregala os olhos, cheios de deleite, e tira a própria camiseta quando me vê de calça e sutiã.

Logo, estamos apenas com nossas roupas de baixo, correndo entre gargalhadas em direção ao mar. Meu pensamento tenta se voltar aos possíveis segredos escondidos na areia sob nossos pés — que podem variar de siris e conchas quebradas a, espero que não, cocô de cachorro —, mas me concentro somente na parte boa, como Marcos havia dito.

Assim que atinjo a areia molhada, meus braços se arrepiam, mas não deixo Marcos perceber. Só que eu nem precisava ter me preocupado. O palavrão que ele solta me dá certeza de que ele não é assim tão imune ao frio e me faz rir ainda mais.

Basta a primeira marola molhar nossos pés para que troquemos um olhar receoso.

— Talvez a gente possa ficar um pouco aqui, até se acostumar com a temperatura.

Dou pulinhos onde estou logo após fazer minha sugestão, em uma tentativa de me esquentar.

Marcos me imita, mas, diferente de mim, pula balançando os braços em uma imitação não intencional de um boneco de posto de combustível. Depois de poucos segundos, ele diz:

— Eu sou mais da terapia de choque.

E sai em disparada em direção às ondas, diminuindo a velocidade apenas quando a água atinge seu joelho e dificulta a locomoção. Apesar de estarmos a alguns metros de distância, ainda posso ouvir seus xingamentos ecoando pelo ar.

Então, quando uma onda se aproxima, Marcos mergulha antes que ela quebre nele e grito de onde estou, sentindo frio por ele.

— Você é doido! — grito quando ele volta à superfície.

— Acredite ou não, agora está bem melhor.

Pondero se devo fazer como ele, mas estou tremendo tanto que não sei se consigo me mover. Mas não é tanto pela baixa temperatura que meus dentes tiritam, percebo. É o misto de frio, medo e expectativa que faz meu corpo sacudir.

Ciente disso, me esforço para deixar meus receios de lado e imito Marcos, me jogando no mar. Conforme me afasto do raso e vou sendo golpeada pela água, continuar fica mais difícil. Quando vejo uma onda se aproximar, fico de costas para que ela não quebre em meu rosto, mas a atitude é também uma forma de evitar que minha barriga se molhe.

A barriga e as partes íntimas são sempre a pior parte.

— Mergulha, linda. Você vai sofrer menos!

— Se isso não acontecer, você vai ter que me compensar.

Mas sigo seu conselho em seguida. Afinal, se há alguém no mundo que faz de tudo para não se deixar abater pelo sofrimento, esse alguém sou eu.

Submerjo instantes antes de uma nova onda chegar e sinto sua vibração acima de mim quando ela quebra, além de ouvir o estrondo, mesmo que daquele jeito surdo e contido de quando estamos sob a água.

O frio chega, mas a sensação é suportável para quem estava se preparando para uma dor congelante.

— Viva? — Marcos pergunta quando reapareço, nadando em sua direção.

— Sempre.

Logo que o alcanço, vejo que estamos bem no fundo. Mas meus pés ainda conseguem tocar o chão, e percebo que Marcos escolheu ficar aqui por ser uma área onde as ondas não quebram, tendo, no máximo, uma ou outra marola. A correnteza não está forte também, então não sinto medo.

Quer dizer, em parte. Marcos é uma ameaça ao meu autocontrole, com a água escorrendo por seu peitoral. Ainda mais quando ele me puxa e me beija, envolvendo meu corpo em um abraço.

— Se não valer a pena — ele sussurra, afastando-se um pouco, mas mantendo o rosto ainda quase encostado no meu —, você pode brigar comigo depois.

Meu sorriso é uma resposta automática, e me desvencilho de seus braços, que descem até minha cintura, para colocar os meus por trás de seu pescoço.

Estamos rodeados pela escuridão. A única luz é a da lua, quase cheia no céu, suficiente para nos fazer enxergar um ao outro. E não posso dizer que estamos em meio ao silêncio; o som da água é constante, assim como o cricrilar dos grilos e nossas próprias vozes.

— Sabe o que isso aqui me lembra? — Faço um gesto de mim para ele e respondo quando vejo a pergunta em seus olhos. — Meu filme favorito. *Dirty Dancing*.

— Exceto pelo fato de eu e você estarmos seminus. E de ser de noite. E de estarmos no mar, não em um lago.

— Deixa de ser estraga-prazeres. — Dou um tapa de leve em seu braço, não demonstrando a alegria que senti por ele não só ter visto o filme como também saber a cena exata a que me refiro.

Ok, *Dirty Dancing* é um clássico, mas aquele pensamento machista de que "é de mulherzinha" com certeza impediu muitos homens de assistirem.

— Mas a gente pode tentar reproduzir o salto, se você quiser.

Inclino a cabeça, em um gesto de descrença.

— O quê?

— Fala sério, Marcos. Não é como se fosse possível.

— Por que não seria?

— Porque... olha para mim.

Odeio a vulnerabilidade que escuto em minha voz.

— Eu olho para você — responde ele, levantando meu queixo com gentileza. — Eu olho tanto para você que, às vezes, deveria ser mais discreto. Ou olhar menos. Porque eu adoro o que vejo e nem acredito que consegui sair com uma mulher maravilhosa como você. Você tem noção do quanto mexe comigo, Lilian? — Sua voz rouca e a rigidez que sinto quando seu corpo se aproxima de mim me dão uma boa ideia. — Você tem noção de como é gostosa?

Engulo em seco, ao mesmo tempo que sinto uma fisgada quase dolorosa de prazer no baixo-ventre, como um choque. Mas, embora os olhos de Marcos estejam quase me hipnotizando, sua voz encontra a confiança que conquistei ao longo do tempo e faz ressoar o sentimento de que sim, eu sou gostosa para cacete, e tanto faz o que outras pessoas possam pensar de mim.

— E, se você não sabe, aquele salto é muito mais sobre achar o ponto de equilíbrio. Para quem diz que *Dirty Dancing* é o filme favorito, você deveria assistir de novo e lembrar da parte que o Johnny diz que a água...

— ... é o melhor lugar para treinar — termino a frase com ele.

Sorrimos um para o outro, ofegantes pela sensualidade que paira entre nós.

— Vem, pula. — Ele me dá espaço para que eu salte.

Empolgada, tomo impulso...

E desisto de última hora, rindo da situação.

— Vou entender esse seu medo como uma ofensa pessoal. Não confia em mim, é?

Decido tentar mais uma vez e me preparo para o salto. Dessa vez, Marcos até tira boa parte do meu corpo da água, mas meu pulo não é suficiente para irmos além disso. Ainda estou insegura.

— Última vez, tá? — digo, ao ver que ele está disposto a continuar.

Ele me olha com tanta confiança que, agora, pulo com toda a vontade que encontro. E, quando percebo, estou no ar, os braços e pernas esticados como os de Baby, encarando o horizonte.

— Ai, meu Deus, a gente conseguiu?

Viro o rosto para baixo, mal acreditando que deu certo.

Mas, antes que Marcos responda, seu corpo se inclina para trás, e mergulho em direção à água.

Quando nós dois voltamos para a superfície, estamos gargalhando, e me sinto eufórica, como se meu peito fosse estourar e me transformar em uma chuva de estrelas.

Secretamente, eu sempre quis reproduzir essa cena, mas achava que nunca seria possível, por não fazer o estilo *mignon* da Baby. Então, mais do que me proporcionar esse momento, Marcos confiou que ele podia acontecer. Ele não hesitou. Não fez com que eu me sentisse inadequada.

A intensidade das minhas emoções é potencializada quando ele me toma nos braços e nos beijamos com vontade, sorvendo um ao outro. Descubro que, afinal, sexo nenhum é superestimado quando o assunto é Marcos.

Capítulo 25

Seria lindo ver o dia amanhecer
Na boa e sem chorar
Seria lindo ver, curtir o sol nascer
Sem lágrimas no olhar
"Na boa, sem chorar", Sandy & Junior

Não é a claridade da manhã, que ignora solenemente a cortina fechada, a responsável por me despertar.

Pego o celular com a cabeça pesada de sono e vejo que são oito e pouquinho. Por isso — graças aos céus! —, Marcos dorme um sono profundo ao meu lado.

Com o máximo de cuidado, retiro a manta e o lençol de cima de mim e me levanto.

O bom de ter um corpo saudável é que meu organismo funciona muito bem, como um reloginho. Bem *demais*. E não se atrasa. Nem para. Nunca. O que significa que meu horário de ir ao banheiro é pela manhã. No caso, agora. Que é a parte ruim da história.

Hoje, eu preferiria mil vezes ser aquela pessoa incapaz de fazer o número dois fora de casa. Ou que o banheiro daqui fosse fora do quarto. Como posso ficar tranquila sabendo que estou separada de Marcos apenas por uma porta fechada, podendo ouvir qualquer barulho que eu eventualmente venha a fazer?

Preciso me apressar. Minha barriga está se revirando daquele jeito incômodo, como quando há uma rebelião dentro de você querendo esbravejar, por assim dizer.

Assim que entro no banheiro, aproveito o som da porta rangendo ao ser fechada para começar a me livrar dos meus *incômodos*, torcendo para que os barulhos se mesclem, no caso de Marcos ouvir algum deles. Que situação mais vergonhosa!

Antes de me sentar no vaso sanitário, checo se há papel higiênico suficiente. Só me faltava, além de tudo, ter que acordar Marcos aos gritos para pedir ajuda. Mas tudo bem, ao menos essa humilhação não vou passar.

Os cinco minutos que passo dentro do banheiro estão entre os mais longos que já vivi. Fico o tempo todo preocupada com a possibilidade de Marcos acordar e fazendo uma musculação absurda com certas partes do corpo para controlar meu, hmm, esvaziamento e tentar fazer o mínimo de barulho possível.

Ao terminar, estou aliviada em todos os sentidos. Depois de lavar as mãos, jogo um pouquinho de sabonete líquido no vaso, dando descarga mais uma vez e torcendo de novo para o barulho não acordar Marcos. E risco um fósforo que encontro na caixinha sobre a pia, já que não há nenhum daqueles aromatizadores à vista.

Logo que me deito na cama de novo, Marcos vira e me abraça, reproduzindo a conchinha na qual estivemos por boa parte da noite, e prendo o ar, com receio de que ele esteja acordado. Mas sua respiração constante me mostra que ele continua tão adormecido quanto na hora que levantei.

Meu despertar turbulento, digamos assim, me fez ignorar um aspecto que vinha gritando em silêncio na minha cabeça: fazia um bom tempo que eu não passava a noite com alguém. Mesmo em todas as vezes que eu e Marcos nos vimos no último mês, não chegamos a dormir juntos — porque eu não quis.

Usei a desculpa do "preciso acordar cedo amanhã", e Marcos respeitou. Apesar de tudo que fizemos, isso é mais íntimo do que qualquer outra coisa.

O som de seu ressonar aliado ao calor dos seus braços ao meu redor me faz deixar qualquer preocupação de lado, e pego no sono de novo sem nem mesmo perceber.

A sensação é de que mal fechei os olhos quando o calor ao meu redor se dissipa. Sinto um beijo leve em minha bochecha e minha vontade de me aconchegar ainda mais na cama aumenta.

— Bom dia, linda! Se a gente quiser tomar café, tem que levantar agora.

Essas são as palavras mágicas para meus olhos se abrirem de pronto. Deveria ser considerado crime perder o café da manhã quando ele está incluso na sua hospedagem.

Nós dois nos trocamos em questão de minutos — coloco um vestidinho frente única, e Marcos só veste bermuda e camiseta —, nos revezamos para lavar o rosto e escovar os dentes e logo descemos.

O café da manhã não é tão farto, já que a pousada é simples, mas ainda assim é gostoso e tem opções o suficiente para me deixar feliz por ter escolhido sair da cama. Enquanto Marcos se serve de pão, frios e ovos mexidos, pego uma caneca de café puro e me sento a uma mesa ao lado da janela. O sol já está alto lá fora, e sei que o dia vai ser quente, apesar de estarmos quase em junho. Talvez em São Paulo o clima esteja mais fresco.

Ou não. A cidade adora estrelar sua própria versão de *De Repente 30*, variando de treze graus para trinta de um dia para o outro.

Ou no mesmo dia.

— Preciso disso para começar — respondo a seu olhar inquisidor, nitidamente me julgando por eu não estar comendo ainda.

É só sorver o líquido quente que meu corpo já dá sinais de despertar. Se já inventaram bebida melhor que essa, ainda não descobri.

Quando me sinto pronta, levanto para me servir, e logo eu e Marcos estamos satisfeitos.

— Quer aproveitar um pouco a praia antes de a gente voltar para São Paulo?

— Será que dá tempo? Nosso check-out é ao meio-dia...

— Podem ficar tranquilos. — A dona da pousada, que está recolhendo as louças usadas do café, me interrompe. — Não tem hóspede para chegar, vocês podem sair um pouco mais tarde, se quiserem.

Agradecemos pela gentileza e corremos para o quarto. Ainda assim, não podemos voltar tão tarde para São Paulo.

Coloco meu biquíni, que sobrou da coleção de verão da Frida, e Marcos só tira a camiseta. Passamos protetor solar um no outro, visto uma saída de praia e guardo nossas carteiras e uma toalha em minha bolsa de pano.

— Para quem achava que não ia dar tempo, você veio bem-preparada.

— Faz parte do meu pacote de vida otimista. — Sorrio para ele.

Estamos na calçada quando lembro Marcos do galão de água vazio no porta-malas do carro, então ele corre até o estacionamento enquanto aguardo.

— Você acabou de evitar a Terceira Guerra Mundial — diz ao retornar.

— A Soraia não parece ser brava assim... Ela é?

Marcos me olha com um jeito de quem sabe das coisas e segura minha mão enquanto caminhamos em direção à praia.

— Ah, você não conhece minha mãe. Não sei se "brava" é a palavra certa, porque ela é daquelas que não explodem, mas sabem demonstrar muito bem quando estão irritadas com alguma coisa. Aliás, quando *você* pisou na bola com alguma coisa.

— Então acho que evitei uma segunda Guerra Fria.

A primeira coisa que fazemos ao pisar na areia é ir em direção ao mar para encher o galão para Soraia. Marcos espera o momento certo de mergulhá-lo, no instante em que as marolas o atingem, para pegar o máximo possível de água sem que ela venha com areia junto.

— Pronto, isso vai ser suficiente para ela ficar feliz e me tratar como o filho do ano pelos próximos dias — diz ele, com carinho.

— Vocês se dão bem, né?

— A gente tem uma relação legal — responde, reflexivo. — A gente também briga bastante, mas acho que é pelo fato de sermos próximos. Minha mãe está sempre palpitando em coisas que, às vezes, não quero que ela palpite, e aí a gente acaba discutindo. Mas nada muito fora do saudável.

— Mães…

Sinto um impulso de falar sobre a minha.

Quero dizer o quanto sempre corri para Helena em todo e qualquer problema. O quanto mamãe sempre me acolheu.

E quero contar sobre o ponto de virada, quando absolutamente tudo mudou, e ela se tornou alguém distante.

Chego a abrir a boca, mas o som para na minha garganta.

— Você me ajuda a tirar uma foto bem blogueirinha para eu postar no perfil da loja?

E, com o pedido, reprimo mais uma vez a história que me rasgaria de dentro para fora para enfim sair de mim.

Capítulo 26

Puxa o ar do fundo, longo, profundo
Solta com barulho, joga fora pro mundo
Silêncio, silêncio, eu quero escutar
O tudo e o nada interno que há
"Te conecta", Pitty

— Obrigada por ter vindo, Lily.

Sandra me recebe com um aperto de mão firme, e torço para que ela não sinta minha palma suada.

Ao fechar a porta do pequeno escritório, ela me encaminha para a mesa e, em seguida, me oferece um café, que eu obviamente não rejeito.

É quarta-feira, véspera de feriado e penúltimo dia de maio, mas minha analista financeira fez questão de me atender hoje.

Dizendo assim, parece até que fui eu que pedi para encontrá-la, quando, na verdade, foi ela que me convocou no início da semana.

Sim, é esse o termo. Seu pedido não deixava margem para recusa.

Fiquei surpresa quando vi seu nome no identificador de chamadas, e mais ainda quando ela pediu a reunião. O combinado era que nossos encontros fossem trimestrais, então eu esperava vê-la só no início de julho.

Passei os últimos dois dias me convencendo de que não seria nada de mais e fiz sessões dobradas de meditação guiada. Não ajudou ter voltado da praia ansiosa pelos resultados da minha foto produzida. Foi uma das fotos mais bonitas que alguém já tirou de mim, então eu tinha certeza de que ela ia bombar — o que obviamente não aconteceu, me deixando frustrada.

Então, considerando essas preocupações, até que fui bem-sucedida em me manter calma, me obrigando a pensar em qualquer outra coisa toda vez que me lembrava dessa reunião.

Quer dizer, "calma" se você ignorar esse embrulho no meu estômago. E o fato de eu ter estado completamente aérea durante o expediente, a ponto de rir de uma história de Bianca sem ter prestado atenção em uma palavra sequer. Entendi que havia algo de errado quando ela me encarou com os olhos arregalados e, me desculpando, pedi para ela repetir.

Descobri que dei risada de seu desabafo sobre estar com uma infecção vaginal.

De qualquer forma, estou sendo precipitada. Com certeza Sandra não tem nada grave para me dizer.

Reconfortada pelo pensamento, tomo o último gole do meu café e coloco a xícara sobre a mesa à minha frente.

— Temo não ter boas notícias.

Droga.

— Em nossa última reunião — continua Sandra —, conversamos sobre o fato de o desempenho da Frida ter ficado abaixo do esperado para o trimestre, e a situação não mudou. Não quero soar pessimista, mas fiquei preocupada e, por isso, achei melhor não esperar mais um mês para conversarmos a respeito.

— O gráfico de vendas continua como da última vez? — pergunto, inclinando o corpo e apertando os braços da cadeira.

Controlo nosso fluxo de caixa diariamente, óbvio, mas faz um tempo que parei de acompanhar a progressão mensal, deixando essa tarefa para Sandra. Mesmo sabendo que o primeiro ano seria quase que inteiro de prejuízo, eu ficava ansiosa vendo a Frida no vermelho. O que os olhos não veem, o coração não sente.

— Na verdade, ele apresentou uma queda. Não muito grande, mas, ainda assim, significativa. Para quem já estava abaixo do esperado, qualquer queda é relevante, especialmente por esse ser o começo do negócio. Tínhamos falado sobre o primeiro ano ser essencial na abertura de uma empresa e eu comentei que, na realidade, ele não costuma dar lucro, apenas quita os investimentos realizados. Mas a situação atual da Frida é alarmante por indicar prejuízo. Fiz uma estimativa para os próximos meses e, Lily, sinto informar, mas se a loja não apresentar melhora até setembro, o risco de falência no próximo ano é alto. Você teve sorte de seu empréstimo não ter sido alto — um gosto ruim impregna minha boca ao pensar no tipo de "sorte" que tive —, mas, sem pagar o financiamento em dia, os juros do banco podem comprometer todo o negócio.

Engulo em seco.

Passei um ano planejando abrir minha loja e, em pouco mais de um ano de atividade, vislumbro a possibilidade de perder tudo.

Não era para ser assim. Não pode ser assim.

E o pior de tudo é que eu sabia que essa possibilidade existia. Desde a primeira reunião que tivemos este ano, os resultados da loja já não eram positivos, mas o que eu fiz nesse meio-tempo? Fiquei brincando de trocar mensagens com Marcos, indo à praia, transando como uma adolescente com hormônios à flor da pele, tudo isso em vez de focar no meu negócio, ignorando o pressentimento de que algo construído a partir de um dinheiro sujo estaria, sem dúvidas, fadado ao fracasso.

— O que você sugere, Sandra? — pergunto, tentando controlar a raiva de mim mesma e a apreensão de perder tudo.

Ela me olha com pesar e, em um gesto inconsciente, toca a cicatriz em seu pescoço. No segundo seguinte, leva a mão ao cabelo, colocando atrás da orelha a mecha castanha e ondulada que caía por seu ombro.

— Você precisa repensar suas estratégias de marketing, e isso é tudo o que posso aconselhar. Eu só cuido dos números. Posso interpretá-los e posso até fazer projeções a partir deles, mas está fora da minha alçada modificá-los.

O que não é nenhuma novidade para mim, mas eu estava na expectativa de que ela tivesse alguma solução mágica.

Cheguei a ter reuniões com uma empresa de marketing enquanto estava trabalhando na abertura da loja, mas os custos eram muito altos para meu orçamento, então optei por apenas algumas orientações — que me ajudaram um pouco quando assumi o papel de produtora de conteúdo. Agora, me pergunto se fiz a escolha certa.

Bom, como diria vovó Nina, não adianta chorar sobre o leite derramado.

— Mas, se me permite dizer, Lily, confio que você vai encontrar um jeito de fazer dar certo. Você merece que dê certo. Digo por experiência própria que, quando mais precisamos, a ajuda vem de onde menos esperamos.

Ela sorri, me incentivando.

Na busca por analistas financeiros durante o processo de planejamento da Frida, encontrei Sandra por acaso nas redes sociais, por causa de um post dela que havia viralizado, desabafando sobre a dificuldade em conseguir emprego por ser transgênero. Ela havia tido um cargo alto em uma empresa antes de se assumir como mulher e adotar o nome social, mas foi demitida com a justificativa de "cortes de pessoal" depois de passar a ser, pouco a pouco, excluída pelos colegas no ambiente de trabalho. Quando encontrei seu post, ela denunciava a gravidade da situação. O fato de ter nascido em uma condição de privilégio e de ter tido uma boa experiência de carreira havia garantido a ela a sobrevivência por um tempo, mas suas reservas estavam se esgotando. "E quem vem da periferia ou de situações diferentes da minha", lembro que ela escreveu na publicação, "acaba tendo que recorrer, na maior parte das vezes, à prostituição, por falta de trabalho. É isso o que vai ser de mim também?".

Mandei uma mensagem para ela na mesma hora. Expliquei o que eu precisava e Sandra aceitou abrir um MEI para prestar o serviço para mim. De lá para cá, conseguiu novos clientes e aumentou tanto seus trabalhos que precisou mudar seu CNPJ para o de uma pequena empresa, além de ter contratado outras duas pessoas.

— Você vai dar um jeito. Não desanima, tá?

Sei que ela está certa. Tudo tem uma saída, não tem?

Deixo o escritório pouco depois das cinco da tarde e mando uma mensagem para Bianca avisando que não volto hoje para a Frida.

Penso em caminhar até o metrô, mas, sendo sincera, não estou a fim de encarar os vagões lotados, nem quero ir para casa. Acho que mereço um luxo, então pego o celular e abro os aplicativos de transporte para ver qual está oferecendo a corrida mais barata.

Merecer um luxo não significa que eu esteja podendo ostentar.

Quando o carro chega, praticamente desabo no banco de trás e torço para que o motorista não seja dos falantes.

— Tem preferência de rádio, dona?

— Pode deixar na que você quiser.

Minha tentativa de sorriso simpático talvez não tenha sido das melhores, mas parece o suficiente para ele assentir e mergulharmos em um silêncio...

— E essa greve dos caminhoneiros, hein?

... que não dura dez segundos.

Então ele começa a discursar sobre tudo ser um absurdo, e não consigo entender se ele está falando da greve ou do que levou a ela, mas não me esforço para acompanhar, só solto um eventual "Pois é" para manter a educação.

Suspiro aliviada quando avisto os prédios da Paulista, para onde programei o destino da viagem. O motorista emendou um discurso sobre as eleições com uma fervorosa defesa do candidato dele, e esse é um nervoso que eu definitivamente não preciso passar.

Salto na Praça Oswaldo Cruz, o motorista vira na Treze de Maio e sigo caminhando por minha avenida paulistana favorita, sem rumo definido. Só quero andar e colocar os pensamentos em ordem, e nada melhor do que fazer isso onde me sinto bem.

Acho que o que mais gosto daqui é a pluralidade. As construções antigas se misturam com as ultramodernas, dando um ar único ao local, sem contar a variedade absurda do comércio e das atrações culturais. Mas o que me faz realmente amar a avenida Paulista é a vida que existe nela. Aqui é completamente normal você ver pessoas andando de terno em meio a artistas de rua, estudantes, skatistas, sem contar os casais de todos os gêneros e estilos. Os pontos de ônibus estão sempre lotados e o vaivém de veículos e pedestres é constante. E tudo isso acontece com normalidade, sem que alguém olhe com estranhamento para o outro, porque a mistura de ingredientes é parte da natureza do lugar. É aqui que normalmente se concentram as manifestações políticas. É aqui que acontece uma das maiores festas de Réveillon da cidade. A São Silvestre começa e termina aqui. Aqui é o palco da Parada Gay.

Aos domingos e feriados, o clima é melhor ainda. A avenida é fechada para carros nesses dias, com o propósito de intensificar esse espaço tão variado e ocupá-lo com arte e cidadania. As vias se transformam em calçadas para os visitantes, que vêm para cá se exercitar ou só passear. É enorme a quantidade de pessoas praticando corrida, andando de bicicleta e patins ou passeando com seus animais de estimação. Você encontra apresentações musicais, aulas de dança e ginástica, tudo isso em meio à selva de pedra.

Talvez o conceito de belo seja questionável em se tratando do caos em concreto, mas está em mim — em quem minha mãe me ensinou a ser — enxergar a beleza em sua potencialidade. Vejo essa beleza vibrante em minha cidade, apesar de suas discrepâncias.

Paro para comprar uma garrafa de água e aproveito para checar meu celular. Vejo na aba de notificações que Bianca perguntou como foi a reunião.

Travo a tela sem responder e guardo o aparelho na bolsa antes de continuar caminhando.

Começou a escurecer e, agora, a rua é tomada por pessoas saindo do trabalho, indo para a faculdade ou simplesmente se dirigindo para algum outro compromisso. A multidão me traz anonimato ao me isolar em meu silêncio e, ao mesmo tempo que ninguém presta atenção em mim, consigo me sentir conectada a esse todo. No meio do barulho, consigo escutar a mim mesma.

Os rumos da Frida são preocupantes, mas não posso deixar isso me abater, preciso encontrar soluções.

Eu investi muito — não só financeiramente — para colocar tudo a perder agora, e essa não é uma opção para mim.

Hoje vou descansar, minha mente precisa disso. Mas vou passar o feriadão inteiro, se for necessário, estudando e analisando estratégias de marketing, tanto para melhorar o que estamos fazendo quanto para buscar novas opções. Vai dar tudo certo!

Então, como que para atestar que estou no caminho certo, de repente vejo algo que faz meu coração acelerar, e, pela primeira vez no dia, sorrio com sinceridade. Poderia ser qualquer mulher, vestindo qualquer roupa. Mas reconheço uma peça da Frida à distância.

Quando uma brisa mais forte sopra, sinto como se ela estivesse me abraçando e dizendo que vai ficar tudo bem.

Pego o celular para responder a Bianca e decido que não quero alarmá-la, então digito a resposta sem pensar duas vezes:

Não foi nada de mais, as coisas continuam na mesma. Fica tranquila!

Junho

Capítulo 27

Se lembra quando a gente
Chegou um dia a acreditar
Que tudo era pra sempre
Sem saber que o pra sempre sempre acaba

Mas nada vai conseguir mudar o que ficou
Quando penso em alguém, só penso em você
E aí, então, estamos bem
"POR ENQUANTO", CÁSSIA ELLER

Passo o feriado e a emenda trabalhando em casa. Olho pouco para o celular e faço pausas para comer, mas, na maior parte do tempo, estou debruçada em anotações e pesquisas.

Meu foco é a internet. Pensei em outras opções de aloca-ções de anúncios, mas de que me adiantaria gastar uma gra-na alta colocando um banner em uma estação de metrô se ele não atingir meu público-alvo, por exemplo? Não, preciso de algo direcionado, e estou pensando principalmente em usar in-fluenciadoras digitais — quem realmente trabalha com isso, e não essa tentativa meia-boca que venho fazendo.

Aproveitei o estudo de diferentes perfis e mandei mensa-gens para vários seguidores deles, convidando essas pessoas a conhecerem a página da Frida. Não entendi por que alguns me responderam com tanta grosseria; se não tinham interesse, não era só terem me ignorado?

De qualquer forma, precisei parar depois de um tempo. Digamos que o Instagram tenha ameaçado bloquear minha conta por spam.

Quando o sábado chega, fico na cama até mais tarde, tentando ao menos descansar um pouco. Mas depois do almoço estou pronta para voltar ao trabalho.

Até minha mãe aparecer de surpresa.

— O que você está fazendo aqui?

É a primeira vez que ela me visita em casa depois que tudo aconteceu.

— Você não estava prestes a burlar nossa tradição? — Ela arqueia a sobrancelha. Mamãe me conhece melhor do que ninguém. — Tive que tomar medidas drásticas.

— Mas eu ainda tenho muita coisa para resolver — insisto.

— Sim. Mas, agora, você tem que descansar. Exausta, não vai conseguir ter ideias novas.

Suspiro, me jogando no sofá em rendição, para me levantar no instante seguinte.

Ela sorri.

— Isso mesmo!

Se vamos manter a tradição, que seja no melhor estilo Rodrigues!

Preparo uma bacia com água, separo os itens, e logo estamos conversando em meio a uma sessão de manicure e pedicure, como nos velhos tempos.

Nem todos os nossos sábados eram dias de grandes eventos, mas, honestamente? Seria cansativo se fosse assim. Na maior parte deles, apenas ficávamos juntos em família, fosse em casa, fosse indo para algum lugar. Quando havia a oportunidade, eu saía com minhas amigas. A única regra era que aquele fosse um dia de descanso e lazer.

Porém, quando algum de nós — ou todos — estava muito cansado, mamãe fazia da ocasião *o* evento.

Às vezes, ela bolava um passeio surpresa, e tínhamos um dia totalmente fora do convencional. Outras vezes, planejava algo mirabolante em casa mesmo, e também tínhamos um dia totalmente fora do convencional.

Em uma das minhas memórias de infância favoritas, eu, ela e papai estamos trajados com roupas dos anos 1970, dançando na sala ao som de "Dancing Queen" sob um globo de espelhos que ela alugou.

Lambuzo o rosto com uma máscara facial e pego o celular para montar uma *playlist* repleta de músicas que marcaram nossas tardes de sábado. Mamãe sorri para mim quando Cindy Lauper começa a tocar.

— Um clichê perfeito para o momento.

Minha mãe, apaixonada por livros românticos, sempre teve uma teoria: clichês se transformam em clichês porque funcionam.

A *playlist* segue animada durante as etapas seguintes de *skincare*, mas, quando estou prestes a pegar o creme para hidratar os cabelos, Whitney Houston surge nos alto-falantes.

— Ah, não. Essa merece uma dramatização especial!

Munida de uma escova de cabelo, me viro para minha mãe e, juntas, cantamos sem reservas cada nota de "I Have Nothing" — sem nos importarmos que, na maioria das vezes, não sejam as notas corretas.

Porém, meu riso pouco a pouco vai sendo substituído por uma emoção maior, como se os sentimentos da canção traduzissem os meus próprios.

— O que foi, minha flor? — mamãe pergunta quando abaixo os braços, encarando o vazio. — O Marcos?

Olho para ela, assustada por ela ter feito a conexão tão rápido.

Mal conversamos nos últimos dias, o que foi ótimo. Ele está com a Mari neste feriado e eu consegui focar cem por cento no trabalho. Mas ainda é difícil conter a irritação pensando no quanto me deixei levar por nossos momentos de conto-de-fadas enquanto minha loja vivia sua história de terror.

A praia parece muito mais distante de nós do que a única semana que passou.

Entretanto, é como se a Lily daqueles instantes ainda quisesse retomar o controle.

Não posso deixar isso acontecer.

— Você não quer mais ficar com ele? — ela volta a perguntar. Não quero?

— Quero, mãe… mas não consigo. — As palavras escapam sem que eu pense a respeito. — Não posso — corrijo. Um único olhar é o suficiente para ela me incentivar a prosseguir.

— Ficar com ele… Não pode ser mais do que isso. É perigoso. Não posso arriscar a Frida, e é nela que preciso focar.

— Algumas coisas, minha flor, quando importantes, valem o risco…

É a minha vez de encará-la.

— Nada vale esse risco — digo com firmeza. — Gosto de estar com ele, mas é só isso. — As palavras jorram de mim como um eco conhecido e distante.

Decidida, caminho até a sala e escolho a música seguinte.

Chega de melancolia.

Quando os acordes eletrizantes saem dos alto-falantes, estou determinada a sorrir e curtir esse momento como nos velhos tempos.

Mamãe vem até mim, aceitando minha decisão.

Rodopiamos e cantamos, e não me importo com os possíveis barulhos que devo estar causando no andar de baixo ao pular sobre o tapete. É o meio da tarde, pelo amor de Deus.

Fecho os olhos com força, sentindo a voz de Cher em meu peito, mais alta que o som de nossas risadas ressoando em minha mente.

Eu e mamãe rimos juntas como há muito tempo não fazíamos.

Porém, mesmo que eu esteja cantando "Believe" no automático por saber a letra desde sempre, dessa vez se torna impossível não prestar atenção nela.

E os versos me confundem.

Mais que isso, parecem transformar minha alegria forçada em outra coisa, como se o sentimento pulsante abrisse uma represa que estava guardando outras emoções.

Fazia tempo que eu não me permitia um momento descontraído como esse, porque, por mais que tudo pareça ser como antes, não passa de ilusão. Depois daquilo, nada pode voltar a ser o que era.

Paro de dançar na mesma hora e pauso a música, deixando o silêncio sepulcral substituir o que, um instante antes, eram sons de júbilo.

— Só vai embora — digo, mudando o clima por completo e encarando minha mãe com firmeza. E fúria.

Seu sorriso se desfaz e ela me obedece sem questionar.

Capítulo 28

Eu que não fumo queria um cigarro
Eu que não amo você
Envelheci dez anos ou mais nesse último mês
"Eu que não amo você", Engenheiros do Hawaii

Na segunda-feira, peço para Vivi ficar na loja e faço meu horário de almoço com Bianca. Disse que queria conversar com ela sobre algumas ideias que tive e vamos para um restaurante vegetariano próximo da loja.

— Isso por acaso tem a ver com a reunião com a Sandra? — pergunta Bi, desconfiada, ao ouvir toda a minha exposição.

Sorrio dissimulada, tentando deixar transparecer que ela não tem com o que se preocupar. Uso toda a arte da encenação que existe em meu âmago e rezo para isso compensar o fato de eu ser péssima com mentiras.

Bianca não tem com o que se preocupar, repito para mim mesma.

— Não mais do que com a anterior. Eu quis começar esse negócio de ser *influencer* e me senti mal, depois de quase dois meses, eu não ter feito nenhum grande avanço e ainda continuar com os resultados da loja parecidos com os dos trimestres anteriores.

Ela parece se convencer.

Ou então só perdi sua atenção para o falafel com o qual ela nitidamente está se deliciando.

— Você consegue cotar algumas influenciadoras? — Bi pergunta. — Queria te ajudar, mas estou superatolada com a pós-graduação.

— Consigo. Foca no estudo!

Ela, então, conta sobre sua última aula e, apesar do semblante cansado, seus olhos brilham de empolgação, e me sinto feliz por minha amiga, que é uma das pessoas mais dedicadas que conheço.

— E me diz: o que você acharia de ganhar um presente de Dia dos Namorados do Marcos?

Tento disfarçar o choque, mas já gastei toda a minha cota de encenação do dia.

— De onde surgiu isso? Ele por acaso te sondou? — pergunto, agarrando o braço de Bianca.

— Credo, Lily, calma! Parece que fiz uma ofensa, não uma pergunta.

Ok, talvez minha voz um pouco alterada tenha sido meio exagerada mesmo. Mas, qual é, eu não estava preparada para uma pergunta dessas... Esse negócio de presente em data comemorativa é *demais*. Ainda mais *essa* data.

E é exatamente o que respondo para Bianca.

Ela assente com a cabeça, enquanto seu olhar parece se fixar no nada, como se ela tivesse deixado de prestar atenção em mim.

O que me faz pensar que, talvez, ela não estivesse falando da minha situação com Marcos...

Droga.

— Mas assim, isso no meu caso, né. Eu me sentiria meio sufocada se ele chegasse me dando um presente desses, porque não é a relação que a gente tem. Não significa que valha para todas as pessoas. Tem gente que começa a namorar sério depois de pouco tempo junto.

Ela me olha com desdém.

— Captou agora o que eu quis dizer, é?

— Ah, Bi, foi mal, mas é que você estava falando da pós e, do nada, tacou o Marcos na conversa. Como eu ia entender que a coisa era sobre você e a *crush* misteriosa?

Ela revira os olhos.

— Não foi assim tão aleatória a mudança de assunto, ok? Eu te falei que tenho uma prova semana que vem, no dia 11. Achei ótimo, não queria estar ocupada na noite seguinte.

— Bom, da próxima vez você me explica esse caminho mental para eu não ficar perdida. De qualquer forma: você acha que você e ela estão no mesmo ponto? Porque está na cara que você quer ter uma comemoração, e isso não é precipitado, desde que ela queira a mesma coisa. Não importa se vocês estão saindo há tempo o bastante para isso ou não, só o que importa é vocês estarem na mesma página.

— Acho que estamos. Não que a gente tenha conversado diretamente sobre isso, mas sabe quando você sente que é recíproco? E, caramba, Lily, estou caidinha por ela. — O sorriso bobo dura exatos três segundos, até ela assumir uma expressão digna de Satanás ao me perguntar: — Mas me diz, o lance com o Marcos não é nada de mais mesmo?

— Por quê? — Decido que, dessa vez, é melhor primeiro sondar o terreno.

— Porque você parece estar curtindo bastante sair com ele.

— E estou. — Dou de ombros. — Mas é só isso.

Lembro-me da conversa com mamãe no sábado.

Bianca me olha com a mesma concentração com que encaro agora o pedaço de bolinho frito de espinafre no meu prato — que nem precisa de tanto esforço para ser cortado.

— Você tem usado o Tinder?

A pergunta parece casual, mas conheço minha amiga o suficiente para saber que é uma pegadinha.

— Não, eu disse que ia dar um tempo dele, lembra?

Ela assente.

— Então não tem nada a ver com você estar curtindo tanto o Marcos que perdeu o interesse no aplicativo?

— Nada a ver, Bi. — É minha vez de revirar os olhos. — Foi só o *timing* que bateu mesmo.

— Se você diz.

A conversa morre logo em seguida, mas a sugestão de Bianca não sai da minha cabeça durante todo caminho de volta, e mal ouço o que ela diz.

Marcos tem sido, de longe, o cara com quem mais tenho gostado de sair em sei lá quanto tempo, mas isso não é nenhuma novidade.

A questão é que eu não esperava por isso. Estava decidida a focar na Frida quando o conheci, e abri uma exceção por tê-lo achado interessante naquele primeiro show, em meu encontro com Davi. E, não bastasse ter burlado minhas resoluções ali, quando curti o perfil dele no aplicativo, venho desde então ignorando as regras que eu mesma havia definido. Tracei um limite — que não tem nada a ver com ele — sobre até onde me envolver. E me aproximei demais dessa risca.

Mais do que tudo, ainda que as coisas entre a gente estejam bem, quanto mais próximos ficamos, mais minha mente grita um alerta confuso. Não sei explicá-lo, mas alertas só têm um significado.

Perigo.

Não, decido.

Marcos continua sendo um ótimo rolo, mas é só o que vai ser. Não posso gastar minha energia encanando com isso. Até porque já desperdicei energia demais, que poderia ter sido mais bem aplicada evitando a falência da Frida.

— Pronto, liberada para o seu almoço — diz Bianca assim que entramos na loja, fazendo Vivi pular do banquinho onde está sentada. — Estava fazendo coisa errada, é?

— Credo, Bi, que susto! Me distraí aqui lendo um artigo e nem ouvi vocês entrando.

— Artigo sobre o quê?

— Ah, é de uma psicóloga analisando algumas passagens de *Divertida Mente* — responde Vivi, arrumando a bolsa para sair da loja. — Eu adoro esse filme!

Começo a falar:

— Bianca e eu...

Mas paro no instante em que a ficha cai.

Arregalo os olhos e encaro Bianca, que me lança um olhar desesperado para ficar quieta. Vivi continua alheia à nossa conversa silenciosa, ainda prestando atenção em sua bolsa.

Bianca me fez assistir ao desenho por recomendação de sua *crush*.

A *crush* que é tímida, mas divertida. A *crush* cuja relação é complicada para Bianca me contar quem é.

Como eu não percebi antes que era Vivi?

Acho que nem sequer cogitei a possibilidade, porque eu presumi que ela era hétero.

Repasso mentalmente toda e qualquer conversa que possamos ter tido, me sentindo péssima com a possibilidade de ter falado alguma besteira para Vivi e tê-la constrangido sem querer.

Quando ela se despede e enfim sai para o almoço, eu e Bianca falamos ao mesmo tempo:

— Ai, meu Deus!

— Não comenta nada com ela!

— Ai, meu Deus!

— Eu queria muito te contar, mas eu não podia. É tanta coisa envolvida!

— Ai, meu Deus!

— Foi tão difícil fingir que não tinha nada acontecendo e...

— Ai, meu Deus!

— Quer parar de repetir isso para a gente ter uma conversa decente?

Eu estou pronta para mais uma interjeição, mas fecho a boca no meio do caminho.

— Desculpa, Bi! Eu fiquei surpresa.

— Isso deu para perceber no seu tom de voz. Fiquei com medo de algum dos nossos espelhos quebrar e tal. — Dou um soquinho de leve em seu ombro, e ela ri do gesto ao se esquivar. — Só não te falei porque implicaria contar da sexualidade dela, e não cabia a mim fazer isso.

Eu me sinto péssima por minha amiga parecer tão receosa em relação a como eu reagiria. Não estamos acostumadas a guardar segredo uma da outra. A situação é incomum de todos os jeitos possíveis, porque também não estamos acostumadas a ser três.

Então, sem pensar muito a respeito, levo minhas mãos aos olhos. Depois, às orelhas. Por fim, à boca.

— Por que estou assistindo ao *live action* dos emojis do macaquinho? — pergunta Bianca, com o cenho franzido.

— Foi meu jeito de dizer que não precisa esquentar com isso, Bi — falo, agora menos afobada. — Sobre manter apenas entre a gente.

Ela suspira. Puxo dois banquinhos e nos sentamos uma ao lado da outra.

— Eu me sentia péssima de esconder isso de você, não só porque você é minha melhor amiga e eu queria loucamente comentar da Vivi, como qualquer pessoa apaixonada quer fazer, mas também porque somos suas funcionárias e...

— Ai, meu Deus, você disse que está apaixonada!

— E daí? Eu já tinha falado antes! — Apesar do ar orgulhoso, ela parece um pouco sem graça.

— Não tinha não, você falou que "estava caidinha", o que não é a mesma coisa.

Ela começa a revirar os olhos, mas para no meio do gesto, escondendo o rosto nas mãos, rindo e finalmente assumindo o que está sentindo.

Rio junto com ela antes de acrescentar:

— Acho que é melhor você falar para ela que eu já sei, para não criar nenhum tipo de problema entre vocês. A gente pode fingir que nada está acontecendo se ela se sentir melhor assim, não vou tocar no assunto enquanto ela não se sentir confortável. E sobre o que você falou, de vocês serem minhas funcionárias... Bi, você é minha amiga, acima de qualquer coisa. Eu não teria te chamado para trabalhar comigo se não confiasse em você. Eu sabia que poderia ser delicado misturar negócios e amizade. Enfim, o que quero dizer é que eu sei que você tem discernimento o suficiente para se manter profissional, você é uma das pessoas mais dedicadas e competentes que conheço! Eu jamais duvidaria de você.

Ela me abraça, e sei que o agradecimento não é só pelo meu discurso.

★ ★ ★

Dou graças aos céus quando o expediente enfim termina e sou liberada da tortura de fingir para Vivi que não sei de nada.

Morrendo de medo de entregar alguma coisa, passei a tarde evitando a coitada, que inclusive veio me perguntar se estava tudo bem, porque eu parecia um pouco estranha. Dei uma desculpa sobre estar com um pouco de dor de cabeça e acabei me sentindo ainda pior, porque Vivi se ofereceu para preparar um chá depois que recusei o analgésico que ela tinha na bolsa. Pelo menos não posso dizer que foi uma mentira total, minha cabeça está mesmo doendo. Quer dizer, a preocupação com a Frida somada à conversa com Bianca sobre Marcos e as revelações de Vivi foram muita coisa para um dia só. Isso sem contar que, para minha surpresa completa, Carol apareceu para fazer umas compras. Ok, essa parte, na verdade, foi um alívio em meio às outras bombas. Como das outras vezes, foi bom conversar com ela, e achei muito legal ela ter se disposto a vir conhecer a Frida.

Apesar do dia exaustivo, quando me pego andando devagar pela rua, percebo que ainda não quero ir para casa. Teoricamente, eu deveria ir direto para lá, porque ainda preciso estudar algumas outras possibilidades de estratégias de marketing, além de ter que procurar as produtoras de conteúdo. Mas, sendo honesta comigo mesma, não estou muito no pique, assim como também não quero ficar zanzando por aí sem rumo.

Não demoro a decidir o que fazer assim que analiso as possibilidades.

— Olha só se não é minha neta desnaturada. — Vovó atende logo no segundo toque.

— Como se você tivesse outra neta.

— Para você ver a injustiça deste mundo, a única que eu tenho mal lembra que eu existo.

— Devo entender essa sua mágoa toda como um aviso de que não é para eu ir aí?

— De onde você tirou isso? Venha já para cá. Aproveita e pega uns pãezinhos na padaria quando estiver chegando.

— Sim, senhora. Vou ver se o papai não quer ir também!

Entro na estação de metrô no instante em que desligo o telefone e já ligo para meu pai, que não demora a atender e confirmar que também vai tomar café com a gente.

Ao encerrar a chamada, recebo uma mensagem de Marcos.

Mas, prestes a entrar no vagão lotado, deixo para responder depois.

Capítulo 29

Outra vez, eu tive que fugir
Eu tive que correr, pra não me entregar

"De janeiro a janeiro",
Roberta Campos & Nando Reis

— Alguém sabe dizer se existe a versão do Grinch para o Dia dos Namorados? Porque se sim, acabei de descobrir a brasileira — diz Bianca, apontando para mim quando me ouve resmungar, mais uma vez, no computador.

Hoje está difícil manter meu estilo *coach* de ser. Nunca me importei muito com a data, mas, pela primeira vez, percebi o quanto ela foi banalizada, e o resultado foi um dia todo de irritação.

Começou no meu caminho para a Frida, quando passei por uma centena de pessoas carregando flores e balões de coração e outras coisas clichês. No início, achei fofo, mas depois pensei: caramba, se você tem ao seu lado alguém de quem gosta tanto assim, por que não fazer homenagens dessas nos outros 364 dias do ano? O pensamento parece ter aberto minha mente, porque fui questionando tudo ao meu redor: vitrines das lojas enfeitadas de um jeito romântico? Mercantilização do amor! Declarações públicas na internet? Reforço de status social!

Tudo culpa do capitalismo.

Sabe, decidi entrar em um café de que gosto antes de chegar na loja, e minha bebida veio *com um coração feito de leite*. Em outros dias, eu talvez tivesse me surpreendido com a habilidade da pessoa em criar um desenho apenas jogando um líquido sobre o outro, mas hoje eu só consegui me arrepender de não ter pedido meu expresso puro de sempre.

O resultado foi que cheguei na loja com o humor alterado e todas as outras demonstrações semelhantes às da manhã só foram piorando a coisa. E agora fui chamada de Grinch do Dia dos Namorados.

— Sério, Lily, deixa de ser chata. É *óbvio* que a data é mais comercial do que qualquer outra coisa, mas e daí? Se é uma chance a mais para as pessoas demonstrarem como se sentem, deixa a galera ser feliz. O mundo está mesmo precisando de mais amor! E, honestamente, me surpreende que você, dona de um negócio, não tenha querido surfar na onda do dia para tentar vender mais.

Abro a boca para responder, mas mudo de ideia no último instante.

— Questão de princípios — digo, por fim, mas só para não sair por baixo. Eu sei que Bianca tem razão, mas não vou dar o braço a torcer agora.

Tudo bem, talvez eu esteja mesmo exagerando. Mas, em minha defesa, a TPM não está ajudando em nada, e ela é só a cerejinha do bolo do que foram os últimos dias.

Passei quase a semana passada inteira estudando canais e redes sociais de diferentes produtoras de conteúdo e enfim consegui selecionar aquelas que mais têm a ver com o perfil da Frida. Entrei em contato solicitando orçamentos, e os valores são todos muito maiores do que eu tinha previsto. Por mais que eu saiba que preciso investir e que o trabalho delas é importante, não estava esperando por isso. Acima de tudo, *não posso* arcar com esses custos agora, mas vou ter que dar um jeito. Ou seja, tenho que repensar as estratégias, porque, no momento, só vamos conseguir divulgar com uma menina — e isso com muito esforço. E, em minha resolução de não preocupar Bianca com a real situação da Frida, não pude desabafar com ela sobre esses imprevistos.

Não saí com Marcos na última semana. Falei que estava ocupada e ele compreendeu, mas se dispôs a conversar, se eu quisesse — acho que ele percebeu que eu estava preocupada. Por mais que eu tenha achado fofo ele dar essa abertura, preferi não falar nada. Desabafos e compartilhamento mútuo de estados emocionais fazem aquele alerta de perigo reverberar em minha mente.

Vi também que ele mandou mensagem mais cedo, mas não abri até agora. Ele me chamou para sair e, bom, hoje *com certeza* não é a melhor opção. Assim, prefiro responder mais tarde, é só eu dar a desculpa de que o dia foi corrido e perguntar se ele está livre em outro momento da semana.

— Lily, só para lembrar que hoje não vou com você para a academia, tá? Você precisa de mais alguma coisa por aqui ou já posso ir embora? — pergunta Vivi quando sai do estoque. Tento responder com a maior despretensão possível que tudo bem, ela já pode ir. No fim das contas, Bianca vai mesmo fazer um jantar especial para ela, e preciso agir como se não soubesse disso.

No mesmo dia em que descobri, Bianca contou para Vivi o que aconteceu e, por mais que ela tenha entendido, ainda não se sentiu confortável para conversar comigo sobre isso. Eu, como prometi que faria, também não toquei no assunto.

No primeiro dia, confesso que foi um pouco estranho. Nós duas ficamos agindo daquele jeito meio artificial e fingindo que não tinha nada acontecendo. Depois, o constrangimento passou e voltamos ao nosso tratamento de sempre.

— Ansiosa? — pergunto para Bianca assim que Vivi deixa a loja.

— Se eu responder com sinceridade, você não vai me atacar por eu estar me rendendo ao capitalismo?

— Se eu admitir que, talvez, tenha exagerado um pouquinho no mau humor hoje, você vai parar de me atormentar?

— Temos um trato — ela estende a mão —, e sim, estou ansiosíssima. É brega, é clichê, mas vou pedir a Vivi em namoro hoje. Deixei tudo semipronto em casa, espero que ela goste.

Fazia muito tempo que eu não via essa ponta de insegurança em Bianca, o que me faz ter ainda mais certeza de que ela está doida por Vivi e morrendo de medo de estar se precipitando. Sei que não sou a melhor pessoa para opinar, mas, independentemente do que eu queira para mim, consigo entender que a relação delas funciona em um ritmo próprio e que Bi não está colocando a carroça na frente dos bois, como diria vovó Nina.

Depois que fiquei sabendo do relacionamento das duas, passei a prestar mais atenção ao jeito delas e me senti ainda mais lerda por não ter percebido antes. Ok, eu sei que posso ter sido influenciada pela informação, mas é tão óbvio que elas se gostam! É só Bianca chegar perto que Vivi começa a passar a mão no cabelo, sem contar as risadinhas e o quanto ela fica vidrada em tudo que Bi conta. E Bianca não fica muito atrás. Se ela já chama a atenção naturalmente, perto de Vivi ela parece se aprumar ainda mais, como se estivesse se exibindo para ela.

— Com certeza ela vai gostar, Bi. Além do seu cuidado em ter preparado uma noite legal para ela, você é a mulher de quem ela gosta. Não tem como dar errado.

— Para quem passou o dia em clima de antirromance, a senhorita está se saindo uma ótima romântica, dona Liliane.

★ ★ ★

Mesmo tendo trabalho para fazer, decido tirar a noite de folga. Meu estado emocional hoje só demonstrou quão sobrecarregada estou, e mal reconheço essa versão de mim.

Assim, quando chego em casa da academia, resolvo me dar o cardápio completo de autocuidado: Banho Relaxante — com direito a esfoliação do corpo e máscara facial —, delivery, sessão de *Dirty Dancing* e meditação guiada para finalizar.

Deixo meu celular no silencioso e o coloco dentro de uma gaveta, bem longe de mim, para não ficar me distraindo com o mundo lá fora. Essa noite é minha comigo mesma.

É perto das onze da noite quando termino meu ritual. Antes de me preparar para dormir, checo o celular por mera força do hábito e me lembro de que a mensagem de Marcos continua sem resposta.

Desculpa, digito, meu dia foi bem corrido e tirei folga do mundo agora de noite, me isolei em casa longe do celular rsrs... Vamos nos ver outro dia desta semana? Tá livre amanhã?

Capítulo 30

Tenho medo de me conhecer
Não, não quero me envolver
E depois enjoar de você

Se eu minto para mim imagina pra você, meu bem
Pra mim também
"ME DESCULPA JAY Z", BACO EXU DO BLUES

Assim que desligo o interfone depois de autorizar Marcos a subir, percebo que estou ansiosa. Considerando que venho fugindo dele — ou melhor, estrategicamente recusando seus convites para sair —, não nos vemos há algum tempo, e estou precisando me distrair.

— Gosto desta camiseta — elogio assim que abro a porta e dou de cara com a peça do Laboratório Fantasma que ele usou quando nos encontramos no Bar da Garoa.

Ele me cumprimenta com um selinho, mas, quando passa por mim, tenho a impressão de que alguma coisa está errada. Não sei dizer, mas é como se aquele ar confortável entre a gente não estivesse presente hoje.

O que só deve significar que estou louca. Marcos literalmente só passou por mim, como é que eu posso saber se tem algo de errado ou não?

— Teve um bom dia? — pergunto, passando os braços ao redor dele e falando com todo o meu charme.

— A gente pode conversar? — ele pergunta, tirando com cuidado minhas mãos de seu pescoço.

Na mesma hora enrijeço.

Eu sabia.

Apesar da sensação no estômago tão gelada quanto o próprio Marcos, meu corpo esquenta de constrangimento. Tento disfarçar, agindo como se o mundo não tivesse mudado de uma hora para outra, mas é muito estranho caminhar até o sofá. Um silêncio desconfortável é o que nos faz companhia, e quase esqueço que estou em minha própria casa, me sentindo como se estivesse em um ambiente para o qual não fui convidada.

Marcos não está muito diferente. Ao se sentar, ele passa a mão pela nuca e sei que está pensando no que dizer. Ele então respira fundo e me encara, provocando uma fisgada no centro do meu abdômen, como se eu tivesse levado um choque.

— Olha, eu me sinto meio estranho em falar assim, para ser sincero, então desde já quero dizer que não estou cobrando nada. Só quero entender, tudo bem?

Pela primeira vez, o tom melodioso de Marcos não me conforta. Ao contrário, a música contida em sua voz poderia servir de trilha sonora em uma cena de suspense, induzindo ao medo. O alerta, agora, soa de forma inesperada, contradizendo e comprovando suas mensagens anteriores em um paradoxo caótico. Se antes o aviso de perigo me impelia a me afastar, ele agora traz uma sensação gigantesca de perda iminente, da qual eu jamais gostaria de ter me aproximado.

Assinto com a cabeça, sem deixar transparecer quanto os meus sentidos estão vigilantes, esperando que ele continue.

— Eu te fiz alguma coisa? Algo que te chateou? — ele pergunta.

— N-não, por quê? — franzo a testa, embora eu saiba o que vem a seguir.

— É que... Eu fiquei com a impressão de você estar me evitando nos últimos dias. E isso me deixou confuso. Achei que as coisas estivessem numa boa entre a gente, e aí, de repente, você começou a agir de uma forma estranha comigo.

— Eu só fiquei bem ocupada nas últimas semanas. Só isso. Não é só isso. Mas não consigo traduzir o que é.

— Mesmo?

Ele me encara, mas não me condena. Marcos está curioso e, talvez, apreensivo.

Preciso pigarrear para que algum som saia da minha garganta.

— Mesmo.

Não quero mentir, mas como explicar a verdade para Marcos quando ele não fez nada de errado? Eu me recuso a usar o clichê "não é você, sou eu", ainda que seja exatamente isso. Ele agora abaixa a cabeça e dá um leve sorriso. Quando volta a me fitar, seu semblante parece decepcionado.

— Você bem que me avisou que era péssima com mentiras.

Engulo em seco, sem saber o que dizer.

— Não é a primeira vez que você se afasta de repente. Aconteceu antes, depois da primeira vez que a gente saiu para valer. Achei que você não tivesse me curtido e não sabia como dizer, mas depois a gente se encontrou no mercado e teve aquele dia sensacional. De lá para cá, tem sido tudo tão incrível que fiquei mesmo sem entender o que aconteceu. — Ele faz uma pausa para me observar. — Eu só preciso saber se a gente está na mesma pegada.

— E em que pegada você está? — pergunto, tentando fingir que não estou sedenta pela resposta como se tivesse comido sal em excesso.

— Em uma em que está sendo gostoso pra caralho estar com você.

Sua total falta de hesitação me deixa em choque, e me remexo no sofá para ocultar quão sem graça fiquei.

Está sendo ótimo para mim também, mas minha garganta trava e não consigo admitir isso para ele. Assim, minha resposta só traz uma pequena fração do que a experiência tem sido:

— Está sendo bom para mim, Marcos.

— Mas?

Tento ordenar meus pensamentos, ouvir todas as justificativas a que me apeguei e que cada vez mais parecem sumir na areia movediça de minhas emoções conflituosas.

— Mas às vezes acho que está um pouco *demais*. E eu não queria um envolvimento assim agora. — Estou sendo cem por cento sincera pela primeira vez nesta conversa. Eu não queria *nada* desse rebuliço interno.

— Demais como?

— Demais do tipo sair no Dia dos Namorados — deixo escapar, percebendo tarde demais quanto soo imatura, quanto isso é uma partícula do meu furacão.

Ele dá um riso seco que mais parece um soluço.

— Foi por isso que você evitou falar comigo ontem o dia todo?

Mais uma vez, fico sem resposta, principalmente porque seu tom não é de irritação, mas de interesse genuíno. Não tenho coragem de admitir que ele está certo.

— Eu não te chamei para sair ontem porque era Dia dos Namorados. Chamei porque estava chamando há uns dias, sem sucesso, e ontem eu estava livre. Eu teria te chamado independentemente da data. E, se você tivesse topado, não seria para comemorar uma coisa que a gente não é.

Meu rosto enrubesce e fico com vontade de abrir a janela, na esperança de que a ventilação faça meu calor repentino abrandar um pouco.

Mas logo mudo de ideia. É melhor focar em minhas bochechas pegando fogo do que na mão de ferro invisível que parece ter socado meu peito com as palavras de Marcos.

— Tudo bem, Lily, se você não quer se envolver agora, esse é um direito seu. De novo, não vim aqui te cobrar. Só queria entender, porque, por mais que não fosse minha intenção, eu me envolvi, e achava que tinha acontecido o mesmo com você. O erro foi meu, no fim das contas, de supor uma coisa baseada no que eu passei a querer.

— O que você passou a querer?

É a primeira vez que vejo um traço de desapontamento em sua expressão, típico de quem acaba de perceber que não terá algo pelo qual estava esperando.

— Acho que eu, como todo mundo, usava o Tinder para conhecer gente nova, sair de vez em quando com alguém. Não tinha em mente ter um relacionamento. Mas minha perspectiva mudou depois que te conheci. Acho que me precipitei.

Ele então se levanta e, pela segunda vez na noite, sou pega de surpresa ao perceber que ele está indo embora.

— Você já vai? — Não sei por que fico chocada em como minha voz soa assustada, se é assim que me sinto desde que Marcos passou pelo batente.

— Acho melhor, linda… Eu respeito que você queira algo diferente, mas preciso respeitar meus sentimentos. Não vou conseguir ficar do seu lado desejando uma coisa que não posso ter, não quero esse tipo de tortura. E, mais que isso, não posso me dar esse luxo. Também tenho que pensar na minha filha, que já me perguntou várias vezes de você. Aguento o tranco de me frustrar, mas não posso colocar a Mari nessa história mais do que ela já está. Sei que você não faria nada de ruim para nenhum de nós, só que isso é inevitável, considerando que não estamos na mesma página.

Ele faz uma pausa, passando a mão pela cabeça. Então olha para o chão, parecendo ponderar se deve ou não me dizer o que mais está pensando. Quando volta a me encarar, suas narinas largas dilatam na inspiração que precede o jorro.

— E, aproveitando que estou sendo sincero — ele enfim despeja —, não tenho muita paciência para joguinhos, para ficar desvendando o que a outra pessoa quer. A gente já se fala há um tempo, Lily, e mesmo assim não faço ideia do que você quer. — É a primeira vez que capto um tom levemente irritado em sua voz, talvez imperceptível a alguém que não preste tanta atenção a cada nota melodiosa da fala dele. — Isso porque não sei quase nada de você, só o que você deixa passar por esse muro que você levantou ao seu redor.

— Eu não levantei nenhum muro — falo por instinto.

— Não? — Marcos me encara, cético.

Não sei o que responder.

Não quero responder.

Marcos suspira.

— Se cuida, Lily.

Ele dá um beijo na minha testa antes de me deixar na sala, acompanhada unicamente da escolha que eu mesma fiz.

★ ★ ★

— Está tudo bem — repito pela terceira vez no dia, quando Vivi me pergunta como estou quando entramos no Uber, a caminho da academia. — Foi melhor assim. Eu gostava de sair com ele, mas era só isso.

É estranho ter essa conversa, porque Vivi e Bianca estão agindo como se eu tivesse terminado um namoro. Bi me perguntou duas vezes como eu estava me sentindo, e, na segunda, respondi irritada que a situação não era motivo dessa preocupação toda.

Depois de Marcos ir embora, fiquei ainda alguns minutos encarando as paredes, processando o fato de que aquilo entre nós, fosse o que fosse, tinha acabado. A cada vez que eu me lembrava de seu olhar frustrado — frustrado *comigo* —, uma pontada ameaçava surgir em meu peito. Porém, ela logo se perdia em um vácuo, sugando qualquer sentimento pelo buraco negro que tinha se aberto em mim. Naqueles instantes, deixei de ser constituída por células para ser formada por um gigantesco vazio, que me manteve inerte no sofá, incapaz de me mover.

Se não senti nada, meus sentimentos por ele não deviam mesmo ser significativos.

Mas seria mentira dizer que suas palavras não me abalaram. Não quis brincar com Marcos, mas acho que ele estava certo ao falar dos joguinhos. No fim das contas, foi isso que eu fiz, não foi?

E em relação ao muro... Não sei o que pensar.

Percebo Vivi me observando de uma forma que faz com que eu me sinta analisada. Ela desvia o olhar e sorri de maneira contida.

— Agora a gente pode parar de fingir que você não sabe sobre mim e a Bianca?

Não sei se fico mais surpresa com a mudança brusca de assunto ou por Vivi enfim tirar o elefante branco que havia surgido entre nós duas.

— Graças a Deus, eu não aguentava mais!

Ensaio um abraço, mas me contenho. Se Vivi conseguiu se sentir confortável para me contar, não vou fazer alarde e correr o risco de deixá-la constrangida. No fim, apenas sorrio e digo que fiquei feliz por elas quando descobri.

— Eu precisava de um tempo para conversar sobre isso e, se vale dizer, eu já tinha pensado em te contar.

— Eu espero que você não tenha se sentido pressionada a me falar nada.

— Não me senti, eu sabia que era uma decisão minha te contar ou não e quando fazer isso. Mas você é minha amiga também, não só a melhor amiga da minha namorada. Eu queria contar porque queria que você soubesse quem eu sou. E também porque, querendo ou não, você teve uma participação na nossa história. Foi quando você ficou doente que eu e ela nos aproximamos mais, que rolou um clima entre a gente... Quer dizer, eu já me sentia atraída por ela, mas foi naqueles dias que, pela primeira vez, senti que teria uma chance. Acho que essa situação só foi um empurrãozinho para enfim te contar.

— Juro que estou me segurando para não dar gritinhos empolgados de ouvir você dizer "minha namorada".

Eu ainda não tinha percebido como a relação delas tinha começado. Eu, em casa, sendo a rainha do trono, e as duas, na loja, se apaixonando.

Ela ri e enrubesce, e sei que não só ainda está se acostumando com a ideia como também está se deliciando com ela. Porém, Vivi não deixou de ser Vivi e, antes mesmo que ela fale, sei que está prestes a mudar de assunto para sair dos holofotes.

— E aí, preparada para amanhã?

Abro a boca para confirmar, mas hesito quando percebo o carro parando na porta da academia.

Fechamos a divulgação com uma produtora de conteúdo aqui de São Paulo e ela irá até a Frida amanhã para "fazer compras". Liberamos um valor em produtos para ela, além do cachê, e ela vai gravar um vídeo na loja, um vlog, experimentando as peças e mostrando quais vai levar.

Estou depositando todas as minhas fichas nessa ação e passei o dia cem por cento focada nela, arrumando todos os detalhes. Só de pensar que ela pode não gerar resultados...

Não.

Essa pessoa não sou eu.

Engulo meu medo e me forço a sorrir.

— Preparadíssima!

Capítulo 31

Isn't it lovely, all alone
Heart made of glass, my mind of stone
Tear me to pieces, skin to bone
Hello, welcome home
"Lovely", Billie Eilish ft. Khalid

— Obrigada — agradeço quando Bianca me estende o copo de café, o terceiro do dia. Bebo o líquido com vontade e, aos poucos, minha cabeça vai parando de latejar. — Nem vem com o papo de vício — acrescento quando reparo em seu olhar julgador.

Ela levanta as mãos em rendição e se vira para os provadores quando Alicia saí de lá.

— Estou apaixonada por esse *look*! Sério, gente, eu queria que desse para vocês sentirem o quanto o tecido é confortável, mas, já que não dá, pelo menos vocês podem ver como ele cai bem no corpo — diz a *influencer*, olhando para as câmeras, sua empolgação aliviando um pouco mais do meu estresse.

São quase oito da noite e ainda não estamos nem perto de terminar. Combinei com Alicia de ela fazer a gravação depois do expediente da Frida, para que a loja ficasse inteiramente à disposição dela. Porém, por causa do horário, a iluminação se tornou um problema, e demorou um bocado até que conseguíssemos arrumar todo o equipamento para ela começar. Vivi foi embora há muito tempo, não tinha por que ela ficar aqui também.

— Agora me grava de cima para baixo, para mostrar todo o corpo.

O tom para sua *cameragirl* e namorada é gentil, mas firme, de quem sabe o que tem em mente. Pelo revirar de olhos carinhoso da parceira, ela não precisava da orientação.

— Vocês trabalham juntas desde sempre? — pergunto com curiosidade.

Fiquei um pouco surpresa quando vi as duas entrando de mãos dadas na Frida, a namorada de Alicia carregando os equipamentos. Não tinha parado para pensar em como Alicia faria as filmagens e supus que ela viria desacompanhada. Mais do que isso, minha cabeça, na mesma hora, me levou para outro momento, na praia, quando eu também recebi ajuda e acabei com a foto mais bonita que já tirei.

— Na verdade não, no começo eu fazia tudo sozinha. Mas, além de ter ficado puxado, a Gal foi se interessando cada vez mais pelo meu trabalho, começou a pesquisar outros canais para me ajudar, dando ideias do que eu poderia fazer... Quando a gente percebeu, ela estava assumindo as filmagens... Precisa que eu vire mais? — Ela volta a atenção para Gal.

Alicia é poucos anos mais nova que eu, deve ter vinte e poucos anos, mas não consigo não pensar no quanto sua geração parece anos-luz distante da minha. Se eu me dispusesse a fazer o mesmo que ela quando tinha sua idade, bom, acho que ainda estaria chorando em posição fetal. Mulheres gordas ousando dizer que também são bonitas e podem ser como são? Não tinha muito disso na minha época.

E, por mais triste que seja pensar que meu crescimento poderia ter sido menos turbulento se eu tivesse me sentido mais representada na mídia, se eu tivesse mais referências e apoio além da minha família, é bom saber que as coisas estão mudando. Quando vejo essa jovem que mais parece uma boneca de tão linda fazendo um tutorial de moda mesmo pesando mais de cem quilos, não tem como não sentir que estamos caminhando para algum lugar.

Que as próximas eleições não me façam achar que esse lugar é um precipício.

Bianca vai até Alicia e mostra outras combinações que podem ser feitas com as peças que ela escolheu, e a *influencer* fica ainda mais maravilhada.

Pego o celular em um gesto automático que repeti várias vezes ao longo da noite, mas abro o aplicativo de mensagens desta vez, talvez pelo cansaço estar atrapalhando meu raciocínio. Apenas quando vejo a foto de Marcos é que percebo o que estou fazendo e como quase me coloquei em uma furada. Eu estava mesmo prestes a digitar uma mensagem para ele?

Minha cabeça volta a latejar e bloqueio a tela.

Já passa das nove quando o equipamento de filmagem está guardado e estamos prestes a ir embora. Estou um caco, mas esperançosa por um bom resultado. Além disso, essa noite foi um estudo de campo, e anotei várias dicas do que fazer como influenciadora.

Alicia está levando uma sacola grande com as peças que escolheu. Se não gostou delas, é uma ótima atriz.

— Quando você pretende mesmo postar o vídeo, Alicia? — O tom de cobrança em minha voz, intensificado pela urgência de quem não vê a hora de ir embora, é maior e mais ríspido do que eu pretendia.

— Bom, vou editar tudo com calma e confirmo com você por e-mail, Lily, como comentei antes. — Ela dá um sorriso simpático, mas fico com a sensação de que ela, talvez, tenha ficado um pouco ofendida, como se eu estivesse duvidando de seu profissionalismo. — Pelo meu cronograma, acho que vai ser no final da próxima semana.

— Combinado! Não vejo a hora de ver como ficou! — digo, tentando amenizar minha fala anterior.

— Eu também, as seguidoras adoram esse tipo de conteúdo! E fica tranquila, antes de ele ir ao ar, eu posto no Instagram um dos looks, só para ir atiçando a curiosidade delas. E a sua!

Gal toca de leve sua cintura, indicando que elas devem ir. Alicia assente com a cabeça e segura na mão da parceira, olhando nos olhos dela. Elas sorriem com tanto carinho uma para outra, mas a cena não combina, em nada, com a pressão que subitamente sinto no peito, nem com o gosto amargo em minha boca.

Minha cabeça lateja mais uma vez e franzo o cenho, contendo uma irritação que nem ao menos percebi chegar. Um resmungo escapa dos meus lábios, mas é encoberto por um carro que passa na rua na mesma hora.

De canto de olho, Bianca, de cara amarrada, me fuzila com o olhar. Irritação aparentemente é algo contagioso.

— Qual é seu problema, Lily? — explode Bianca no segundo em que as duas deixam a loja.

Fico estupefata. Do que ela está falando?

E é isso o que pergunto para ela.

— Do que eu estou falando? Talvez seja de você ter ficado a noite inteira olhando para o celular em vez de assessorando a menina? Quem sabe, se você estivesse mais atenta, não precisasse cobrar dela algo que ela já tinha falado? — Mas o desabafo de Bianca ainda não acabou, e ela continua apontando minhas mancadas, cada vez mais zangada. — Ou talvez eu esteja falando de como você parece ter se esquecido de como agir perto de seres humanos, quando viu as duas entrando de mãos dadas? Ou do seu olhar mortal para elas, que, não bastasse o fuzilamento, ainda veio com efeito sonoro? Só posso rezar para que elas não tenham percebido! — Agora, para além de irritada, ela parece magoada. — Olha só, se você quer bancar o Grinch do Dia dos Namorados entre a gente, vai fundo. Mas não me faça isso com clientes ou, pior ainda, com alguém que você contratou para falar da Frida. Está querendo um processo por homofobia nas costas? Quer que ela use a influência dela para dizer que foi maltratada aqui? A gente precisa de propaganda, mas não desse tipo!

— Ei, espera aí. Homofobia? Como *você* pode me acusar disso?

— Espera, *eu*? *Eu*, sua melhor amiga, ou *eu*, sua melhor amiga *bissexual*? Porque o segundo caso não conta muito a seu favor. "Tenho até amigos que são" — ela simula a fala com desdém.

Merda, foi isso que acabei de fazer? Massageio as têmporas e fecho os olhos.

— Bi, fala sério, você realmente acha que eu sou essa pessoa?

Minha irritação dá lugar à apreensão. Eu *sei* que não sou essa pessoa, mas acabaria comigo descobrir que magoei e ofendi minha amiga mesmo sem intenção. Ela suspira fundo.

— Óbvio que não acho, eu conheço você, Lily. Mas elas não conhecem. E você estava olhando para elas sem nem piscar, com uma cara de quem estava vendo o anticristo, depois de ter ficado meio estranha perto delas mais cedo. Eu sei que nem passou pela sua cabeça o fato de serem duas mulheres, mas eu já recebi olhares de ódio o suficiente na vida para saber como elas se sentiriam se tivessem percebido. E, fica a dica, nunca foi quando um homem era o meu acompanhante. Elas achariam, sim, que o motivo é elas estarem em uma relação homoafetiva.

Não tenho o que questionar. Bianca tem toda razão.

— Você acha que elas perceberam? — pergunto, desolada.

— Não sei. Acho que não, mas podem ter reparado. Acho que a gente só vai saber com o passar dos dias. Não acho que tenha sido nada grave, mas o conjunto de coisas pode ter feito com que ela não simpatizasse de todo com você. Aquela sua última pergunta soou bem grossa, sabe?

Mais essa agora. Como se eu já não tivesse outros assuntos na cabeça. Alicia parece ser bem profissional, apesar de eu ter dado a entender o contrário, então acho que ela vai saber fazer bem o trabalho dela. Porém, parte da ação tem a ver com ela se identificar com a loja, não tem? Quer dizer, se ela não saiu daqui satisfeita, como vai fazer postagens empolgadas?

— Olha, desculpa também por ter explodido, eu não precisava ter falado assim. Mas ver aquele olhar em você, ouvir aquela sua bufada… Não me trouxe boas lembranças. E você não é a única pessoa exausta. — Ela dá um suspiro profundo, e então me encara. — O que está acontecendo, Lily? Porque não é de hoje que você está estranha. Conversa comigo.

O tom de Bianca não é mais irritado. Na verdade, ela parece bastante preocupada, e me sinto reconfortada por saber que minha amiga está aqui, pronta para me ajudar.

Mas me ajudar com o quê? Como? Não posso contar para ela minhas preocupações com a Frida, vou deixá-la alarmada sem motivo. Fizemos a ação e tenho certeza de que ela vai dar resultados.

E de resto…

Marcos.

Isso nem ao menos é uma questão. Acho que eu tinha me acostumado à companhia dele e agora estou estranhando. Só isso. E ainda ouço as palavras dele rodeando minha mente.

Não tenho paciência para joguinhos.

— Só estou cansada, Bi.

Estou sendo cem por cento sincera.

Capítulo 32

Please wrap your drunken arms around me
And I'll let you call me yours tonight
Cause slightly broken's just what I need
And if you give me what I want
Then I'll give you what you like
"Give You What You Like", Avril Lavigne

— Vou atualizar de novo.

— E não vai adiantar nada, dona Liliane, ainda faltam dois minutos.

Hoje é o dia em que Alicia ficou de postar o vlog gravado na Frida, e meu coração está quase saindo pela boca. Aliás, esse tem sido meu estado desde que ela saiu da loja na semana passada.

Até agora, ela não postou nada reclamando de como foi atendida, e isso aliviou parte do meu nervosismo. Se ela não falou alguma coisa até agora e, inclusive, publicou uma foto com um *look* da loja, como disse que faria, não tenho o que temer, certo?

De qualquer forma, mesmo que ela nem tenha percebido meu enorme vacilo e a gente se safe dessa, ainda dependo do vídeo dela. A loja depende.

Quer dizer, eu não deveria apostar todas as minhas fichas nesse trabalho. Ela me explicou que os resultados podem não ser imediatos e que ela, sozinha, não vai ser responsável pelas minhas vendas — ela é uma influenciadora, afinal, não uma vendedora. Mas eu *preciso* que essa ação dê certo.

Alguma coisa precisa dar certo.

Vai dar, minha voz interna me diz. *Você só está chamando Newton mais uma vez para o fight.*

— Oito horas, atualiza.

Eu e Vivi nos debruçamos cada uma de um lado de Bianca. Os sons do Bar da Garoa de repente ficam incômodos, e quero gritar um expressivo "Sssshhhiuu" para as pessoas da mesa ao lado. E para o garçom, que escolhe este momento para perguntar se queremos outro balde de cerveja.

Vivi assente com educação, ciente do meu estado de nervos, e Bianca aumenta o som de seu celular, pouco se incomodando que estejamos em um ambiente público. Quando o vídeo enfim carrega, ela dá *play.*

Alicia começou gravando a fachada da Frida, enquanto a loja ainda estava aberta. Então, fez o primeiro *take* de câmera na mão, usando um bastão de selfie, dando um ar intimista à apresentação. É como se nós estivéssemos com ela, entrando na loja de mãos dadas.

Ela acelerou as cenas e virou a câmera para o interior da Frida. Os manequins, as roupas e os espaços da loja vão aparecendo em uma sucessão de imagens, com uma música animada e convidativa de fundo.

— Estou me sentindo em casa, galera. Vocês têm noção de como é estar em um lugar onde você sabe que é bem recebida? Onde pode ir atrás das roupas que quiser? Sério, eu só queria que houvesse mais lojas como essa espalhadas por aí.

Meus olhos se enchem de lágrimas e me surpreendo ao senti-las ali depois de tanto tempo. Mas respiro fundo e as obrigo a voltarem para onde estiveram se escondendo. Lágrimas de gratidão talvez não violem minha regra de não chorar, mas não quero que elas abram nenhuma comporta que está muito bem fechada.

Bianca me encara com um sorriso de orelha a orelha. Devolvo o gesto e voltamos a assistir.

Nos quinze minutos seguintes, Alicia faz da Frida uma loja tão atrativa que sinto como se não tivesse sido eu quem pensou em cada um de seus detalhes. E, embora eu tenha saído de lá há apenas poucas horas, fico morrendo de vontade de abandonar nossas cervejas e correr para ela.

Ok, talvez eu levasse as cervejas comigo.

De todo modo, Alicia é excelente e me sinto orgulhosa de ter selecionado uma boa influenciadora. Ela ressaltou todos os pontos importantes sobre a loja sem deixar o trabalho com um ar falso.

— Atualiza, Bi! Já devem ter comentado!

De fato. Há várias pessoas que comentam apenas "Liiiiiiiiiinda", "Diva!", "Rainha mesmo" e outros elogios do tipo, além de alguns como "Primeira a comentar!", "Dou like sem nem ter visto" e coisas que não têm necessariamente a ver com o que ela postou — e, por consequência, me deixam no escuro sobre se as pessoas se interessaram ou não pela Frida.

Então localizo comentários de pessoas empolgadas com a loja! Tudo bem que em uns dois deles elas estão perguntando se temos e-commerce, sendo que a própria Alicia falou disso no vídeo e ainda colocou o link para o site na caixa de descrição, mas, pelo menos, são pessoas interessadas!

Corro para o Instagram da Frida. Ganhamos uns bons seguidores depois que ela publicou a foto no início da semana, mas ela tem mais público no YouTube.

Bingo! Temos um número atípico de novos seguidores.

— Ai, meu Deus! Está dando certo!

Só quando exclamo isso percebo que eu estava ainda mais tensa do que supunha. Mas eu não deveria ter me preocupado. Francamente, preciso fazer um intensivo com a Lily de uns dois meses atrás, que esbanjava positividade.

A Lily que ainda não tinha conhecido Marcos.

A Lily que não estava ciente de uma loja prestes a falir, corrijo.

— Não, Lily, acho que vou parando com a cerveja — Vivi recusa quando me vê prestes a encher seu copo.

— Só mais esse, vai, para a gente brindar! Hoje é exceção. E amanhã é sábado, poxa.

— Tá bom, tá bom, mas só porque você sabe ser convincente.

— O Centro está animado, acho que a gente deveria ter sentado lá — Bianca afirma depois de dar um gole em sua bebida.

Hoje escolhemos a Zona Oeste do bar, a que mais tem cara de *happy hour*, pelo estilo "executivo paulistano" daqui. Como nas demais áreas, ela tem conexão com a do Centro, mas é separada o bastante para que não sejam o mesmo ambiente. Assim, conseguimos ver parte do que acontece lá, mas não tudo. Por exemplo, sei que está rolando música ao vivo, mas não sei qual banda está tocando. Ou quem.

— Acho que estamos bem aqui, lá fica muito barulhento.

— Você não reclamou da última vez, que eu me lembre... Ok, não está mais aqui quem falou — Bianca acrescenta depois do meu olhar fulminante para ela.

— Só acho que lá a gente não conseguiria conversar direito.

Um silêncio desconfortável vem nos fazer companhia e viro o restante da bebida em um só gole.

— Uhm... e você não falou mais com o Marcos nos últimos dias?

— Bi! — Vivi olha para ela, nitidamente a repreendendo.

Solto uma risada seca. A cerveja finalmente liberou a pergunta que, aposto, Bianca passou a semana toda se coçando para fazer.

— Acho que a gente não tinha mais o que conversar.

Marcos, pelo menos, pareceu bem decidido. E eu também estou certa do que escolhi.

Levo as mãos ao pescoço e massageio os músculos da nuca. Minha cabeça pende para trás em um movimento quase automático, e aproveito para movê-la em um meneio circular.

Quando retorno à posição inicial, paraliso com a surpresa.

É Davi sentado àquela mesa?

— Vocês não vão acreditar em quem está aqui. Mas não olhem agora! — acrescento bem a tempo, antes de as duas agirem com tanta discrição quanto uma ambulância a caminho de um pronto-socorro. — Lembram do senhor "eu não gosto de cachorro"? Acabou de se sentar perto da porta.

Davi não está muito diferente do que eu me lembrava e, a julgar por seus modos — arrumado, sozinho, olhando o celular a cada dois minutos —, deve estar aqui para um encontro.

— Ele até que é bonitinho — comenta Bianca. — Pena que é um babaca.

— Infelizmente, frase passível de ser aplicada à maioria dos caras que conheci — digo.

— Obrigada por me salvar, bebê. — Bianca dá um selinho em Vivi e não consigo evitar um sorriso com a cena.

Para demonstrar que eu estava certa, uma mulher chega poucos minutos depois. Ele se levanta para cumprimentá-la e sua mão se enrosca em uma das mechas lisas e pretas, fazendo com que a nuca dela seja jogada para trás quando ele puxa o braço de volta.

Abaixo o rosto, constrangida por ele.

— Tão ruim assim? — Vivi pergunta.

— Vocês duas realmente têm sorte.

Observar o encontro dele se transforma no meu entretenimento. Não faço ideia sobre o que conversam — ou tentam conversar —, mas, mesmo à distância, percebo os olhos da moça vagando pelo ambiente.

Entendo completamente como ela se sente.

E pensar que os encontros com Marcos foram tão diferentes.

A pressão incômoda em meu peito tem se tornado cada vez mais frequente e resolve que, agora, é uma boa hora para vir me atormentar.

— Acho que a gente vai embora daqui a pouco, tudo bem? — comenta Bianca.

— Sem problemas — respondo, mas sinto um bolo na garganta. Imaginei que fôssemos ficar mais um tempo curtindo aqui.

Tomo um gole de cerveja e, ao desviar os olhos do copo, vejo o *date* de Davi se encaminhar para o banheiro.

— Já volto, meninas.

Ficar em pé demonstra que estou mais bêbada do que eu supunha, e a euforia por a ação com Alicia ter dado certo foi substituída por uma nebulosidade em minha cabeça.

O que estou fazendo?

Porém, deixo os pensamentos de lado e me permito ser levada pelo impulso.

Assim que entro no sanitário, vejo que as portas dos reservados estão fechadas. Paro na frente de uma das pias, ajeitando meu cabelo já arrumado.

Merda, eu deveria ao menos ter trazido meu batom comigo.

Quando ouço a descarga, abro a torneira para lavar as mãos. Bom, ao menos limpeza nunca é demais.

A acompanhante de Davi para na pia ao meu lado, lava as mãos e, depois de secá-las, suspira fundo. É minha deixa.

— Noite difícil?

— Nossa, nem me fale. Acho que cometi um erro.

Ela deve *mesmo* estar sofrendo, nem hesitou em conversar comigo.

— Bom, e quem nunca?

Ela ri.

— É, você tem razão. Mas eu poderia ter passado sem o de hoje. Dei match com um cara no Tinder e o papo não estava lá essas coisas. Em vez de eu dar ouvidos aos meus instintos, concordei em encontrar com ele, só porque não queria passar a sexta em casa. Deveria era ter ido ao cinema, isso sim.

— E por que você não vai?

— Agora? — Ela me olha confusa.

— É, ué. Inventa a desculpa de que alguém te ligou, diz que sente muito e vai embora. Se você ainda pode salvar sua noite, amiga, então salve.

Ela parece considerar, mas depois faz uma careta.

— Deixei meu celular lá na mesa.

— Faz assim — não acredito que estou prestes a fazer isso, mas é como se meus freios tivessem sido removidos —, me dá seu número e eu ligo para você, fingindo ser alguém que você conhece. Eu estou sentada numa mesa perto, eu reparei que você parecia desconfortável — emendo quando ela me olha desconfiada. — Uma mulher que já esteve em um encontro com um cara babaca reconhece outra quando vê.

Seu olhar muda de confuso para aliviado.

— Sério que você faria isso por mim? Nossa, vou ser eternamente grata. Muito prazer, Sayuri.

Ela me estende a mão.

— Lily! Vai lá que vou um pouco depois de você.

Ela me fala o número e repito três vezes em voz alta antes de ela sair pela porta. Continuo dizendo a sequência na minha cabeça até me sentar, e não converso com Bianca e Vivi até digitá-la em meu aparelho.

— Depois eu explico.

Vejo Sayuri olhar para o próprio aparelho quando ouço o toque de chamada pelo meu. Ela evita levantar a cabeça na direção da minha mesa, e me encolho, apoiando o rosto na mão e deixando que meu cabelo me cubra.

— Alô? Oi, amiga! Que número é esse, que não reconheci? — ela solta assim que atende.

Esperta, ela deve ter deixado o celular tocar o suficiente para Davi ver que a ligação estava mesmo acontecendo, e ele acharia no mínimo estranho Sayuri não ter na agenda o contato de uma amiga.

— Diz que eu fui assaltada e estou ligando do celular de um desconhecido.

— Você o quê? Mas você está bem? Não, fica aí que eu estou indo. Onde você está exatamente?

— Caramba, você é boa — falo para ela e, logo em seguida, temo que meu comentário faça com que ela saia do papel.

Vivi e Bianca me olham como se eu tivesse sido abduzida, mas ignoro as duas.

— Ok, ok, estou indo.

A ligação se encerra e vejo Sayuri se levantar, às pressas. Ela se desculpa e então não leva muito tempo para ir embora, deixando Davi um tanto quanto atordoado na mesa.

E sozinho.

Quase sinto pena.

Quase.

— Vai explicar o que acabou de acontecer? — pergunta Bianca.

— Só praticando a sororidade com uma desconhecida — respondo uma meia-verdade.

— Bom, a gente já vai, Lily — informa Vivi. — Pagamos nossa parte enquanto você estava no banheiro. A gente se fala depois, tá?

Eu me despeço das duas e torço para saírem logo daqui. Elas atendem a meu pedido silencioso.

Assim que passam pela porta, olho para a mesa de Davi. A música ao vivo continua vindo da área do Centro.

Respiro fundo. Pego minha bolsa e me levanto. A pressão piora em meu peito conforme caminho. Finalmente, paro.

Dois olhos me encaram surpresos.

— Davi? É você? Caramba, você está ótimo!

Um lampejo no olhar de Davi me mostra que nenhum de nós dois vai terminar a noite sozinho.

Julho

Capítulo 33

Quando você ficar triste que seja por um dia
E não o ano inteiro
E que você descubra que rir é bom
Mas que rir de tudo é desespero
"Amor pra recomeçar", Frejat

Quando eu era mais nova, sempre ficava nervosa nos dias de entrega de notas de provas e trabalhos. Às vezes, preferia nem saber quando isso aconteceria, porque, por mais que seja péssimo ser pega de surpresa, era menos ruim do que perder o sono na noite anterior e não conseguir me concentrar em nada da aula até que as notas fossem entregues. Aí cresci e achei que, na faculdade, me importaria menos com essas coisas. De fato, o nervosismo não era o mesmo, até porque eu tinha passado da idade de levar bronca por causa de nota — não que meus pais fizessem isso comigo; era eu quem cobrava resultados de mim mesma. A questão é que continuei ansiando pelos resultados e, assim que me formei, me senti aliviada por essa fase enfim ter ficado para trás.

Agora quero rir da minha cara por ter sido tão inocente, porque a vida adulta se resume, basicamente, a esperar resultados: você espera que sua menstruação não atrase — ao menos se você não quer engravidar. E mesmo que você não esteja grávida, ela atrasar não é coisa boa, pode ser cisto, estresse, alimentação ruim... Resumindo, não atrase, por favor. Você espera que o cartão seja autorizado durante aqueles segundos angustiantes em que a maquininha fica processando os pagamentos; espera que o restante da população tenha um pingo de noção e não vote em um lunático nas próximas eleições; espera que o *crush* não te ignore depois de dormir com você... se bem que eu não tenho muita moral, depois de ter passado as duas últimas semanas me esquivando de Davi. Onde é que eu estava com a cabeça quando fui para a cama com ele? A experiência foi tão medonha, pior do que aquele beijo horroroso, que só o que quero é esquecer que aconteceu. Ao menos, ele parece ter entendido o recado e parou de me mandar mensagens.

E você também espera que sua analista financeira diga, na reunião de hoje, que sua loja teve resultados positivos depois da última ação de marketing.

Sendo sincera, por mais que eu esteja só um pouco ofegante enquanto me dirijo ao escritório de Sandra, no fundo me sinto mais como minha versão estudante do que parece. Afinal, eu ficava, sim, angustiada em véspera de entrega de notas, mas, lá no fundo, sabia que tinha ido bem.

E, francamente, a ação com Alicia foi um sucesso. Nossas redes sociais ganharam vários novos seguidores, fizemos nossa primeira venda para a região Norte, tivemos um movimento maior na loja nas duas últimas semanas.

Eu *sei* que o resultado vai ser positivo.

— Você está bem?

Acho a pergunta estranha. É verdade que "Tudo bem?" é o cumprimento de praxe do paulistano. Mas o tom que ela usou, a testa levemente franzida...

Se bem que eu estou mesmo com as olheiras um pouco mais fundas que o normal. O último mês foi de tensão do começo ao fim, então, sim, meu corpo talvez tenha sentido um pouco.

— Ótima, e você?

Ela concorda com a cabeça, apesar de parecer meio desconfiada, e aponta a cadeira para que eu me sente.

— Estou te achando diferente hoje.

Está? Será que as olheiras estão tão ruins assim?

— Diferente como?

— Um pouco menos você, talvez?

— Acho que perdi uns quilos.

O que é verdade. Meu apetite está péssimo há semanas.

— Deve ser isso.

Eu a agradeço mentalmente por não dizer "Que ótimo!", "Parabéns!" nem nada do tipo.

— Bom, vamos direto ao ponto? Tenho certeza de que você não veio aqui para me ver especular sobre sua aparência.

— Adoro esse seu jeito franco, Sandra. — Inspiro. — Vai, pode dizer.

— Como você sabe, a Frida está passando por um momento delicado e, por isso, nossas reuniões serão mensais em vez de trimestrais, como tínhamos combinado.

Concordo com a cabeça, me arrependendo de tê-la elogiado. A gente não pode chegar logo na parte em que ela diz que a loja está a salvo? Acho que ela está tentando fazer um mistério, criar um clímax e tal. Eu me seguro para não dizer que, nesse caso, prefiro que não haja preliminares.

Só nesse caso.

— Os resultados das últimas semanas são melhores do que os dos últimos meses...

Eu sabia!

— ... mas ainda insuficientes.

Espera, o quê?

Ela me olha espantada, o que me faz perceber que eu disse em voz alta a última parte. Não só isso, mas minhas mãos estão agarradas aos braços da cadeira quase sustentando o peso do meu corpo, inclinado na mesa de um jeito meio assustador.

Ajeito a postura, me sento como alguém normal — e não à beira de um colapso — e respiro fundo, ignorando as primeiras pontadas em minhas têmporas.

— A Frida teve um desempenho melhor em junho, em comparação aos meses anteriores. Mas ele não foi o bastante para compensar o prejuízo acumulado.

Minha boca fica seca e deixo de ouvir o que Sandra está dizendo. Não que eu não queira prestar atenção, mas, de repente, o zumbido em meus ouvidos se torna quase ensurdecedor.

Todas as horas de trabalho. A preocupação com o orçamento. A dificuldade para selecionar a profissional mais adequada para a ação, sem garantia de qual seria a melhor escolha. A expectativa pelo retorno. O medo de algo dar errado. As escolhas que fiz, apostando na salvação da loja. O fato de que abri mão de Marcos. Todo o meu esforço volta à mente em uma enxurrada, rompendo minha represa.

Eu tinha certeza de que o resultado seria positivo.

Eu tinha certeza.

E foi aí que eu errei.

De novo.

O resto da reunião acontece sem que eu registre qualquer coisa. Não me sinto em meu próprio corpo, é como se eu visse a cena se desenrolar sem fazer parte dela. A voz de Sandra chega até mim como se eu estivesse dentro de uma piscina. Isso explicaria, aliás, porque meus braços estão tão gelados, ou porque está quase impossível de respirar.

— Tudo bem, Lily? Entendeu?

Por sua maneira de falar comigo, essa não deve ser a primeira vez que ela me pergunta algo.

Assinto com a cabeça em um gesto automático.

— Você quer um pouco de água? Um café?

Café.

Preciso de um café.

Mas não daqui.

* * *

Quando abro a porta, o cheiro normalmente acolhedor não surte efeito. Minha mãe já está sentada em nossa mesa, me olhando de forma preocupada. Peço um expresso antes de ir até ela, prolongando os resquícios da minha sensação de controle. Preciso de um momento antes de conversarmos.

Sorvo o café quase que com desespero, na expectativa de que ele faça com que eu me sinta melhor. Queimo minha língua. A pressão no meu peito não cede.

— O que está acontecendo, minha flor?

— Eu também queria saber. — O medo na minha voz me deixa ainda mais assustada. — Não me reconheço mais. E parece que tudo ao meu redor está desmoronando. Não sei o que fazer, mãe.

Do outro lado da mesa, ela me olha com pesar. Eu nunca quis tanto seu abraço. Nunca precisei tanto dele.

Aliás, precisei sim. Até mais do que agora. Ironicamente, foi ela quem me fez precisar.

— Acho que eu não sou a pessoa que você tem que procurar, minha flor.

— Quem mais, então?

Mas, no instante em que falo, sei a resposta.

— Hoje é que dia?

— Quarta-feira — ela me responde prontamente.

Confiro as horas no celular, ignorando as mensagens de Bianca.

— Hoje é dia daquela reunião.

Seu sorriso pesaroso demonstra que ela sabia.

— Eu vou com você, minha flor.

Capítulo 34

Dissestes que se tua voz
Tivesse força igual
À imensa dor que sentes
Teu grito acordaria
Não só a tua casa
Mas a vizinhança inteira

"Há tempos", Legião Urbana

— Desculpem a interrupção, posso entrar?

O grupo sentado em círculo olha para mim em um misto de curiosidade e surpresa. Além de a reunião já ter começado, só vim aqui uma vez, e já faz dois meses. Tem gente aqui que nunca nem me viu.

Mas o mais surpreso é meu pai. Eu não o avisei que estava vindo, apenas apareci. E, depois de recusar tantos convites, acho que sou a última pessoa que ele esperava encontrar aqui.

Soraia, por outro lado, exibe um olhar astuto, quase como se estivesse esperando que eu aparecesse. Talvez não agora, mas em algum momento.

— Entra, filhota, fique à vontade — diz ela de seu lugar.

Eu me aproximo e ocupo uma das cadeiras vazias, evitando ficar de frente para papai. Melhor assim, não sei se consigo encará-lo.

A pressão em meu peito se intensificou com as batidas intensas do meu coração, a ponto de eu conseguir ver o movimento por cima da pele e sentir a pulsação em minha camisa. Meus braços estão moles como gelatina, e minha barriga parece uma montanha-russa.

— Estávamos prestes a começar os depoimentos. Você tem algo a dizer, Lilian?

Perco o ar ao encarar Soraia e paraliso de pavor.

Mas foi para isso que eu vim, não foi? Levanto a cabeça e olho para a porta. Minha mãe sorri com carinho, me incentivando.

Engulo em seco, assinto com a cabeça e, enfim, despejo o que está em meu coração.

— Eu não tenho me sentido eu mesma. Aliás, nada parece normal. É como se alguém tivesse jogado minha vida em um liquidificador e deixado tudo uma bagunça. Eu não sei como arrumar. Eu não sei como cheguei aqui.

— O que está uma bagunça? — A voz de Soraia é tão compreensiva que me sinto mais à vontade em compartilhar. Deve ser por isso que ela é a responsável por organizar o grupo. Ela é ótima em nos fazer falar.

— Tudo. Minha loja está falindo. Meus encontros casuais, que nunca foram um problema, começaram a parecer errados...

Ai, caramba. Soraia é mãe de Marcos. Mas seu olhar é tão ausente de julgamentos que não acho que isso será um problema.

— Antes, eu me sentia bem saindo com os caras sem compromisso, mas eu me peguei saindo com alguém por quem eu nem ao menos sentia atração, sem saber por quê. E afastei quem fazia com que eu me sentisse bem.

Aí está a verdade. *Eu* afastei Marcos. Assim como afastei Pedro.

— E por que você fez isso?

— Porque eu não queria o mesmo que ele. Ele pareceu ter se apegado, e não era o que eu queria.

— Por quê?

Não sei se todos na sala estão sentindo o ar suspenso, mas eu com certeza estou. Quer dizer, tenho certeza de que minha vida amorosa não interessa a ninguém além de mim, então devo ser só eu.

Engulo em seco.

— Porque ia acabar.

A expressão de Soraia é de compaixão, como se ela soubesse o que estou prestes a dizer.

— Como você sabe?

— Sempre acaba.

Quando encaro minha mãe, uma lágrima escorre pelo meu rosto, traçando um caminho de dor que, há quase três anos, eu jurei que jamais traçaria. Meu pai é o único que parece estar sofrendo tanto quanto eu e mamãe. Teoricamente, mais ninguém sabe o que aconteceu, embora eu acredite que Soraia saiba.

— Por que você acha isso, filha? Sempre foi assim?

Não. Nem sempre foi assim.

— Não.

— Quando mudou?

— Quando mamãe foi embora.

— Filha...

A voz do meu pai demonstra tanta dor que fecho os olhos com força. Mas isso não impede as facas de me rasgarem — afinal, elas estão dentro de mim.

— Sua mãe não foi embora, filha — meu pai diz em um fiapo de voz.

Volto a encará-la. O sorriso triste ainda está lá. Mas eu sei que não está de verdade. Sou eu que o mantenho ali.

— O que aconteceu com sua mãe, querida?

Não quero responder.

Não consigo responder.

Mas preciso.

Desvio os olhos da porta e encaro Soraia. Ela me olha com compaixão e tenho certeza de que ela sabe. Ela não quer que eu diga por mera curiosidade. Está me incentivando porque também tem noção de que eu preciso dizer.

Volto a olhar para meu pai e vejo nele o mesmo sofrimento de três anos atrás.

— Ela morreu.

Meu corpo se parte em mil pedaços, que perfuram minha alma. Continuo sentada, mas sinto como se estivesse jogada no chão, meu grito ensurdecendo a vizinhança inteira.

Mas eu continuo sentada.

E minha mãe ainda está na porta.

Capítulo 35

If I knew it would be the last time
I would've broke my heart in two
Tryna save a part of you
"I'll Never Love Again", Lady Gaga

Era um dia normal quando recebi a ligação de meu pai. Eu cogitei não atender, porque estava na rua carregando sacolas em plena hora do *rush* voltando do trabalho. Não devia ser nada urgente, ele poderia esperar até que eu chegasse em casa.

Só que era urgente, sim.

Tinha sido um acidente de carro. Fatal.

Acho que morri um pouco com ela naquele dia.

Eu sabia que, um dia, enterraria meus pais. E torcia para que fosse assim. A pior coisa do mundo, na minha opinião, é quando pais perdem um filho.

Mas nem em um milhão de anos eu imaginei que faria isso aos 25 anos. E tão de repente.

Um dia ela estava lá, me mandando mensagens de bom-dia pelo WhatsApp, fazendo postagens revoltadas sobre política no Facebook, sorrindo apaixonada para meu pai, mesmo depois de tantos anos de casamento. No outro, tudo tinha acabado.

Eu me senti traída.

Enfurecida.

Meus pais tinham o casamento dos sonhos, nossa relação era incrível... Para terminar assim, em um pisar de freios?

Às vezes, é mais fácil sentir raiva. Muito mais fácil que sentir dor.

Os primeiros meses após a morte de mamãe foram horríveis. Eu chorava todos os dias, não tinha forças para fazer nada. Foi quando eu descobri que não aguentaria seguir sem ela, então me apeguei à sua imagem e a mantive viva dentro de mim.

Mas não me bastava guardar lembranças. Por isso, tornei a imagem de mamãe real o bastante para compartilhar com ela minha vida, ouvindo em resposta o que eu supunha que ela me diria se estivesse viva. Na verdade, acho que fiz dela o reflexo da minha própria consciência, reforçando meu palpite de que nossa consciência em geral assume a voz de nossas melhores amigas.

Eu me forcei a não me deixar abater por sua morte. Também percebi que as pessoas de fora, depois de um tempo, não eram mais tão compreensivas com o meu luto. Quer dizer, ninguém disse nada abertamente, foram impressões sutis. No começo, era permitido estar triste. Depois de um tempo... Eu não deveria ter superado ao menos um pouco? Senti como se existisse um tempo permitido para o luto, e eu já tinha usado o meu.

O que sei é que mamãe também odiaria me ver triste daquele jeito.

Triste desse jeito.

Foi com esse apoio — o apoio que interpretei como dela — que consegui forças para seguir em frente. Foi com o dinheiro do seguro de vida dela que abri a Frida.

Eu não pensaria duas vezes em devolver todo o benefício para ter minha mãe de volta. Preferiria mil vezes estar endividada e ainda mais apertada do que estou. Mas decidi, depois de lutar muito contra a culpa de usar o dinheiro de sua morte para abrir um negócio, que faria sua vida valer para outras pessoas também. A Frida nunca foi só um projeto pessoal, muito menos um simples negócio.

A Frida foi meu bote-salva vidas.

A Frida é a minha chance de fazer a diferença no mundo.

A Frida é uma homenagem à mulher mais incrível que conheci, que me ensinou absolutamente tudo sobre amor, respeito, empatia, luta, garra e resistência.

A Frida é o resultado do que me tornei, daquilo que minha mãe fez de mim.

A Frida é meu coração reformado, depois de ter sido estraçalhado em milhares de pedacinhos.

A Frida é, em todos os sentidos, o legado de Helena Rodrigues.

Se eu passar por mais essa perda... não sei o que vai ser de mim.

Capítulo 36

'Cause I'm broken when I'm lonesome
And I don't feel right when you've gone away
You've gone away
You don't feel me here anymore
"Broken", Seether ft. Amy Lee

Os últimos dois dias passaram como um borrão.

Aliás, um borrão ainda deixaria alguma coisa a ser identificada, nem que fosse uma mancha disforme. Melhor dizer que meus últimos dias foram a própria escuridão.

Não digo isso apenas pela maneira como me sinto, mas por tudo que encarei: as paredes escuras do meu quarto.

Não tive forças para trabalhar, então só avisei Bianca que tiraria o resto da semana de folga. Na verdade, não tive forças para mais nada. Mal levantei da cama. Mal fui ao banheiro. Mal comi.

Depois da reunião, meu pai me levou para a casa dele — tão estranho dizer isso do lar que um dia foi meu também. Preocupado com meu estado, não me deixou voltar sozinha para casa, e não insisti no contrário. Sendo sincera, eu mal registrava o que estava acontecendo.

Dormi no meu antigo quarto. A exaustão emocional me fez apagar quase no instante em que deitei, mas acordei sobressaltada no meio da noite, sem saber onde eu estava ou o que tinha acontecido.

Aos poucos, os *flashes* da reunião foram voltando. Não me lembro de muita coisa, mas me recordo dos braços acolhedores de papai ao meu redor e de tê-lo ouvido quase derrubar a própria cadeira para me abraçar diante de meu choro descontrolado. As lágrimas jorraram de mim, impulsionadas pelos gritos que arranharam a garganta. Mas não me incomodei. O ardor não era pior do que a dor insuportável no meu peito.

Quando identifiquei as paredes ao meu redor como aquelas mesmas da minha adolescência, parei de respirar. De repente, elas começaram a me sufocar. Se existe algo mais aterrorizante que o silêncio das paredes para alguém que não quer confrontar os próprios pensamentos, eu desconheço. Acho que é por isso que colocam prisioneiros em solitárias quando querem castigá-los.

Levantei em busca de ar, mas não adiantou nada. Todos os cômodos de lá guardam as lembranças de minha mãe. Ao olhar para eles, levo o nariz ao punho na mesma hora, em busca de seu cheiro floral. Mas, assim como da minha pele, horas depois da última borrifada do mesmo perfume que ela usava e que adotei na adolescência para ficar mais parecida com minha ídola, o aroma sumiu da casa há tempos.

Abri a porta e fui até a garagem, onde fui recebida pelo vento gélido de julho. Mas a ideia foi ainda pior: o jardim de lírios só me fez ouvir a voz dela dizendo "minha flor".

Derrotada, me sentei no chão frio e me rendi às lágrimas. Para quem não chorava havia quase três anos, estou me saindo uma verdadeira torneira aberta.

O choro me cansou mais uma vez e, lutando contra o peso do meu corpo, voltei para meu quarto.

Achei que estava apenas fechando os olhos, mas, no fim das contas, adormeci. Acordei com a claridade invadindo as frestas da janela e me senti motivada a levantar única e exclusivamente para ir embora. Só não fiz isso no meio da madrugada porque preocuparia meu pai.

Ele me perguntou se eu queria o café da manhã que ele tinha preparado, me oferecendo, na realidade, muito mais conforto e afeto do que uma refeição. Ele queria alimentar mais do que meu corpo.

Mas não consegui ficar ali nem por mais cinco minutos, e ele deve ter entendido. Eu frequentei nossa casa pelos últimos três anos, mas, naquele momento, ela havia se tornado demais para mim.

Peguei o metrô me sentindo um zumbi, sem registrar nada nem ninguém ao meu redor.

Entrei no meu apartamento e vim direto para o quarto, onde me enfiei num pijama, me joguei na cama e, inclusive, onde estou desde então. O colchão parece até estar um pouco mais fundo, acompanhando o formato do meu corpo.

Meu pai, minha avó, Bianca e Vivi me mandaram mensagens, mas respondi apenas o básico. Sei que eles estão preocupados, mas, infelizmente, não tenho como ajudá-los agora.

Queria poder *me* ajudar.

Lembro da Lilian de poucos meses atrás, tão confiante de ter dado a volta por cima, praticando suas meditações e se recusando a se deixar abater por qualquer coisa. Quero rir da ingenuidade dela, da arrogância de ter se considerado tão por cima de tudo.

Se estou aqui desse jeito, que merda eu superei?

Fecho os olhos com força, evitando a dor que essa constatação me traz.

Devo ter pegado no sono, porque o som do interfone me faz pular na cama de susto. Desorientada, levanto apenas para pôr fim ao barulho, que me incomoda mais do que o pijama grudado em meu corpo.

Fico surpresa ao descobrir que tenho visita. Sendo sincera, não parei para raciocinar sobre o motivo de o porteiro estar interfonando, só queria que o barulho fosse embora.

Quando abro a porta, minha avó me encara com um olhar de quem está prestes a me dar uma bronca apenas para não deixar o próprio sofrimento aparente. Sei que dói nela me ver assim, e é bem a cara dela bancar a durona.

— Presumo que você não tome banho há um tempo.

— Acho que meu cabelo oleoso não deixa muitas dúvidas, vovó.

— E você diz isso assim, como se não fosse nada de mais?

Respiro fundo. Se não tive forças nem para entrar no chuveiro, tenho menos ainda para discutir com minha avó que nem ao menos quer brigar comigo de verdade.

Ela sabe que qualquer palavra mais rígida será o mesmo que chutar cachorro morto, mas também não estende os braços para me confortar. Vovó Nina me conhece bem demais para saber que qualquer contato físico me faria desmoronar mais uma vez.

É a vez dela de respirar fundo.

— Por que você não toma um daqueles seus banhos demorados enquanto eu preparo alguma coisa para você comer?

Acho que um banho até pode ser uma boa ideia, agora que estou de pé. Mas comida? Meu estômago embrulha só de pensar e faço uma careta.

— Você precisa comer. Saco vazio não para em pé.

Dou de ombros, mas concordo quando ela me olha enfezada.

— Vou tomar banho e depois penso na comida — acrescento em um suspiro.

Entro no banheiro e jogo o pijama no cesto de roupa suja assim que o tiro. Ligo o chuveiro e permito que a água quente caia em minha pele, massageando os músculos dos ombros com a pressão. No fundo, espero que ela lave mais do que meus poros e faça minha tristeza escoar pelo ralo.

Quando termino, estou limpa, mas o aperto em meu peito não cedeu.

Visto o robe pendurado na porta e saio com o cabelo enrolado na toalha.

A claridade que vem do quarto indica que vovó aproveitou meu tempo no banho para dar uma ajeitada nele. Ela abriu as janelas para fazer o ar circular, e só então percebo como ele estava com um cheiro abafado de suor e dor. Vovó encontrou meus incensos e acendeu um, acho que mais para aromatizar o ambiente do que por acreditar em alguma limpeza energética.

Ela também trocou os lençóis da minha cama e, na mesma hora, sinto vontade de me deitar, querendo ser envolvida pelo cheiro de amaciante do travesseiro e das cobertas. Porém, parecendo adivinhar minha intenção, vovó grita meu nome da cozinha e, relutando, saio pela porta.

— Bem melhor agora, sem cheiro de cama. E sem cara amassada.

O aroma de canja abre um pouco meu apetite, preciso dar o braço a torcer. Vovó é ótima cozinheira; mais que isso, a comida dela tem gosto de infância, sabor de carinho. Sentir o cheiro que sai da panela me transporta para uma outra época, em que, mesmo quando as coisas não eram tão simples e fáceis, eu tinha toda a minha rede de apoio — hoje desfalcada.

— Não me sentia assim desde que ela foi embora, vó.

Acho que a sensação de conforto proporcionada pelo preparo da comida me fez falar. Mas ainda não consigo repetir o que disse na reunião. A verdade... ainda esmaga.

— Eu sei, filha. — O vocativo me faz pensar em Soraia.

— Não sei o que mudou. Quer dizer, faz três anos que ela se foi. Por que isso agora? Por que assim?

— Porque você não melhorou, Lily. O que você sentiu quando aconteceu ainda está aí, só que você guardou lá no fundo e fingiu que não existia. Agora, tudo veio de novo à tona e fez parecer de novo aquela época. O momento mudou, mas o sentimento é o mesmo.

Vovó está certa, e não preciso ser muito genial para saber o que desencadeou essa liberação. Marcos, a Frida... foram muitas emoções diferentes, o que me deixou perto demais de outros sentimentos.

Uma nova pontada de dor me atinge, mas, dessa vez, não é por minha mãe.

Estou, sim, arrasada pelos possíveis rumos da Frida, mas o pensamento que mais me abalou foi outro.

Marcos.

Estar com ele era o oposto do que sinto agora.

Marcos era leveza. Era simplicidade. Era intensidade. Era o riso que saía fácil, era meu corpo respondendo de uma forma que eu nunca o tinha visto fazer. Era olho no olho. Era me desmanchar e retornar ainda mais sólida do que antes.

Era.

E eu estraguei tudo.

Não acredito que não o deixei saber como ele me fazia bem, como eu gostava de estar com ele. Não acredito que me permiti me enganar assim, me fazendo acreditar que ele era só um caso passageiro, só atração.

Eu me apaixonei por Marcos, mas perceber isso agora não vai me levar a lugar algum.

— Você precisa de ajuda, filha, precisa lidar com esses sentimentos todos.

Olho para ela assombrada, me perguntando como ela sabe o que eu estou sentindo. Mas a ficha não demora a cair, e percebo que ela está falando da outra dor.

Ou seriam todas a mesma?

— Que tipo de ajuda? — digo após limpar a garganta.

— Especializada. Terapia. Algo que te faça falar. Conversar comigo, com seu pai ou com suas amigas pode ajudar, mas não vai resolver. Tem nós aí dentro que só um marinheiro vai conseguir desatar. — Não é a primeira vez que recebo essa sugestão, mas é a primeira que, de fato, a considero.

— Eu me acostumei tanto a falar com ela que não sei como vou seguir sem nossos encontros. — Minha voz sai em um fiapo.

Vovó desvia o olhar da panela e me encara com carinho.

— Você sabe que também falo com ela, Lily. E me sinto mal, porque acho que piorei as coisas para você nesse sentido.

Eu a encaro sem entender.

— Quando você me contou que havia começado a conversar com sua mãe, achei que fazia como eu, mantendo uma ligação com as lembranças dela, mas nada muito diferente do que falar consigo própria. Demorei muito para perceber que, para você, a imagem dela era muito mais real, muito mais vívida. Foi quando percebi que, talvez, você não estivesse lidando bem com o luto. Mas eu temia que, chamando a sua atenção para isso, você desmoronasse de vez. E você estava tão animada com sua loja...

— A culpa não é sua, vovó — interrompo. — Eu não teria aceitado se você tivesse dito qualquer coisa. Aceitar seria admitir que eu não estava bem.

Seu olhar é uma mistura de carinho e pesar, e temo estar acrescentando algumas rugas a seu rosto.

— Mas agora você admitiu, e esse é um passo que você não pode desfazer. O que vai fazer agora?

Agora eu vou seguir em frente.

* * *

— Como você está, amiga? — Bianca me pergunta, carinhosa, assim que entro na Frida na segunda pela manhã.

Pedi para que ela e Vivi chegassem mais cedo, porque precisava conversar com elas. Chegou a hora de elas saberem o que está acontecendo. As duas sabem, por cima, do meu colapso na semana passada, mas não entrei em detalhes.

— Sinceramente? Não sei dizer. Mas, pelo menos, hoje foi um pouco mais fácil sair da cama, então considero um bom sinal.

Tomo um gole do café que Vivi me entrega e peço para que as duas se sentem. Assim que elas se acomodam nos banquinhos atrás do balcão, respiro fundo e começo, contando da minha reunião de junho com Sandra e de toda a preocupação acumulada desde então, que atingiu o limite no encontro com ela na semana passada.

— Espera, deixa eu ver se eu entendi. A Frida está correndo o risco de fechar?

Encaro o chão, envergonhada, mas assinto com a cabeça.

É a vez de Bianca respirar fundo. Quando olho para ela, sinto que está controlando a raiva. Vivi, por sua vez, me encara assustada, com cara de quem não sabe o que dizer.

— Lily, eu entendo que você tenha ficado preocupada e, com tudo que passou, isso colocou você no limite — Bianca começa, em um tom contido. — Mas você não podia esconder isso da gente. Caramba, a loja pode ser sua, mas nossos trabalhos dependem dela também. — Ela finalmente deixa a indignação transparecer. — Se ela fechar, não vai ser só a sua vida que será afetada. Eu deixei um emprego estável para trabalhar aqui.

— Eu sei, Bi, sei que errei. Me desculpa, mesmo.

— E não é só isso. Você não confiou em mim, Lily, mesmo com todos os nossos anos de amizade. Não passou pela sua cabeça que duas mentes pensam melhor do que uma?

— Três. — Vivi complementa, parecendo um pouco sem graça por interromper. — Não me deixa de fora.

— Desculpa, três. Mas é isso. Você não precisava ter carregado isso sozinha, teria sido muito mais fácil ser sincera.

— Sim, mas ser sincera implicaria me fazer admitir a verdade. Perder a Frida... Eu perderia muito mais do que dinheiro ou meu trabalho, Bi. E falar para você seria assumir que o risco era real. Eu preferi guardar para mim, como uma possibilidade distante. Eu realmente acreditei que a ação com a influenciadora reverteria o quadro.

— Mas a Alicia disse que não seria bem assim, amiga. — Seu tom agora é um pouco menos duro do que antes.

Dou de ombros, e ela entende que preferi acreditar no contrário.

— A gente vai resolver, tá bom? Mas, para isso, você não pode mais esconder essas coisas de nenhuma de nós. Somos amigas, somos uma equipe.

Esboço um sorriso.

— Combinado.

Vejo Bianca e Vivi trocarem um olhar silencioso, mas não sei sobre o que elas estão conversando. Pela expressão de Vivi, ela parece estar incerta sobre algo que Bianca está prestes a dizer.

— E já que estamos nesse clima de admitir as coisas... Não foi só a Frida que te fez surtar, foi?

Ela com certeza não deixaria isso passar batido.

Nego com a cabeça.

— A coisa toda com o Marcos também ajudou — admito enfim.

— E por quê?

Vivi olha para Bianca, com medo de que a namorada esteja me forçando. Mas somos amigas há muito tempo, e nós duas sabemos nossos limites.

— Porque eu gosto dele. E ferrei com tudo.

Meus olhos se enchem de lágrimas. Merda, acho que vou ter que me acostumar com essa minha versão chorona.

— Você é uma cabeça-dura, dona Liliane.

Bianca me abraça e me permito chorar.

— O que você vai fazer agora, Lili? — pergunta Vivi baixinho, a preocupação audível em sua voz.

— Nada, Vivi. A única coisa que eu posso fazer agora é lamentar.

Capítulo 37

Yeah I might seem so strong
Yeah I might speak so long
I've never been so wrong
"Strong", London Grammar

— Então, Mônica, o caso é que eu meio que surtei.

Levei mais de duas semanas para tomar coragem, seguir o conselho de vovó e marcar consulta com uma psicóloga do meu convênio. Como só havia agenda para o final de julho, não posso mais desperdiçar um segundo sequer sem cuidar de mim. E ficar aqui, encarando essa mulher, não vai me levar a lugar algum.

Começo do que acredito ser o início de tudo: a morte de mamãe. É doloroso, mas verbalizo e assumo que essa é apenas a segunda vez que digo essa palavra desde o acidente.

Conto como a imagem dela me deu forças, como decidi abrir a Frida, como fui me tornando cada vez mais positiva e me sentindo melhor. Então, chego ao ponto em que conheci Marcos e a loja começou a dar sinais de alerta, e falo sobre como tudo desmoronou depois disso.

Acho que gasto boa parte da sessão para falar tudo e, quando termino, já estou até meio rouca. Aliás, mais que isso, é como se eu tivesse corrido uma maratona inteira, tamanho o cansaço que se abate sobre meus músculos. Minha cabeça parece pesar uma tonelada sobre os ombros e, sinceramente, eu adoraria poder me deitar no sofá onde estou sentada e tirar um cochilo breve.

A ideia da terapia não era me ajudar a melhorar? Porque tenho a impressão de que vou sair daqui pior do que quando cheguei.

— Sinto muito que você tenha passado por tudo isso, Lilian. A morte é a pior das experiências.

Agradeço por suas condolências, mas, lá no fundo, espero que ela não me diga o que já sei. Já que aparentemente vou embora me sentindo pior do que quando entrei, gostaria de pelo menos ouvir uma resposta mágica para os meus problemas.

— O intuito desse nosso primeiro encontro é descobrir as queixas mais aparentes, aquelas que te fizeram vir até aqui, e então partir desse ponto. O que você vai perceber, a cada sessão, é que a terapia é como puxar o fio de um novelo cujo tamanho real não conhecemos.

Ok, agora, além de tudo, vou sair daqui ciente de que devo ter ainda mais problemas do que imagino.

Sério, quem teve a ideia de jerico de dizer que esse negócio seria uma boa?

— Isso porque nossa mente está sempre procurando formas de nos proteger, então, com o passar do tempo, vamos criando máscaras e escudos que nos impedem de enxergar algumas coisas sobre nós mesmos. A função da terapia não é só olhar para os problemas como eles são, mas é principalmente detectar essas barreiras que nos impedem de enxergá-los, e aí descobrir por que, em primeiro lugar, elas foram levantadas. No seu caso, você parece ter se dado conta de um desses bloqueios: negou o luto pela morte da sua mãe. Em consequência, você se fechou para os relacionamentos. Mas antes de concluirmos nosso encontro de hoje, quero ressaltar uma frase que você disse algumas vezes em seu relato: "Eu estraguei tudo".

Arqueio uma sobrancelha. Esfregar sal em ferida, até onde eu sei, é método de tortura, não de análise.

— O que você acha que está presente nessa afirmação?

— Bom... O fato de que eu estraguei as coisas?

Existe outra interpretação?

Ela balança a cabeça.

— Quero pedir para que você pense nisso até nosso próximo encontro, tudo bem? Podemos manter todas as semanas, nesse mesmo horário?

Não estou muito certa de que quero continuar, porque, sendo sincera, não senti muita evolução. Mas prometi que tentaria, então, que seja.

★ ★ ★

Passo todos os dias seguintes à consulta pensando no que Mônica pediu — se, depois de amanhã, em nosso próximo encontro, eu não tiver chegado a conclusão alguma, ela não pode me acusar de não ter tentado.

Não me sinto mais naquele limbo que veio logo depois do colapso, mas também não posso dizer que estou bem. Parte de mim ainda se sente no piloto automático, enquanto a parte consciente simplesmente tenta fazer o que acredita ser o melhor: lidar, de fato, com os problemas em vez de fingir que eles não existem, como eu estava fazendo antes.

No final dessa semana, tenho uma nova reunião com Sandra, e não vou negar que estou apavorada só de pensar no que ela pode me dizer. Por mais que eu esteja me esforçando, se eu ouvir que a Frida não tem salvação... Não sei como vou reagir. É verdade que, ao menos aparentemente, a ação com

Alicia parece ainda estar rendendo resultados. Nosso movimento e a interação nas redes sociais têm sido similares aos do mês passado.

Além disso, Vivi teve uma ótima ideia. Uma das coisas que fazíamos para atender as clientes era recorrer ao Pinterest em busca de inspiração para looks. O que ela propôs foi que criássemos o nosso próprio aplicativo, com roupas da Frida, que tanto pode ser usado na loja quanto fora dela. Se, na ideia original, as pessoas só podem se inspirar nas roupas que veem, na nossa elas têm como comprar as peças de que gostarem no próprio aplicativo ou vindo até a loja física. E, mesmo que outras usuárias além das clientes resolvam usar — como uma alternativa às fotos de roupa do Pinterest, por exemplo —, ainda assim é publicidade para a loja. Então, Bianca não perdeu tempo, usou seus contatos na pós-graduação e correu atrás de alguém para desenvolver a ideia da namorada. Por sorte, um grupo gostou da ideia para um trabalho, o que vai nos ajudar a economizar um bom dinheiro. Nem preciso dizer que estamos ansiosas para lançá-lo, certo?

Nas últimas semanas, deixei de ir à academia apenas nos dias da aula de *FitDance* e agora vou todo dia após fechar a Frida. Os exercícios têm sido uma boa forma de me distrair e aliviar a pressão que passei a sentir no peito.

Pelo menos isso é o que tenho dito para mim mesma.

Só que, quando bato os olhos em Pedro e sinto o corpo gelar, percebo que, lá no fundo, eu comecei a vir nesses outros dias na esperança de esse encontro acontecer. Eu errei com ele enquanto estivemos juntos, e acho que preciso colocar os pingos nos "is" que resultaram da nossa relação.

Ele está apoiado no balcão da lanchonete, de costas para mim. Seu cabelo, mais comprido, como nunca vi, demonstra como não somos mais os mesmos. Não tenho mais nenhum resquício do sentimento que um dia comecei a nutrir por ele, mas é estranho olhar para ele agora, sabendo que vivemos algo importante e que hoje sequer fazemos parte da vida um do outro.

— Oi, Pedro.

Ele dá um pulinho discreto ao som da minha voz, não sei se por simplesmente não estar esperando que alguém falasse com ele ou se porque reconheceu quem está falando.

— Lilian! Tudo bem com você?

Trocamos as palavras costumeiras naquele misto de educação e desconforto típicos entre pessoas que um dia já tiveram um presente em comum e agora só compartilham o mesmo passado.

— Você tem um tempinho? Queria conversar com você.

Ele me olha com ainda mais surpresa. Não o julgo, acho que também estou surpreendendo a mim mesma falando com ele. Vamos até uma mesa vazia e fico na dúvida se sua atitude é consciente ou se ele está reagindo no automático.

— Acho que preciso começar te pedindo desculpas — falo quando crio coragem, depois de nos acomodarmos. — Estou passando por uma espécie de reavaliação dos meus últimos anos de vida e percebi que tomei uma decisão em relação a nós dois que, bom, mudou tudo o que a gente vivia.

— Você não tem que se desculpar — ele se apressa em dizer. — Você tinha direito de escolher o que queria.

— Não, Pedro, você não entendeu. — Assim que a confusão se intensifica em seu olhar, passo a encarar a mesa em um gesto um tanto covarde. Ele merecia que eu falasse olhando diretamente em seus olhos. — O que estou querendo dizer — meu estômago embrulha, algo que tem se tornado uma rotina — é que não escolhi o melhor naquela época. Não que eu tivesse consciência disso. Mas você estava certo: eu fugi. Eu também estava apaixonada por você.

Ele fica em silêncio e respeito seu momento de absorver minhas palavras.

— Por que isso agora, Lilian?

— Porque só agora entendi o que fiz. Não estou falando isso em uma tentativa de te reconquistar, pode ficar tranquilo. Aquele sentimento não existe mais. Fui muito boa em me convencer de que ele nunca tinha existido e, com o tempo, ele foi mesmo embora. Eu só senti que precisava me desculpar.

Voltamos a ficar em silêncio. Aproveito que Pedro não sabe o que dizer para falar mais algumas coisas.

— Percebi o quanto o acidente da minha mãe me afetou — mesmo que eu jamais tenha contado que ela tinha morrido, ele entendeu, na época, meus eufemismos —, minha vida está um caos, minha loja está por um fio, e acabei me perguntando como as coisas poderiam ter sido se eu tivesse agido de outra forma.

— Não faça isso, Lily. — É a primeira vez que ele me chama pelo apelido desde que terminamos. — Porque não vai levar a lugar algum.

Por mais que Pedro estivesse, até então, confuso com nossa conversa, agora ele fala com convicção:

— Se você tivesse agido diferente, pode ser que ainda estivéssemos juntos. Pode ser que nosso relacionamento estivesse ótimo. Ou pode ser que tivesse virado um pesadelo, ou que a gente tivesse terminado por outros motivos. Existem infinitas possibilidades para o que poderia ter acontecido, mas a gente não tem como saber nenhuma delas. Agradeço por você se desculpar por uma decisão que, hoje, você sabe que foi errada e que magoou nós dois na época. Mas você não tinha como saber que era uma decisão errada lá atrás, então fez o que achou melhor. E quer saber? Por um lado foi mesmo. Eu não teria conhecido a Carol se a gente não tivesse terminado.

Essa frase me faz sorrir. Não é segredo que adorei a namorada dele logo de cara, e é ótimo saber que algo de bom resultou da dor da nossa separação.

— Pode ser que, em uma realidade paralela, eu e você estejamos juntos e felizes, vivendo a vida que eu gostaria de ter vivido naquela época. Mas, nessa realidade aqui, eu estou feliz com outra pessoa, e pensar no que poderia ter sido não me leva a lugar algum e só reduz a importância do que tenho hoje. A Carol não foi um prêmio de consolação, nem foi minha segunda opção. Eu te amei, sim, mas acabou. Que bom que a gente pode amar mais de uma vez na vida. — Ele me encara como um amigo disposto a dar um bom conselho. — As únicas coisas que realmente existem, Lily, são o hoje e as consequências das nossas escolhas. Tudo aquilo que poderia ser é perda de tempo, e o futuro ainda pode mudar.

Meus olhos se enchem de lágrimas, mas tenho dificuldade de identificar tudo que se passa em meu coração.

Estou aliviada por não haver ressentimentos entre nós dois e por Pedro ter encontrado a felicidade com outra pessoa. Estou esperançosa por constatar que, sim, Cher, existe vida após o amor. Mas estou triste — e apavorada — por perceber que, talvez, eu tenha jogado fora a minha segunda chance de amar.

Não sei se consigo acreditar que a vida é tão generosa a ponto de dar infinitas oportunidades, ainda mais para quem já desperdiçou duas.

Agosto

Capítulo 38

Foi tanta força que eu fiz por nada,
Pra tanta gente eu me dei de graça
Só para você eu me poupei
Será que o tempo sempre disfarça,
Tomara um dia isso tudo passa
Desculpa as mágoas que eu deixei
"DOUBLE DE CORPO", LEONI

— Como foi sua semana, Lilian?

Caramba, como responder a isso?

Além de tudo que Mônica me fez pensar e da conversa com Pedro, tive uma surpresinha ontem, quando Soraia apareceu na Frida.

Eu não a via desde meu colapso na reunião, e sua visita não só me lembrou da dor que senti em nosso último encontro como também da outra dor que há um tempo vem me habitando.

— Como você está, filha?

Respondi um "bem" depois de um suspiro profundo, porque, francamente, o que mais eu diria?

— Fiquei preocupada com você, e agora que consegui, resolvi passar aqui para te dar um oi.

Agradeci pela gentileza e na mesma hora senti aquele clima estranho diminuir. Não tenho contato o suficiente com

Soraia para saber sobre o que conversar com ela, além do que eu não conseguia evitar a sensação de ter uma placa de LED piscando ao redor dela com os dizeres "mãe do Marcos".

— Se sentir vontade, nosso grupo vai continuar te esperando de braços abertos. Mas acho que agora você está bem encaminhada.

Ela me deu outro daqueles seus olhares de quem enxerga para além do óbvio. E, quando pensei que já estava para ir embora, pondo um fim ao meu constrangimento, Soraia me perguntou:

— Existe mais alguma coisa em que eu possa ajudar?

Prendi a respiração, porque tive certeza de que ela estava se referindo ao filho. Nunca falei dele para ela nem para papai, e não sei ao certo que relação Marcos tem com a mãe, se seria comum ele contar sobre alguém com quem estivesse saindo. Mas eu *sabia* o que a pergunta dela significava.

— Acho que não, mas obrigada!

— Sabe, filha, às vezes a gente acha que um problema não tem solução, mas a resposta para ele pode ser mais simples do que a gente pensa. A vida seria menos complicada se a gente não se deixasse levar por tanto mal-entendido.

E, com essa, ela me disse um "se cuida" e foi embora, como se não tivesse falado nada de mais.

É óbvio que fiquei repassando na cabeça cada palavra que ela disse e, pelo menos, é reconfortante poder despejar tudo isso na Mônica agora.

Acho que entendi o benefício da terapia.

— Para ajudar, amanhã tenho outra reunião com a Sandra.

— O que significa que você está uma pilha de nervos a respeito do que ela pode dizer sobre a Frida.

— Exatamente.

— Em relação a essa última parte, vou dizer o óbvio: sua apreensão é compreensível, mas também desnecessária. Você não tem como controlar o que vai acontecer, e o que cabia a você já foi feito. Caso ela te dê uma má notícia, você pensa no que fazer a partir daí. E, se a resposta for positiva, você terá se desgastado à toa.

Ela tem razão, e de fato disse o óbvio. O problema não é que eu mesma não tenha ciência disso, a questão é conseguir colocar em prática. É o famoso "falar é fácil".

— Sobre as outras questões, achei interessante você ter sentido necessidade de conversar com seu ex.

— É que me pareceu errado não falar nada.

— Você se sentiu aliviada ao conversar com ele?

— Sim. Mas parece que não durou muito.

Mônica me olha como se isso comprovasse alguma teoria que ela não está muito disposta a compartilhar e como se estivesse muito satisfeita com a constatação.

É uma pena eu não poder participar dessa festinha particular.

— Em nosso último encontro, eu pedi para que você refletisse sobre a frase que repetiu algumas vezes ao longo da consulta: "Eu estraguei tudo".

Sinto a pergunta implícita em sua afirmação.

— Eu pensei, sim... Mas, sinceramente, não sei se entendi o propósito da coisa. Não tive nenhum *insight* que resolveria meus problemas em um passe de mágica.

Ela solta uma risadinha com o comentário.

— Acho que nenhum de nós tem um desses, o que é uma pena.

É estranho pensar que essa mulher na minha frente, paga para resolver meus pepinos, também tenha os dela. Acho que nunca pensei em terapeutas como pessoas de verdade.

— Como foram sua infância e adolescência, Lilian? Pode parecer que não — ela acrescenta ao constatar minha cara de "quê?" —, mas prometo a você que minha pergunta tem um propósito, não estamos nos desviando do assunto.

Suspiro ao pensar na resposta, porque não cabe dizer que foram boas ou ruins. Como explicar que tive um crescimento difícil em alguns aspectos, mas bom e saudável em outros?

Na dúvida, é exatamente o que digo. Explico como meus pais foram presentes em todas as fases da minha vida, como eles procuraram sempre me fortalecer. Conto do *bullying*, do preconceito naturalizado, da sensação de não ser suficiente.

— Pode me falar mais dessa sensação, Lilian?

Mônica aproveita uma pausa na minha fala para fazer a pergunta.

— Eu cresci sentindo isso. Era como se não importassem as notas que eu tirasse, como se não importasse que eu fosse uma boa amiga, que eu fosse divertida... No final, tudo se resumia ao meu peso, como se eu não fosse alguém de verdade enquanto não emagrecesse.

— Você acredita nisso?

— Não, com certeza não — respondo sem nem pensar, minha voz mais defensiva do que eu imaginei que soaria.

Mônica me encara e, mais uma vez, sinto que ela guarda algo que não pretende me dizer, o que é o bastante para eu repensar minha resposta.

Porque, no fim, eu acredito, não é? É só pensar em como me sinto uma fraude desde que abri a Frida.

— Talvez — acabo por admitir. — Não de um jeito racional, mas acho que, lá no fundo, eu acredito sim. Querendo ou não, tive alguns reforços dessa ideia, né? Não era muito legal ficar com um menino de quem eu estivesse a fim para ele depois pedir para eu manter segredo, com vergonha de que os amigos descobrissem que ele tinha saído comigo. Ou, mesmo mais velha, constatar que alguns dos caras por quem eu me interessei nem sequer me consideraram como uma possibilidade romântica. Ou os empregos que perdi por "não me enquadrar no perfil da vaga". — Dou uma risada cheia de desdém. — Foi isso que você quis dizer quando me pediu para pensar no "eu estrago tudo"? — De repente tenho um estalo.

Pela primeira vez ela sorri abertamente para mim.

— Acredito que você tenha uma necessidade muito forte de se provar, Lilian, e a consequência disso é que também assume para si a responsabilidade do que dá errado mesmo quando não depende inteiramente de você.

— Bom, mas as últimas coisas que deram errado na minha vida foram mesmo por minha culpa. — Abaixo a cabeça por não conseguir encará-la, meu tom de voz mais brando do que antes.

— Talvez você tenha feito escolhas das quais se arrependa. Porém, se não fosse seu medo de que elas dessem errado, pode ser que tivesse feito escolhas diferentes.

Volto a encará-la, dessa vez com mais atenção.

— Com a Frida, por exemplo. Você depositou todas as suas expectativas e necessidades na loja, de maneira que se tornou impossível para você a ideia de que as coisas saíssem diferente do planejado. E não estou dizendo que você não tinha razão — ela complementa ao me ver abrir a boca para interrompê-la. — A falência de um negócio é um aspecto bastante delicado. Mas, se a loja não tivesse assumido o peso que assumiu para você, os problemas também teriam sido sentidos de outra forma. Se não fosse o medo de falhar, talvez você tivesse conseguido olhar para os problemas da loja de uma maneira mais fria, mais analítica...

— E teria obtido resultados diferentes. — Dessa vez, sou eu que completo sua fala. — A ideia de perder a loja era tão grande que me recusei a enxergar os problemas. Achei que sendo positiva, as coisas se resolveriam.

— Veja bem, Lilian, não é um problema ser otimista, muitas vezes é o otimismo que nos ajuda a atuar perante o mundo, que funciona como força motriz para nós. Porém, no seu caso, acredito que tenha acontecido um outro mecanismo, influenciado pela morte da sua mãe.

Fecho os olhos ao ouvir as palavras. Ainda estou me acostumando com elas.

— Toda dor precisa ser sentida, não importa se é a dor pela morte de alguém, pelo término de um relacionamento, por um negócio que não deu certo ou simplesmente porque sua roupa favorita rasgou. Cada problema é diferente dos outros, e a forma de enfrentar cada um deles é diferente também. Mas a dor, no instante em que é vivida, é sempre a maior do mundo para quem a experimenta. E só conseguimos superá-la quando nos permitimos senti-la. — Ela faz uma pausa para que eu assimile as palavras. — Você sentiu a maior dor a que já tinha sido submetida e, diferente das outras vezes, não tinha mais a figura que sempre te confortou para ajudar naquele momento. Você, que já guardava em si a insegurança e a sensação de ser insuficiente, se viu desamparada, porque seu porto seguro foi desestabilizado. A resposta que sua mente encontrou para proteger você da dor foi evitá-la.

Minhas lágrimas pingam com intensidade conforme assinto. Mônica tem razão sobre tudo. Depois de tantos meses em luto por mamãe, decidi que ela não gostaria de me ver triste daquele jeito, e digo isso à terapeuta. Certa de estar dançando conforme a música, não percebi que, quando a vida tocou uma marcha fúnebre, insisti em sobrepor um pop animado à elegia em vez de esperá-la terminar, criando uma cacofonia confusa.

— E tenho certeza de que você estava certa sobre isso, Lilian, nenhuma mãe gostaria de ver o filho sofrendo. Mas, pelo que você me contou sobre ela, imagino que ela também soubesse que o sofrimento é inevitável. O que precisamos é saber a maneira de lidar com ele, e não buscar uma vivência na qual ele não exista. Quando você ignorou suas dores, elas se acumularam e explodiram. Sua determinação em não se permitir ficar triste colocou você em uma situação de tristeza ainda maior.

Choro com ainda mais vontade, constatando que a dor continua aqui. Mônica me estende uma caixa de lenços de papel e permanece em silêncio por alguns minutos, me dando privacidade para me recompor.

Suas palavras fazem tanto sentido que fico com a sensação de que, no fundo, eu já sabia de tudo. Mas, ao mesmo tempo, como pude me enganar tanto? Porque, por mais que o que ela tenha dito seja verdade, não foram atitudes conscientes da minha parte. Como minha mente pôde conviver, ao mesmo tempo, com verdades tão opostas? Como eu podia *saber* que estava evitando toda e qualquer vulnerabilidade e ainda assim *acreditar* que só estava sendo prática? Como eu podia *desejar* uma coisa e *ter certeza* de que não a queria?

— Sei que você já havia percebido como a morte de sua mãe afetou suas escolhas, mas não estava certa de que você havia realmente entendido a maneira como isso aconteceu — ela complementa com delicadeza, e sei que está evitando tocar em mais um ponto crucial do meu surto.

— Antes tivesse sido só a Frida — solto, enfim, em um muxoxo. O silêncio de Mônica é uma afirmação explícita de que ela quer que eu continue. — Me apaixonar por Marcos fez com que eu me sentisse tão vulnerável, com tanto medo de que eu viesse a sofrer se as coisas dessem errado, e eu tinha certeza de que dariam, seja porque a gente poderia terminar, seja porque ele poderia, sei lá, *morrer*, que eu preferi acreditar que não gostava dele. Mas eu já tinha percebido isso.

Mônica assente.

— Como eu disse em nosso primeiro encontro, a função da terapia é detectar as barreiras que nos impedem de enxergar nossas queixas, descobrir o que está por trás daquilo que falamos.

É, acho que entendi essa parte.

— O que quero dizer — ela continua, me fazendo ter a sensação de que, talvez, eu não tenha entendido aonde ela quer chegar — é que, se você já havia constatado o que acabou de me dizer, pode ser que esteja repetindo essa afirmação, agora, por outro motivo.

Quando vê que continuo olhando para ela sem ter a menor noção do que ela quer dizer, Mônica acrescenta:

— Você já sabe o que fez com que você e Marcos terminassem. Você já sabe onde errou com ele. Mas será que foi um erro irreversível?

As palavras de Mônica se juntam às de Soraia em minha mente, e meu coração se permite sentir um pequeno fio de esperança. Mas Marcos pareceu tão certo de sua decisão, e faz quase dois meses que ele terminou comigo...

— Sabe o que eu acho? — Mônica volta a falar quando me vê ponderar. — Que algo em você não está tão certo assim de que seja um problema sem solução, mas outra parte ainda teme se arriscar. Por isso, essa parte tenta te fazer focar onde você errou...

— E não no que posso fazer para mudar.

Ao receber mais um sorriso de Mônica, fico com a impressão de ter feito a maior descoberta do dia.

Capítulo 39

But I won't let them break me down to dust
I know that there's a place for us
For we are glorious
"This Is Me", Keala Settle

Desperto no sábado com a sensação de ter saído de um coma. Ontem, cheguei da reunião com Sandra, tomei um Banho Relaxante dos bons e apaguei na cama antes das oito da noite. A claridade invadindo minhas persianas me faz imaginar que seja perto do meio da manhã, mas tenho a impressão de que, se eu virasse para o lado, ainda poderia dormir por algumas horas.

E é o que faço.

Apenas quando pego o celular e vejo que é quase meio-dia é que decido que já passou da hora de levantar. Ainda assim, não me culpo pelas quase dezesseis horas de sono; tive uma semana emocional e mentalmente desgastante, com todas as sessões de terapia, as conversas com Pedro e Soraia, além da reunião de ontem.

Para não perder o costume, checo minhas redes sociais ainda na cama e levo um susto ao ver uma solicitação de mensagem no Instagram.

Oi, Lilian! Desculpa te mandar mensagem assim, mas não tinha seu contato e encontrei seu perfil. O Pedro me contou que você comentou com ele algo sobre a Frida estar por um fio e fiquei pensando muito nisso. Gostaria de tomar um café com você, se você não se importar com o convite.

Não faço ideia do que Carol pode querer falar comigo. Por outro lado, só tem um jeito de descobrir.

★ ★ ★

— Adorei o *look*! — digo assim que cumprimento Carol e percebo que ela está usando uma das peças que comprou quando foi à Frida.

— Acho que já já ele sai andando sozinho, de tanto que tenho usado.

Seguimos conversando amenidades até estarmos acomodadas e de posse de nossas bebidas — um expresso para mim, um cappuccino para ela. Apesar de, como das outras vezes, a conversa ser fácil entre nós, apesar de o calor do ambiente e a fumacinha saindo de nossas xícaras proporcionarem uma sensação de aconchego, especialmente pelo vento gelado lá de fora, sinto ainda uma pontada de desconforto. É como se ainda não tivéssemos muita certeza de como agir uma com a outra, porque a verdade é que não nos conhecemos. Quanto da nossa conversa será que Pedro contou a ela? O que Carol pensou de tudo?

— Então, Lilian...

— Pode me chamar de Lily — interrompo.

— Certo. — Ela sorri de maneira amigável. — Como falei na mensagem, o Pedro comentou que a situação da Frida não está muito boa.

Assinto, pensando no quanto devo revelar para ela.

— Estamos passando por uma fase delicada. Nenhum começo de negócio é fácil, né? Mas estamos tendo dificuldade em lucrar e, se continuar assim, é provável que a loja tenha que fechar daqui a um tempo.

Provável, tento frisar a palavra.

A questão é que a reunião de ontem com Sandra me deixou com uma sensação agridoce: não sei se saí de lá aliviada ou com raiva de mim.

Como no mês anterior, a Frida apresentou uma melhora de desempenho, ainda que os resultados sejam insuficientes para compensar o prejuízo inicial. Logo que Sandra me disse isso, fiquei zonza, sentindo que eu estava prestes a viver o mesmo filme da reunião de julho. Porém, logo me lembrei de Mônica e, agindo de um jeito que a deixaria orgulhosa, decidi que tinha todo o direito do mundo de, chegando em casa, me jogar na cama e chorar em posição fetal. Só que ali, com Sandra, eu não podia deixar que as emoções me atrapalhassem.

Isso pareceu me tirar do transe em que eu tinha entrado da última vez, de forma que fui capaz de ouvir o resto do que Sandra estava dizendo. E a questão é que, caso a Frida continuasse apresentando melhoras, de pouco em pouco, o saldo positivo desses meses poderia compensar o prejuízo inicial. Algo que ela já havia mencionado antes, mas, em meu desespero por ter presumido que meu maior pesadelo estava se concretizando, eu simplesmente não tinha registrado.

Ou seja, passei o último mês certa de uma falência iminente, quando ainda há esperanças. A situação ainda é preocupante, mas, se a ação com Alicia trouxe resultados, por que outras mudanças não podem trazer também?

— Sinto muito por isso. — O jeito como Carol toca minha mão por cima da mesa me dá ainda mais segurança de que ela está sendo sincera.

— Obrigada — respondo, sem saber o que mais poderia dizer.

— Não sinto só por saber que é uma situação evidentemente chata, mas porque seria muito triste perder um lugar como a Frida. E era mais ou menos isso o que eu queria te dizer.

Uhm, Carol me chamou até aqui para dizer que sente muito?

— Quer dizer, não necessariamente que sinto muito, mas dividir uma coisa que pensei. Me desculpe se eu estiver sendo intrometida, mas tem alguém trabalhando o marketing da loja para você?

— Por quê? — pergunto em um misto de curiosidade e desconfiança.

— Porque eu trabalho com *social media*, com marketing nas redes sociais. E acho que posso te ajudar.

Minha reação instintiva é negar e me colocar na defensiva, dizendo que não preciso de ajuda.

Mas eu preciso. Não é exatamente o que venho fazendo, admitir que preciso?

— Não se preocupe com os valores — acrescenta ela ao me ver hesitar —, podemos discutir algo que funcione para nós duas. Pensei em dar um desconto maior para você nesse começo e, depois que você tiver retorno, conversamos sobre um reajuste, se for o caso. Mas faz diferença, Lily, ter alguém especializado nisso. Sem contar que você deve estar sobrecarregada assumindo mais essa função. Você não precisa fazer tudo sozinha — diz Carol com gentileza, demonstrando como a conexão que tivemos foi verdadeira. Mal nos conhecemos, mas ela me compreendeu bem.

Porque suas palavras me lembram as de Mônica sobre minha necessidade de me provar. Aceitar ajuda e delegar tarefas não me torna menos capaz.

— Muito obrigada, Carol, pela proposta. O que você tem em mente? — pergunto, curiosa por ouvi-la antes de aceitar.

— Bom, preciso fazer um estudo mais aprofundado sobre seu público-alvo, compreender melhor os números que você já tem para ampliá-los. Mas posso te dar um exemplo prático agora.

Ela remexe na bolsa até tirar o celular de dentro dela. Depois de digitar e rolar a tela do aparelho, ela o vira para mim. Minha barriga se contorce ao me deparar com a foto que Marcos tirou de mim. Ele não aparece na imagem, mas é impossível, aos meus olhos, não o ver em cada detalhe.

— Essa foto ficou linda e tinha muito potencial de bombar.

— Eu também achei — digo, desanimada.

— É muito difícil, Lily, um conteúdo se propagar sem as estratégias para isso. E você não usou nenhuma aqui. — Ela me encara, visivelmente empolgada. — O que acha de apagar o post e publicar de novo, com minhas orientações?

Meu coração aperta. É bobeira, mas deletar a foto pareceria deletar a memória daquele dia.

— Apagar?

— Você pode arquivar, se preferir, assim não perde a publicação, ela só não fica mais visível no feed — responde ela, embora não deva entender minha relutância.

Inspiro fundo e assinto. Em seguida, pego meu próprio celular, abro o aplicativo e, sem pensar muito a respeito, arquivo a publicação para preparar uma nova postagem.

— Antes, você tinha colocado na legenda apenas as informações sobre o biquíni. Por mais que informações diretas sejam uma boa forma de usar textos no Instagram — eu havia lido isso em algumas das minhas pesquisas —, essa em específico não incentivava o engajamento, que é o principal. Não foque no seu número de seguidores e de curtidas, Lily, se essas pessoas não forem um público fiel, que de fato consome seu conteúdo e compra seus produtos.

— Então eu não devo tentar ter mais seguidores? — pergunto, confusa.

— Deve, sim, mas seguidores reais, que interajam com você. Não só números vazios, entende?

— O que eu vinha tentando fazer era principalmente isso, crescer. Tentei mandar mensagens *inbox*...

— Você não fez isso! — Carol me interrompe, arregalando os olhos.

— Fiz...? — respondo incerta, sem compreender seu espanto.

— Ok, regra número um: *nunca* faça spam de mensagens diretas. Além de você perder um tempo enorme, não é eficaz e pode até te prejudicar. — Penso nas pessoas que foram grossas comigo. — Como você se sente quando fica recebendo aqueles e-mails automáticos de lojas que você não se inscreveu para receber?

— Invadida — respondo na hora.

— Exato! A *inbox* é um espaço privado das pessoas, você não pode chegar desse jeito. A cultura do brasileiro, Lily, é de ser grato, educado. A gente nunca é direto em dizer o que pensa e sente. A gente não pergunta para alguém que não conhece "Que horas são?", e sim "Com licença, você pode me dizer as horas, por favor?". Então, se alguém chega falando "Oi, vem cá conhecer minha loja", a gente se sente mal em recusar, mesmo sendo nosso direito. E, se você faz isso em mensagem direta, dificulta para a pessoa dizer não. Porque se alguém te disser "Não, obrigado", *você* — ela aponta para mim — vai se sentir ofendida.

Droga, Carol tem razão.

— Portanto, nada de procurar seguidores assim. O negócio é atingir as pessoas e fazer com que elas queiram te acompanhar. Então, vamos usar as hashtags certas para você. Tem um site ótimo para isso!

Ela abre uma página e pesquisamos nela as hashtags que mais têm a ver com a Frida e com maior número de acessos. Selecionamos algumas para incluir na postagem.

— Quanto mais objetivo seu texto, melhor. Mas você também precisa chamar a atenção. O ideal é escrever algo que estimule as pessoas a comentar. Isso coloca o algoritmo do Instagram a seu favor e pode impulsionar seu post para mais pessoas. Foque em fazer as pessoas comentarem, compartilharem, salvarem sua foto para depois. É assim que você vai crescer.

Juntas, passamos os próximos vinte minutos pensando na legenda ideal. É mais difícil criar um texto de poucas linhas reunindo todos esses aspectos do que escrever um maior sem pensar tanto a respeito.

Quando estamos com tudo pronto e prestes a postar, Carol me pede para esperar. Ela verifica algo nas minhas estatísticas e orienta:

— Seu pico de audiência é mais no final do dia. Tenta concentrar suas postagens nessa faixa de horário, inclusive a de hoje. — Seus olhos se voltam para o celular. — Preciso ir agora, mas adiciona meu número. Vou acompanhar os resultados, mas pode me perguntar se tiver dúvidas. Se quiser fechar comigo, vai ser um prazer trabalhar com você!

Eu e ela nos levantamos e, em um abraço, nos despedimos.

— Ah, já ia me esquecendo — acrescenta ela antes de partir. — É importante você marcar o fotógrafo, se alguém tirou a foto para você. Questão de creditar o trabalho da pessoa e tudo mais.

Capítulo 40

Could it be any harder to say goodbye and live without you?
Could it be any harder to watch you go, to face what's true?
If I only had one more day
"COULD IT BE ANY HARDER", THE CALLING

Carol é um gênio.

O desempenho da foto, depois de suas orientações, é incrível, e ela se tornou minha publicação com mais curtidas e comentários até então. Carol me orientou a olhar, também, o alcance e as impressões do post, e os números estão ótimos.

Depois dessa amostra, não preciso pensar duas vezes em contratá-la como *social media*.

Segui sua orientação e, com o coração disparado, marquei o perfil de Marcos dando a ele os créditos pela foto. Quando ele curtiu o post, travei, pensando se ele comentaria.

Óbvio que não comentou.

Em dois meses, esse foi nosso único contato. Não resisti e cliquei em seu usuário, mas sua página segue no mesmo esquema de antes, sem grandes informações sobre sua vida.

É tarde, então decido encerrar por hoje. Passei o dia trocando mensagens com Carol, fornecendo as informações de que ela precisa e pensando em como trabalharemos as redes daqui em diante. Continuarei sendo a cara da Frida, mas, agora, guiada por Carol. Ela será como uma roteirista e diretora em um filme atuado e produzido por mim.

Junto minhas anotações, praguejando por ter usado tantas folhas avulsas em vez de concentrar tudo em um caderno. Ao terminar, saio em busca de uma pasta. Começo a revirar as gavetas do móvel da sala e paro ao pegar o folheto da exposição do Sesc sobre cultura mexicana. Foi um dos passeios que fiz para me sentir mais próxima de minha mãe, e, mesmo que não fosse real, eu sabia que ela estava lá comigo, fazendo os comentários que sabia que ela faria.

Percorro as páginas do folheto, relembrando as obras e informações que presenciei naquele dia. Então, paro ao reconhecer a pintura que tanto me deixou pensativa, a que é conhecida por, talvez, ter sido a última de Frida Kahlo. E meus pensamentos, antes confusos, agora se reorganizam em um estalo.

Poderiam ser apenas melancias, mas os diferentes formatos e cores da fruta, a transição do azul do céu ao fundo que vai do escuro ao claro, deixam a ideia de que há mais do que a natureza morta indica. Especialmente por ela ter incluído na tela o título do quadro: *Viva la vida*. Não se sabe ao certo se Frida fez a pintura pouco antes de morrer ou se apenas a inscrição nela foi feita nesse período.

A questão é que, à beira da morte, ela fez um tributo à vida.

É verdade que ela tentou suicídio várias vezes. É verdade que ela sofreu demais — isso porque mal se fala sobre ela ter sido uma mulher com deficiência física. Mas, a não ser que ela estivesse sendo irônica — o que eu prefiro acreditar que não —, sua atitude foi audaciosa. O Chris Martin também achou isso, o folheto trazia um trechinho de uma entrevista que ele deu para explicar o porquê de *Viva la vida* ser o nome de um dos álbuns do Coldplay.

Meus olhos se enchem de lágrimas, e sou tocada pela força que a ideia transmite. Meus braços estão arrepiados e, dentro de mim, tenho pela primeira vez em muito tempo a sensação de que tudo vai ficar bem. Meu otimismo de antes era falso, forçado, porque eu acreditava que só ficaria bem se não estivesse mal. Agora, o que sinto é que posso ser feliz, mesmo se ficar triste — porque eu vou ficar, não dá para estar alegre o tempo todo. Mas, para isso acontecer, preciso ser verdadeira comigo e com meus sentimentos. E isso não vai ser possível se eu não me permitir, se não correr riscos. Uma redoma pode evitar que coisas ruins me atinjam, mas ela também não vai me deixar encostar naquilo que é bom. E eu não quero mais viver pela metade. Quero ser de carne e osso, e sangrar quando for preciso.

Isso apenas reforça que preciso fazer uma coisa, aquilo que eu já sabia desde que Mônica me mostrou o que eu estava relutando em aceitar e que se intensificou quando abri, pela primeira vez em tanto tempo, o perfil de Marcos mais cedo.

Não posso mais ficar pensando em onde errei.

Preciso focar no que posso fazer para mudar.

★ ★ ★

Dia nove de agosto.

Aniversário do dia em que tudo mudou.

Cancelei com Mônica minha consulta de hoje e tirei a tarde de folga na Frida. Eu tenho um compromisso muito mais importante.

Pela primeira vez desde o enterro de mamãe, caminho por entre as lápides do cemitério em busca de sua nova morada. Nunca tive coragem de voltar aqui, mas sabia que, hoje, eu precisava.

Tento evitar encarar as informações a cada novo túmulo para não pensar nas diferentes vidas que um dia existiram, mas a tentação mórbida de dar sentido a esses nomes é maior. Não consigo não olhar para as datas de nascimento e morte, não consigo não reparar naqueles que tiveram vidas longas e, principalmente, naqueles que morreram cedo demais.

Ao dobrar na rua certa, meu estômago dá uma cambalhota, e não sei dizer se o frio nos meus braços é culpa do inverno, apesar de o dia hoje estar ensolarado, ou da sensação congelante dentro de mim.

Não reconheço nada ao meu redor, talvez por todas as ruas do cemitério serem iguais, talvez por eu não ter registrado absolutamente nada na última vez que estive aqui. Ou talvez eu tenha registrado, mas minha mente apagou as lembranças com o tempo. Só guardo comigo a sensação dos braços do meu pai. Estávamos tão próximos um do outro que era impossível saber quem estava consolando quem.

Na verdade, acho que só estávamos nos apoiando um no outro. Não havia consolo algum para nós ali.

— Enfim você veio me ver.

Minha mãe está sentada sobre o túmulo, seus olhos tão cheios de amor quanto sempre foram.

— É, mamãe, eu vim.

Eu sei que só eu posso vê-la. Sei que ela é uma projeção da minha mente. Mas, para mim, ela é real, e não vou deixar de ter com ela a conversa que não tive a chance de ter.

Ela assente com um sorriso triste.

— Você veio se despedir.

Não posso mais continuar com a dinâmica que desenvolvi desde que mamãe morreu. Se preciso seguir em frente, tenho que aceitar que sua presença na minha vida, como alguém que existia e interagia comigo, ficou para trás.

Confirmo com a cabeça, sem conseguir dizer mais nada por ora. Sento no chão sem me importar se vou me sujar e me permito derrubar todas as lágrimas que guardei nos últimos anos.

Queria tanto, mas tanto, que mamãe fosse real a ponto de conseguir me abraçar.

— Sempre me doeu o fato de não ter tido a chance de dizer adeus — digo quando recupero o fôlego. — A gente tinha conversado aquele dia mais cedo e desliguei o telefone achando que a gente se falaria de novo.

— Essa é uma das maiores injustiças da morte, minha flor. Acho que na maioria dos casos é assim, não é?

— É…

Minhas mãos ainda cobrem meu rosto, mas quase posso ouvir mamãe se remexer. Seu suspiro que antecipava perguntas cujas respostas ela já sabia é audível, e, com gentileza, ela me diz:

— Se você soubesse que aquela seria a última vez, o que teria me dito?

Levanto a cabeça e me permito olhar para ela. Não para a imagem que vejo sentada, mas para a foto em sua lápide. O rosto de mamãe era mais fino que o meu, e seu corte de cabelo mais curto também se distanciava do meu, longo e repicado. Mas os olhos… O formato da sobrancelha… Não dá para negar que somos mãe e filha.

Penso em sua pergunta, em tudo o que mamãe sempre foi para mim.

— Eu diria que te amo. Diria que sou quem sou por ser sua filha. Diria que você fez do mundo um lugar melhor para eu viver.

Talvez eu ainda tivesse um caminhão de outras palavras para dizer. Mas não consigo pensar em mais nenhuma. Nos momentos mais importantes, o essencial é o que basta.

— Mas, minha flor... Você me disse tudo isso. Pode não ter dito naquela manhã, mas disse e repetiu sempre que pôde ao longo da minha vida.

A dor no meu peito traz um novo jorro de lágrimas, mas, pela primeira vez, consigo também sorrir.

Minha mãe foi a pessoa mais incrível que conheci, e foi uma tragédia ela ter morrido tão jovem. Mas ela morreu sabendo quão amada era por mim, por meu pai, por vovó Nina. A morte é triste em qualquer circunstância, mas, no caso dela, houve toda uma vida a ser celebrada, uma vida que foi aproveitada ao máximo.

— Obrigada, mamãe.

— Obrigada você, minha flor. Obrigada por ter sido minha maior conquista.

Não sei há quanto tempo estou sentada aqui, mas sinto que é hora de partir.

Acho que a dor pela morte de mamãe nunca vai desaparecer completamente. Como tudo que vivemos, foi um acontecimento que marcou minha vida e moldou parte de quem sou, desviando o percurso que até então eu vinha trilhando. Eu não posso fugir da dor nem da saudade, assim como não posso fugir de quem me tornei. Mas posso viver sabendo que tudo isso, agora, é parte de mim. E se hoje sou dor, é porque também sou amor.

— Eu nunca vou te abandonar, Lily. Você não precisa ter uma imagem minha ou caminhar pelos lugares de que eu gostava para me sentir perto de você. Eu *estou* em você, e você pode conversar comigo sempre que quiser.

Não digo nenhuma palavra para respondê-la. Não preciso.

Capítulo 41

Just give me a reason
Just a little bit's enough
Just a second, we're not broken, just bent
And we can learn to love again
"Just Give Me a Reason", P!nk ft. Nate Ruess

As batidas da música no bar seguem o ritmo daquelas no meu peito — ou meu coração é que resolveu dançar, vai saber. A questão é que estou pronta para enfrentar aquilo que precisava cumprir.

A despedida ontem no cemitério foi uma espécie de preparação para este momento — eu precisava encerrar aquele ciclo para começar um novo.

Se tenho ciência de que viver sem me arriscar não é viver, se sei que não posso continuar focando em meus erros, preciso tentar corrigi-los. E se não for possível apagar o que foi feito, preciso ao menos tentar recomeçar.

Assim que guardei o folheto da exposição sobre o México no domingo, abri as redes sociais e busquei, mais uma vez, o perfil de Marcos.

Não tenho a menor ideia se ele conheceu alguém nesse meio-tempo, se está saindo com outra pessoa. Mas eu estava atrás de outra informação, que não demorei a encontrar: ele faria um show hoje, no bar onde nos vimos pela primeira vez.

Não me passou batido, também, o fato de que a apresentação aconteceria um dia depois do aniversário de morte de mamãe. Eu, que sempre fui tão cética, de repente encarei todos esses pontos como um sinal de que sim, eu realmente deveria ter a conversa que preciso ter com ele esta noite — ou talvez eu só estivesse buscando uma confirmação para fazer o que eu queria.

Então, aqui estou: morrendo de medo, sabendo que corro o risco de que ele me ignore, mas orgulhosa de mim por estar disposta a tentar. Dessa vez, não tive dúvidas ou receios sobre o que vestir, e não aceitei nenhum visual menos do que poderoso. Meu sapato novo de salto enfim foi estreado — e não me sinto nem um pouco exagerada. Aliás, ele ficou perfeito.

Passei os últimos dias pensando neste momento, repassando as palavras em minha mente. Não adiantaria nada chegar aqui vestida para matar, mas sem saber, em primeiro lugar, o porquê de ter vindo.

Assim que passo pela porta, guardo minha comanda e procuro uma mesa distante do palco, onde eu possa ficar sentada com discrição. Cheguei propositalmente no final do show, porque não queria correr o risco de Marcos me ver aqui. Esse é o local de trabalho dele, e não posso atrapalhá-lo. Quando ele acabar, vou até lá.

Como meu plano era chegar tarde, antes de sair de casa, aproveitei para me inspirar em minha mocinha favorita, que se entregou aos próprios desejos e valores apesar do medo. Baby só aparece como Frances em *Dirty Dancing* ao iniciar seu processo de perda de inocência — um dos temas do filme. Por mais que eu tenha sido obrigada a encarar uma face da maldade do mundo desde muito pequena, meu coração se fechou, assustado, ao se deparar com uma dor que ainda não conhecia. Fui inocente ao contar com uma certeza — a de que minha mãe viveria por muitos anos — quando essa certeza nunca existiu. Ao meu modo, precisei renascer, e minha fase como bebê chegou ao fim.

Posso não ver Marcos com nitidez de onde estou, mas o que vejo é suficiente para fazer meu coração acelerar e quase sair pela boca. É como se ele reluzisse em cima do palco e, apesar de o bar estar relativamente cheio, de repente é como se eu não visse nem ouvisse mais ninguém. Sua voz me leva para outro lugar, um em que eu sorria e me arrepiava apenas por estar na presença dele.

Como pude demorar tanto para perceber que me apaixonei?

Meu peito aperta com a noção de que posso tê-lo perdido, de que desperdicei o que estávamos construindo. Mas agora não é hora para lamentar.

Apesar da distância, consigo vê-lo sorrir para alguém próximo do palco, e meu estômago embrulha. Meu Deus, será que ele veio acompanhado? Por mais que eu tenha cogitado a possibilidade de ele ter conhecido alguém, nem sequer pensei que ele poderia trazer essa mulher hipotética.

Com as mãos tremendo, chamo o garçom e peço uma caipirinha.

Se só o que me resta é esperar, que ao menos eu me acalme nesse meio-tempo.

★ ★ ★

— Oi.

É ridículo que, depois de um silêncio de dois meses, eu seja incapaz de dizer qualquer coisa além disso. Porém, minhas pernas estão tremendo tanto, assim como minhas mãos, que sinto a voz entrecortada quando o som passa pela garganta.

Merda, Lilian, respira.

Marcos, enrolando um dos cabos, interrompe o que estava fazendo ao ouvir minha voz. De costas para mim, vejo suas mãos congelarem no ar e, muito lentamente, seu corpo se vira em minha direção.

— Lilian? Oi... Nossa, não esperava te ver aqui.

Sem saber como agir, ele passa a mão pela cabeça, seus dreads hoje soltos. Então inclina o corpo para me cumprimentar com um beijo no rosto, e estremeço ao sentir seu toque em meu ombro.

— Desculpa aparecer sem avisar. Você está bem? — pergunto, adiando o que realmente preciso dizer.

Ele confirma e comenta algo sobre estar na correria, mas tanto eu quanto ele sabemos que estamos apenas jogando conversa fora.

Quando ele fica em silêncio, sem saber mais o que me dizer, sei que é minha deixa. Respiro fundo, tomando coragem.

— Eu vim porque queria conversar com você. Tem umas coisas que preciso te dizer, muita coisa aconteceu comigo nesses últimos dois meses... Você tem um tempinho quando acabar aqui?

Ele me encara, ainda mais surpreso do que antes.

— Tudo bem. Só preciso desmontar o equipamento. Quer me esperar em alguma mesa?

Assinto antes de voltar para onde estava sentada.

É real, essa conversa vai mesmo acontecer.

★ ★ ★

— Obrigada por aceitar falar comigo.

Minha voz sai surpreendentemente límpida, talvez porque, agora, não haja o barulho do bar nos atrapalhando, apenas alguns sons do trânsito já tranquilo a essa hora.

Marcos perguntou se eu me importava de conversarmos no bar, e percebi que, na verdade, eu não queria. Não ali. O que preciso dizer a ele é tão íntimo que não caberia em uma conversa de bar. Eu não queria que minhas palavras se espalhassem pelo ar, então, os vidros fechados do carro de Marcos ao menos me dão a impressão de que, aqui, eu e minhas palavras estamos seguras.

— Eu não tinha motivos para não ouvir o que você tem a dizer.

Apesar das palavras gentis, sua expressão não me deixa adivinhar o que ele está pensando.

— Quero começar me desculpando. Você não merecia ser tratado como eu o tratei. Não era minha intenção, mas você estava certo, eu brinquei com os seus sentimentos.

Ele abaixa a cabeça, sem conseguir me encarar, e a balança.

— Acho que nada que eu disser vai justificar, mas eu gostaria de, ao menos, tentar explicar o porquê de eu ter agido como agi, fazendo os "joguinhos" todos.

Engulo em seco, repassando o discurso que ensaiei a semana toda.

E percebo agora o quanto foi em vão.

Marcos merece mais que palavras medidas. Eu devo a ele expor o que de mais sincero existir dentro de mim.

— Eu tinha medo de me relacionar. Não com você, mas com qualquer pessoa. Terminei um outro envolvimento, antes, pelo mesmo motivo. A diferença é que, da outra vez, não fiquei abalada como foi com você. — Ele volta a me encarar e vejo um brilho surgir brevemente em seus olhos. — Acho que nunca na minha vida eu tinha sentido as coisas que você me fez sentir, Marcos, e isso me aterrorizou. Era perigoso ficar perto de você, porque eu me sentia vulnerável.

— Acho que faz parte da dinâmica de gostar de alguém, Lilian.

— Hoje eu sei disso — respondo, tentando me explicar. Eu *preciso* que ele me entenda. — Mas você precisa saber quão machucada eu estava. Eu vivi algo que me quebrou, Marcos. Destruiu a vida que eu tinha. Levou embora meu porto-seguro. Me mostrou quão frágil a vida é. Me fez acreditar que não havia sentido em começar uma relação simplesmente porque ela poderia acabar da noite para o dia da pior maneira possível. — Tento controlar minha voz, mas ela treme mesmo assim, e tenho noção de quão suplicante estou soando. — Minha mãe era tudo para mim, e ela morreu há três anos. Eu nunca mais fui a mesma.

Marcos me encara assombrado. Sei que ele entende minha dor, afinal, também perdeu o pai. Pode ser que a relação dos dois não fosse como a minha com mamãe, mas isso não importa. A dor dele pode ser dele, enquanto a minha é só minha; mas quem já sentiu doer reconhece o sentimento no outro.

— Eu sinto muito, Lilian, de verdade. Caramba… Você não falou nada disso.

Ao mesmo tempo que Marcos parece querer me consolar, ele também deixa escapar um resquício de mágoa na voz.

A gente já se fala há um tempo, Lily, e mesmo assim não faço ideia do que você quer. Suas palavras me voltam à lembrança. *Isso porque não sei quase nada de você, só o que você deixa passar por esse muro que você levantou ao seu redor.*

— Não, não falei. Sei que não compartilhei quase nada sobre mim e, mais uma vez, peço desculpas. Mas eu não conseguia verbalizar que ela havia morrido… Não só com você. Era assim com todo mundo. Ou as pessoas sabiam que eu não gostava de tocar no assunto, ou nunca chegavam a saber o que tinha acontecido, ou liam nas entrelinhas dos meus eufemismos e respostas vagas.

Ele fica em silêncio, acompanhando a noite do lado de fora.

Sinto-me mais leve por ter conseguido colocar tudo para fora. Mas é inevitável, também, não me sentir apreensiva. Pode ser que nada do que eu diga faça diferença e, então… vou ter que deixar Marcos para trás, também.

Volto a sentir um bolo na garganta, mas não posso fazer muito mais do que já fiz. Ele não é obrigado a me dar outra chance. E eu também não posso me culpar para sempre, nem me humilhar para que ele me aceite.

— Não sabia se sua mãe tinha te contado sobre mim. Nem tenho certeza, aliás, se ela sabe que a gente estava saindo, só fiquei com a impressão de que ela soubesse... No fim das contas, o grupo dela acabou me ajudando a enfim colocar para fora — comento, adiando o fim de nossa conversa.

— Não costumo conversar com minha mãe sobre as pessoas com quem saio, e do jeito que a gente acabou... — Seu tom de voz é baixo, como se Marcos não tivesse a força que sempre demonstrou. — Ela deu algumas indiretas, percebeu que tinha algo acontecendo comigo. Mas ela me conhece o bastante para não ficar tocando em assunto que me incomoda.

Dói, mais uma vez, saber que eu o magoei.

— Eu sei que tudo que estou dizendo pode não fazer mais diferença, sei que você pode já ter superado o que a gente teve... mas eu precisava tentar.

Ele fecha os olhos e dá um suspiro profundo.

Quando abre, vira o rosto muito devagar, olhando dentro dos meus olhos.

— E por que você precisava?

É agora. Não posso deixar que nenhum muro me esconda.

— Porque *eu* não superei. Porque percebi, tarde demais, que me apaixonei loucamente por você.

Se antes eu havia visto seus olhos lampejarem, eles agora irradiam.

Contudo, Marcos volta a virar para a frente e coloca a chave na ignição.

— Acho melhor voltar para casa, eu tenho um compromisso amanhã cedo. Eu deixo você no seu prédio.

Capítulo 42

I've had the time of my life
No, I've never felt this way before
Yes, I swear, it's the truth
And I owe it all to you

"(I've Had) The Time of My Life",
Bill Medley & Jennifer Warnes

— É oficial, então, podemos odiar o Marcos?

Sentada no sofá de Bianca com uma almofada no colo e uma *long neck* nas mãos, termino de contar a noite de ontem para ela e Vivi, que acaricia os cabelos da namorada deitada em seu colo, no chão à minha frente. Karl, milagre dos milagres, deve ter se compadecido de meu coração partido e está dormindo um sono silencioso em sua caminha em um canto mais afastado da sala.

— Eu não acredito que ele não falou nada, Lily! Quem faz isso com alguém que acabou de se declarar?

— Quem? Homem insensível, é óbvio — Bianca esbraveja.

Tento dar risada dos comentários delas, mas estou chateada demais, e uma nova torrente de lágrimas volta a cair.

— Eu até entendo o lado dele, acho que o magoei para valer... — digo, tentando passar a imagem de adulta madura e ponderada. — Mas, cacete, ele foi mesmo um babaca.

Falho miseravelmente na missão.

As duas se levantam na mesma hora e vêm me abraçar. Bianca se senta ao meu lado no braço do sofá e me permito cair em seu ombro, enquanto seus braços rodeiam minhas costas em um gesto de conforto. Vivi, do meu outro lado, segura minha mão, dando batidinhas de leve nela.

Depois de Marcos sair com o carro, seguimos em silêncio pelas ruas. Eu, humilhada pela falta de resposta dele, continuei ansiando que, quando chegássemos ao meu prédio, ele diria alguma coisa. Porém, bastou ele estacionar para eu saber que isso não aconteceria. Ele me agradeceu por ter sido sincera com ele e me vi obrigada a descer do carro logo depois.

Ao menos consegui esperar entrar em meu apartamento para cair no choro.

Mônica vai ficar orgulhosa de mim na próxima quinta-feira. Acumulei dores e lágrimas o bastante nos últimos dias para não poder ser acusada de estar fugindo das minhas emoções.

Não estou cem por cento livre dos meus fantasmas. Mesmo que Marcos nunca tenha feito nada que me deixasse minimamente desconfortável em relação a isso — muito pelo contrário —, a ideia de que ele não estivesse mais interessado em mim por eu ser gorda ainda assim passou pela minha cabeça. Mas tratei de afastar o pensamento na mesma hora. Primeiro: como eu disse, ele nunca disse nada nem agiu de maneira que indicasse se incomodar com meu corpo. Segundo: se fosse verdade, ele teria me feito um favor, então, ao me dispensar.

— Ah, e eu quase esqueço de contar a pior parte — falo após enxugar o nariz com a manga da blusa, me desenroscando do abraço de Bianca.

— Tem algo pior? — pergunta Vivi, incrédula.

— Acredite se quiser, mas tem. Ele teve a cara de pau de me mandar uma mensagem hoje de manhã, me chamando para transar como se nada tivesse acontecido.

— A confiança do homem hétero precisa ser estudada — Bianca fala, balançando a cabeça em reprovação.

— Pois é! Como que alguém manda um "Podemos foder" logo depois de ter dispensado a pessoa? Sério — continuo ao ver a expressão aturdida das minhas amigas —, só não mostro para vocês porque fiquei com tanta raiva que apaguei a mensagem e bloqueei o contato dele.

— Você não merece ser tratada assim, Lily. Mesmo! — Bi me conforta, esfregando meu braço em um gesto carinhoso.

— Obrigada, meninas. Pelo menos posso contar com vocês!

— Disso você não precisa ter dúvida alguma!

Afasto o corpo do assento sofá e pego o celular no bolso da calça para checar as horas.

— Droga, minha bateria já era. Que horas são?

— Quase quatro — responde Vivi ao checar o relógio.

— Melhor eu ir embora daqui a pouco, não quero atrapalhar vocês.

— Ah, ainda tem tempo. — Bianca tenta parecer desencanada, mas conheço minha amiga o suficiente para saber que ela só não quer admitir o nervosismo que deve estar sentindo.

— Como vocês estão?

Hoje Vivi vai apresentar a namorada para sua família. Apesar de não ter sido tão fácil quando ela se assumiu para eles, o passar dos meses tornou a ideia mais palatável e, em nome de se manterem unidos, eles aceitaram conhecer Bianca.

— Mal consigo pensar na ideia sem sentir vontade de correr para o banheiro — confessa Vivi. — Eles pareceram dispostos a aceitar meu namoro, mas não dá para ter certeza de como eles vão reagir.

— Pode ficar tranquila, bebê, não tem como eles não me amarem.

Reviro os olhos, mas Bianca está coberta de razão. E, quando vejo as duas trocarem olhares apaixonados, entendo que é minha deixa para ir embora.

— Aguardo o relatório completo do jantar amanhã no nosso grupo. Sou boazinha e não vou pedir atualizações assim que a noite acabar — falo ao me levantar.

Karl, que estava dormindo até agora, de repente se coloca em alerta, levantando as orelhas e se preparando para latir.

— Que é? Eu só quero ir embora, posso?

Para minha surpresa, ele volta a deitar e cai de novo em um sono pesado.

— Ora ora, não é que a vida sabe mesmo surpreender?

★ ★ ★

Vou caminhando até o metrô, aproveitando para espairecer a sobrecarga emocional que, francamente, parece ser minha nova rotina. O dia hoje está um pouco mais quente do que os últimos, mas não o suficiente para que meu passeio me faça suar, e só lamento por não poder fazer a viagem de volta ouvindo minhas músicas.

Como é sábado, o trem demora um pouco mais para passar, mas, depois que embarco, não leva tanto tempo até chegar na minha estação.

Quando viro na rua de casa e avisto meu prédio, sinto um solavanco na barriga.

Aperto o passo quase sem me dar conta do que estou fazendo. Talvez fosse mais esperto da minha parte parar e pensar melhor na situação. Contudo, algo dentro de mim me diz para não ter medo.

Marcos está sentado do lado de fora do portão. A não ser que ele tenha feito amizade com alguém do meu prédio, o motivo de sua visita só pode ser eu.

Meu coração bate mais forte no peito, e não é por causa do meu andar acelerado.

Quando me avista, ele se coloca de pé e levanta o braço, em um aceno contido.

— Acho que hoje foi a minha vez de fazer uma surpresa — diz ele assim que paro em sua frente, sentindo minhas bochechas coradas.

Não consigo dizer nada. Se ele veio até aqui para repetir o pedido de sua mensagem ou para falar que realmente não corresponde aos meus sentimentos... Não quero nem imaginar.

— Eu tentei te ligar, já que você não respondeu minha mensagem, mas a ligação foi direto para a caixa postal. Não consegui esperar e resolvi vir até aqui, descobrir se você estava em casa. Quando o porteiro disse que você tinha saído, a ideia de ir embora me pareceu... errada.

Quero pedir que ele diga de uma vez o que precisa, porque a espera está sendo torturante. Mas sou incapaz de interrompê-lo.

— Sinto muito por ontem — ele começa. — Você foi muito corajosa em se expor daquele jeito, e o mínimo que eu deveria ter feito era conversar direito com você.

— Tenho que concordar — finalmente falo, sem conseguir me conter.

Ele passa a mão na nuca.

— É, eu sei que fui um babaca no carro.

— E depois, com aquela mensagem — resmungo.

— Como assim? — Ele parece confuso.

— Me chamando para transar, mesmo depois de como nos despedimos no carro? Sério, Marcos? — devolvo a pergunta, com toda minha indignação.

Marcos arregala os olhos, antes de abrir e fechar a boca completamente consternado.

— Eu não te mandei nenhuma mensagem do tipo — responde confuso e pega o celular para checar. — Eu percebi que minha mensagem estava confusa, digitei errado porque a Andressa me ligou bem na hora e atendi, preocupado que pudesse ter acontecido algo com a Mari. Mas aí quando desliguei e fui enviar a correção, vi que você já tinha visualizado. Achei que não tivesse me respondido por não ter entendido e mandei a certa. Mas você não chegou nem a receber. — Ele franze a testa, talvez ao perceber que pode ter sido bloqueado.

— "Podemos foder?" só tem um significado para mim — respondo, mas começo a me questionar se cometi um erro.

Seus olhos se fixam na tela do celular e se franzem. Então, ele abre um sorriso.

— Acho que meu erro ativou aquele mecanismo pervertido da sua mente. Olha!

Faço o que ele pede quando me estende o celular. Ao bater os olhos em nossa conversa aberta, leio mais uma vez o que havia lido hoje de manhã. Então, em vez de *supor* as palavras, em uma leitura dinâmica, me forço a realmente ver o que está escrito.

Podemos fos ver?

Pela primeira vez hoje, dou uma gargalhada.

— Como você pode ver, eu só fui um babaca em não ter falado direito com você ontem de noite. Mas você me pegou muito de surpresa. — Ele faz uma pausa e então me encara com um olhar que grita várias palavras que não consigo ler, com medo de interpretá-las errado. — Depois que a gente terminou, eu fantasiei por um tempo que você fosse aparecer e fazer um discurso tipo o de ontem, ao menos sobre a parte de ter ficado com medo. Só que as semanas foram passando e me convenci de que isso não ia rolar. Ontem, enquanto você falava, eu não consegui fugir da sensação de que era um sonho, de que não estava mesmo acontecendo.

Se antes meu coração estava disparado, agora ele parece querer atravessar meu peito. Não há em mim qualquer vestígio da irritação que senti ao ler sua mensagem.

— E tem mais: você me surpreendeu, linda. Ontem vi uma versão de você que ainda não conhecia e não soube como reagir. Eu quis te pegar no colo e arrancar sua dor, quis gritar com você por não ter sido sincera comigo, quis jogar a chave do meu carro longe e ficar ali ouvindo você falar por horas e horas. Quanto mais você me mostrava uma Lilian que eu não sabia que existia, mais eu me dava conta de que estava conhecendo um outro Marcos. Porque, caralho, Lily, eu também nunca senti por ninguém o que você me fez sentir. Eu senti demais a sua falta, mas sufoquei meus sentimentos por achar que não era correspondido. Ontem, quando eles vieram à tona, eu não soube dizer para você o quão apaixonado eu também estou.

Agradeço por ter desistido daquela ideia de não derrubar mais nenhuma lágrima. Embora eu tenha me transformado em uma verdadeira torneira aberta no último mês, é agora, neste instante, que descubro que posso chorar também de alegria.

— Imagino que nada disso que você está passando esteja sendo fácil, e não acho que vai deixar de ser da noite para o dia — ele continua. — Por isso, quero que você saiba que não vou a lugar nenhum. Estou aqui para você, porque não existe nenhum outro lugar onde eu queira estar. E, se você tentar me mandar embora de novo, vou estar aqui para te lembrar que é onde você quer estar também.

O sorriso de Marcos parece querer rasgar seu rosto e ele me olha do mesmo jeito que sei que o encaro: sem acreditar em nossa própria sorte.

Damos um passo à frente, demonstrando um para o outro o que queremos fazer daqui em diante: seguir em frente. Juntos.

Pensando melhor, não dei um passo em sua direção.

Dei um salto, confiando que, mais uma vez, ele me seguraria.

Quando ficamos frente a frente, perto o suficiente para que eu possa sentir a respiração de Marcos aquecendo meu rosto, inclinado para encará-lo, ele encosta, muito suavemente, uma de suas mãos em minha cintura, usando a outra para acariciar meu rosto. O gesto não é apenas uma forma de me fazer carinho; na verdade, a sensação que tenho é a de que Marcos está me degustando através do tato, guardando cada impressão sensorial e reação em uma parte de sua memória que ele voltará a acessar muitas vezes no futuro.

Ou, talvez, isso seja o que *eu* estou fazendo.

Este é o nosso recomeço. É a chance que duvidei que teria.

Desta vez, vou vivê-la sem medo.

Epílogo

We keep this love in a photograph
We made these memories for ourselves
Where our eyes are never closing
Our hearts were never broken
And time's forever frozen still
"PHOTOGRAPH", ED SHEERAN

Cheguei, digito para Marcos quando o Uber encosta na frente de seu prédio. Hoje eu me recusei a vir de metrô. Depois de ter trabalhado sábado passado, em plena véspera de eleição, e de ter passado a semana inteira querendo chorar de desgosto com o resultado do segundo turno, meu humor não é dos melhores. Sem contar que hoje é o feriado de Finados, e ainda preciso passar no cemitério.

Pode subir, o porteiro já sabe quem você é.

Bom, pelo menos isso, certo? Depois de quatro meses vindo aqui — sem contar o período em que eu e Marcos estivemos juntos antes de nossa "pausa", como preferimos chamar o período em que estivemos separados, em julho —, ser reconhecida pelo porteiro era o mínimo que eu podia esperar.

Mas sei que estou sendo rabugenta — e Mônica me diria que tudo bem agir assim, dadas as condições. *Viva a rabugice para que ela vá embora*, quase posso ouvi-la dizer. De qualquer maneira, tenho também motivos para celebrar.

Tive uma reunião ontem com Sandra e, pela primeira vez, os resultados da Frida estão otimistas. Ela continua sendo a responsável por toda essa análise, mas agora também faço um controle da progressão mensal, só para que eu tenha uma noção de como as coisas estão. É parte do meu tratamento parar de fugir dos problemas, fingindo que eles não existem. Também, finalmente não estamos mais no vermelho, o que significa que, se continuarmos assim, em breve lucraremos. Mês que vem é Natal, as pessoas recebem décimo terceiro... Ou seja, as previsões são bem melhores que antes.

Mas o resultado não é promissor apenas por causa das finanças, porque esse negócio de atuar como blogueirinha da minha própria loja, orientada por Carol, está saindo muito melhor do que eu imaginava. Juntas, tivemos a ideia de dar espaço também para as clientes, para que elas contêm suas experiências — e esse contato está sendo incrível! Tenho recebido tantos depoimentos inspiradores, tantas histórias diferentes... Algumas são bastante tristes, devo ressaltar, mas sentir que essas vozes encontraram um espaço, que estamos criando uma rede de apoio, de certa forma... é surreal. E era tudo o que eu mais queria.

Também, para nossa surpresa, minha foto na praia — a que Marcos tirou e eu repostei com as orientações de Carol — acabou viralizando. A visibilidade para a Frida foi ótima, não só por termos ganhado novas clientes, mas, principalmente, por termos chamado atenção nas redes sociais. Alguns convites para aparecer em páginas maiores surgiram, assim como em outros veículos de mídia — mal acredito que conseguimos um espaço em um jornal online!

Nosso aplicativo de looks criado pelo grupo da faculdade onde Bianca estuda também está sendo um sucesso. Ainda estamos em fase de testes, ajustando aquilo que não funcionou tão bem e implementando melhorias, mas já tivemos retorno o bastante para saber que foi uma ideia bem-sucedida.

Ao sair do elevador, vejo que Marcos está me esperando na porta de seu apartamento, o que torna sua atitude suspeita. Ele fez questão de que eu viesse para cá depois do almoço, dizendo que tinha algo para mim.

Seria mentira dizer que não tenho mais nenhum momento de insegurança, mas, além de eu seguir lidando com esses sentimentos na terapia, Marcos faz o possível para demonstrar que, no que depende dele, está ao meu lado. E um pouco mais, a cada dia que passa, acredito.

Um cheiro adocicado toma conta do ar, e me faz lembrar do dia em que conheci minha atual sogra, defumando a casa do meu pai.

Aliás, papai quase caiu para trás quando descobriu que eu estava namorando o filho de sua amiga — e que não havíamos nos conhecido por intermédio da mãe dele.

Soraia, por outro lado, apenas deu um sorriso como se já soubesse, segundo o que Marcos me contou.

Nunca vamos saber se foi Mari — que, aliás, adora encontrar "a ti... a Lily", como fala todas as vezes que se refere a mim, policiando-se para não me chamar de "tia" — que deixou a novidade escapar ou se Soraia, sendo quem é, descobriu por seus próprios meios.

— Antes de mais nada, você pode ir ao cemitério depois daqui, se preferir.

Arqueio a sobrancelha sem entender o que Marcos está querendo.

Mas, assim que ele abre mais a porta, arquejo com a surpresa.

Marcos removeu boa parte da decoração da sala, substituindo os móveis por uma mesa — transformada em altar.

O chão está coberto por pétalas de flores diversas, e mal consigo enxergar a toalha laranja que recobre a mesa, por causa das tantas frutas e pratos de comida sobre ela. Mas, acima de tudo, dois porta-retratos trazem lágrimas imediatas aos meus olhos: em um, vejo a foto de minha mãe; no outro, o pai de Marcos.

— Acho que o México sabe homenagear o dia de hoje de uma forma mais bonita que a nossa. Sua mãe tinha razão em admirar a cultura deles.

Caminho até o altar, sem conseguir acreditar que Marcos preparou uma homenagem particular para o Dia dos Mortos.

— É perfeito — digo em um sussurro quando ele para ao meu lado, sentindo que preciso ser abraçada.

Fico encarando a foto de mamãe, sabendo que Marcos está fazendo o mesmo com o retrato do pai.

— Os mexicanos acreditam que a vida deve ser celebrada.

— *Viva la vida* — solto em complemento.

— Isso. — Marcos assente. — Segundo a tradição deles, os mortos têm permissão para visitar os familiares ainda vivos no dia de hoje. Perguntei para seu pai o que sua mãe gostava de comer e achei melhor garantir que tanto ela quanto meu pai encontrariam aqui aquilo de que gostam.

As lágrimas começam a cair ao pensar que mamãe está aqui com a gente.

Eu nunca vou te abandonar, Lily.

— Eu te amo — as duas palavras escapam, mais poderosas do que quaisquer outras poderiam ter me soado. Percebo que Marcos não se deu conta do que falei, então viro o rosto para ele e repito. — Eu amo você, Marcos.

É a vez de os olhos dele transbordarem, e seu sorriso faz meu mundo se iluminar.

— E eu amo você, linda.

É a primeira vez que dizemos essas palavras um para o outro, e sinto que escolhemos o melhor momento.

Aqui, agora, recebendo a bênção de nossos pais.

Marcos se inclina e me beija nos lábios com delicadeza. Então se afasta, me pegando pela mão para se sentar comigo no chão.

— A melhor maneira de honrarmos os mortos é celebrarmos a vida deles. Vou contar a você as histórias do meu pai e quero que você me conte as histórias da sua mãe.

Assinto e sorrio, ansiosa por saber mais de Marcos e dividir com ele parte da minha alma.

Guardo para mim o comentário de que há outra maneira de honrar a vida daqueles que já foram: fazendo a nossa própria vida valer a pena.

Nota da autora

Quando terminei de escrever *Um salto para o amor*, em janeiro de 2020, a pandemia do novo coronavírus ainda não havia atingido o Brasil. Agora, quando ele está sendo publicado, já ultrapassamos as 500 mil mortes no país. Com isso, o luto é uma questão que tem vindo ainda mais à tona hoje do que quando planejei este romance. Se você estiver vivendo o luto, independentemente de ter sido causado por esta pandemia, espero que encontre conforto nesse momento tão difícil e deixo expressos meus mais sinceros sentimentos.

Especificamente sobre as vidas perdidas pela Covid-19, é revoltante constatar que as preocupações de Lily em relação às eleições tenham se concretizado; a má-gestão do país durante a crise nos trouxe até onde estamos, e é inadmissível haver tantas mortes por uma doença para a qual existe vacina. Que não esqueçamos jamais os culpados por essa situação lamentável, e que eles sejam devidamente responsabilizados e penalizados por suas atitudes — ou pela falta delas.

Mas este romance não fala apenas de luto.

Escrever um livro muitas vezes faz com que o autor se coloque na pele de um outro, diferente de si. Criamos personagens que vão além do que vivemos, para representar experiências que não são nossas, ainda que, muitas vezes, possa haver a coincidência de vivências, sentimentos, medos e aspirações.

Em *Um salto para o amor*, escrevi sobre personagens com existências muito diferentes da minha, algo que já seria desafiador por si só, mas que aqui se torna ainda mais delicado por cair na já bastante debatida questão do local de fala. Eu, branca, magra, cis, hétero, classe média, estou tão dentro de padrões quanto possível e não sou a pessoa com mais propriedade para debater assuntos como gordofobia e racismo. Contudo, acredito também que não escrever histórias que tragam um mundo tão diverso quanto ele é na realidade significa não olhar para ele em todas as suas potencialidades. Mais que isso, se eu apenas escrever histórias nas quais eu e aqueles semelhantes a mim estejam representados, estarei ignorando uma parcela — esmagadora — de outras pessoas que podem vir a ler o que escrevo.

Ao mesmo tempo, entendo que não devo me colocar na posição de porta-voz de ninguém: as minorias marginalizadas precisam que estejamos ao seu lado na luta, não que falemos por elas.

Assim, para escrever este livro e minimizar os erros de representação, evitando ofender qualquer pessoa, *Um salto para o amor* passou por três leituras sensíveis. Não era minha intenção tornar centrais os preconceitos mencionados no romance, mas não achei certo ignorá-los na existência das personagens, considerando que, infelizmente, uma realidade sem eles ainda é utópica.

Também procurei representar muitas das situações que Lily, Marcos, Bianca e Sandra enfrentam a partir de depoimentos e críticas lidos em veículos de imprensa e nas redes sociais, além de ter buscado também consumir mais obras produzidas por essas minorias. É necessário, sempre, estarmos cientes do que consumimos, em qualquer aspecto, quando temos esse poder de decisão: quando a escolha não parte de nós, é porque há alguém escolhendo por nós.

Vale dizer que a conscientização e a desconstrução individuais são imprescindíveis e urgentes; contudo, são insuficientes quando não atingem o coletivo. A transformação social deve se dar por meio de políticas públicas que garantam o acesso da população marginalizada aos direitos que lhe são negados. A arte é política. A vida é política. Vote com consciência.

Considerando tudo isso, eu sabia, desde o início, que seria essencial fazer esta nota ao fim do livro: eu não me sentiria confortável em finalizá-lo sem indicar obras em vozes próprias.

Se você não conhece ainda os livros listados a seguir, deixo a recomendação para que os procure. Mais que isso, peço para que não se atenha a eles e vá além, descobrindo outras das tantas pessoas com trabalhos semelhantes — até porque minhas recomendações também são limitadas. Se você, como eu, se enquadra em alguns dos padrões que mencionei, pode ser que encontre falas que incomodem, que te façam pensar, em um primeiro momento, que as coisas não são bem daquele jeito. Caso isso aconteça, resista. Acima de tudo, ouça e reflita. Incômodos geralmente indicam uma defesa da nossa parte, uma dificuldade de aceitar uma verdade que não nos convém. Se você, diferentemente de mim, faz parte de alguma minoria, seja ela qual for, espero tê-la respeitado.

Livros escritos em vozes próprias:

Pequeno Manual do Autoamor, de Thati Machado
A estrada para São Paulo, de Mariana Chazanas
Duologia Com Amor, Dublin, de Tayana Alvez
   O irlandês
   O casamento
Coleção Vozes, Se Liga Editorial
   Vozes negras
   Vozes trans

Amor plus size, de Larissa Siriani
O ódio que você semeia, de Angie Thomas
Na hora da virada, de Angie Thomas
Dois garotos se beijando, de David Levithan
A cor púrpura, de Alice Walker
Você por aqui?, de Ana Rosa e Wlange Keindé
Quatro minutos, de Vanessa Pérola
Conectadas, de Clara Alves
Céu sem estrelas, de Íris Figueiredo
De olho nela, de Kate Stayman-London
Acorda pra vida, Chloe Brown, de Talia Hibert
Os números do amor, de Helen Hoang
O amanhã não está à venda, de Ailton Krenak
Amada, de Toni Morrison
Você me ganhou no olá, de Alexis Daria
Tipo uma história de amor, Abdi Nazemian
Orgulho, de Ibi Zoboi
Fique comigo, de Ayòbámy Adébayò
Uma união extraordinária, de Alyssa Cole
Teoricamente princesa, de Alyssa Cole
Aliança de casamento, de Jasmine Guillory
Rainhas geek, de Jen Wilde
Reticências, de Solaine Chioro
Espere até me ver de coroa, de Leah Johnson
Daqui pra baixo, de Jason Reynolds
Minha irmã, a serial-killer, de Oyinkan Braithwaite
Um casamento americano, de Tayari Jones
Na corda bamba, de Kiley Reid
Olhos d'água, de Conceição Evaristo

Agradecimentos

É a segunda vez que escrevo uma seção de Agradecimentos para um romance meu, mas é a primeira vez que eles poderão ser lidos em páginas impressas. Por isso, já começo agradecendo à editora Harlequin. Raquel Cozer e Julia Barreto, muito obrigada por terem acreditado em meu trabalho e por terem me recebido tão bem, junto de toda a equipe da HarperCollins Brasil. Obrigada por cada comentário certeiro; foi um prazer trabalhar *Um salto para o amor* com vocês e vê-lo ser lapidado com tanto carinho e profissionalismo. Também, meu muito obrigada a cada profissional que fez parte da produção desse livro — da preparação, revisão, diagramação e capa à equipe de marketing, gráfica, distribuição etc. — para que ele chegasse aos leitores em sua melhor forma.

Ainda, eu não estaria aqui não fosse o trabalho maravilhoso da Increasy, agência literária em que confio de olhos fechados. Mari Dal Chico, já disse e repito: você foi uma das primeiras pessoas do mercado literário a acreditar em mim. É uma honra poder trabalhar com quem admiro tanto, e sou mais grata do que consigo expressar por cada comentário seu me incentivando e confiando em meu potencial. Alba Milena, você me disse na Bienal em 2015, quando eu ainda tinha vergonha de me assumir assim por só ter publicado um conto de cinco páginas: "Você é escritora, sim!". Depois, me disse em 2020: "Eu quero você em uma grande editora". Pois é, eu sou e estou, porque eu tive quem acreditasse em mim e batalhasse comigo. Obrigada, e obrigada à Guta Bauer e à Grazi Reis, que completam esse time de mulheres maravilhosas. Amo todas vocês!

Obrigada à minha família, em especial papai e mamãe. Vocês me deram tudo para que eu buscasse meus sonhos e aceitaram cada decisão que tomei, mesmo que elas não fossem as mais convencionais ou práticas. Sou muito grata por hoje realizar um sonho, que deixou de ser só meu, e por poder ter vocês ao meu lado comemorando comigo. Amo vocês!

Ana Rosa, Larissa Siriani e Tayana Alvez. Ainda não acredito que três mulheres incríveis como vocês aceitaram participar desse livro. Obrigada pela leitura sensível e pelos comentários que tanto acrescentaram à história da Lily. O trabalho que vocês fazem, cada uma a seu modo, é extremamente importante e necessário. Tay, obrigada também por compartilharmos surtos, risadas e amizade quase que diariamente.

Aimee Oliveira, Bru Carvalho, Malu Diefenthäler e Mari Oliveira: obrigada por terem sido as primeiras leitoras de *Um salto para o amor* e por terem se empolgado logo na primeira versão da história, sem todos os ajustes que ela recebeu depois. Obrigada por serem amigas tão perfeitas e presentes. Amo demais cada uma de vocês!

Felizmente, sou uma pessoa sortuda por ter tantas pessoas maravilhosas me rodeando — o que também me fará ser injusta, porque não vou conseguir citar todo mundo que mereceria estar aqui. Pah, minha gêmea, nossas vidas literárias nos uniram entre livros e fuxicos há dez anos, durante os quais sonhamos com tanta coisa que hoje é real. Que honra ter você no meu caminho, que prazer poder estar no seu. Obrigada por tudo! Manu, cunhado, obrigada por ter se casado com minha amiga e ter se tornado meu amigo também, sempre me apoiando. Amo vocês — e a Júlia e a Jane! Flá Gerab, May e

Joy Siqueira, Lie Ezure, Mah Rabassa, Deh Kano, Gaby Hinojosa, Bru Leme, Fran Hipólito, Cati Gritti, Gabi Porne e Ingrid Benício, obrigada por serem parte dessa minha rede linda de apoio, por sempre torcerem por mim e por sempre vibrarem comigo. Lola Salgado, eu amo poder te chamar de amiga — de vida, de agência, de editora! Clara Alves, Clara Savelli, Deborah Strougo e Leo Oliveira, sou muito feliz pela Increasy ter nos reunido!

Aionetes: que decisão maravilhosa eu tomei quando resolvi criar um Clube de Membros no canal, possibilitando que pessoas como vocês se tornassem mais próximas de mim e do meu trabalho. Não canso de agradecer por tudo que vocês me proporcionam! Bárbara Goes, Bárbara Monteiro, Camila Zuza e Magda Marques, obrigada pelo carinho que vocês me dedicam e por terem me presenteado com um Fã-Clube — meu Deus, ainda me sinto podre de chique de dizer que tenho um FC!

E é óbvio que eu não poderia deixar de fora: obrigada a você, que me lê agora. Não importa se você me conheceu por este livro, se por meus outros livros, se por meu trabalho no Minha Vida Literária. Você, vindo de qualquer um desses lugares, faz do meu trabalho possível. É você quem ouve o que tenho a dizer e dá sentido às minhas palavras. Essa troca que realizamos está entre as coisas mais bonitas e especiais que tenho na vida. Então, muito, MUITO obrigada!

Músicas presentes no livro

Esse livro foi embalado por diversas canções:

"Pra rua me levar", Ana Carolina (composição de Ana Carolina e Jose Antonio Villeroy). Ariola Discos, 2003.

"Everybody Wants to Rule the World", Tears For Fears (composição de Roland Orzabal, Christopher Merrick Hughes, Ian Stanley). UMC Records; BMG Publishing, 1985.

"Make You Feel My Love", Bob Dylan (composição de Bob Dylan). Columbia, 1997.

"Man! I Feel Like a Woman", Shania Twain (composição de Shania Twain, Robert John Lange). Mercury Nashville, 1999.

"Blind", Lifehouse (composição de Jason Wade). Geffen, 2005.

"Dona de mim", IZA (composição de Arthur Marques). WM Brazil, 2018.

"Cough Syrup", Young the Giant (composição de Ehson Hashemian, Eric Cannata, Francois Comtois, Jacob Tilley, Payam Doostzadeh e Sameer Gadhia). Roadrunner Record, 2010.

"Helena", My Chemical Romance (composição de Frank Anthony Iero, Gerard Arthur Way, Matt Pelissier, Michael James Way, Raymond Toro). Reprise, 2004.

"Papo reto", Charlie Brown Jr. (composição de Chorão, Marco Antonio Valentin Britto Junior, Renato Peres Barrio). Universal Music Group, 2003.

"Secret", Maroon 5 (composição de Adam Levine, James Valentine, Jesse Carmichael, Mickey Madden, Ryan Dusick). Interscope Records, 2002.

"Sweet Dreams", Eurythmics, Annie Lenox, Dave Steward (composição de Annie Lenox, Dave Steward). Arista, 1983.

"Você me bagunça", O Teatro Mágico (composição de Fernando Anitelli). O Teatro Mágico, 2011.

"Say Something", Justin Timberlake ft. Chris Stapleton (composição de Nate Hills, Chris Stapleton, Justin Timberlake, Larrance Dopson, Timothy Mosley). RCA Records; Reservoir Media Music, 2018.

"Collide", Howie Day (composição de Howie Day, Kevin Griffin). Epic, 2003.

"Beautiful", Christina Aguilera (composição de Linda Perry). RCA Records, 2002.

"I'm With You", Avril Lavigne (composição de Lauren Christy, Avril Lavigne, The Matrix). Arista; BMG Publishing, 2002.

"Friend", Kaitlyn (composição de Kaitlyn, Johnny Douglas). Walt Disney Records, 2004.

"Chão de giz", Zé Ramalho (composição de Zé Ramalho). Ariola Discos, 1978.

"Ouvi dizer", Melim (composição de Diogo Melim, Gabriela Melim, Rodrigo Melim). Universal Music Group, 2018.

"Closer", Kings Of Leon (composição de Caleb Followill, Jared Followill, Matthew Followill, Nathan Followill). RCA Records; Legacy, 2008.

"Telegrama", Zeca Baleiro (composição de Zeca Baleiro). MZA Music, 2002.

"Evidências", Chitãozinho & Xororó (composição de José Augusto, Paulo Sergio Valle). Universal Music Group, 1989.

"Down in a Hole", Alice in Chains (composição de J. Cantrell). Columbia Records, 1992.

"To Be With You", Mr. Big (composição de David Grahame, Eric Martin). Atlantic Records, 1991.

"Na boa, sem chorar", Sandy & Junior (composição de Chitãozinho & Xororó, Sandy, Junior). Universal Music Group, 1999.

"Te conecta", Pitty (composição de Pitty). Deckdisc, 2018.

"Por enquanto", Cássia Eller (composição de Renato Russo). Universal Music Group, 1990.

"Eu que não amo você", Engenheiros do Hawaii (composição de Humberto Gessinger). Universal Music Group, 1999.

"De janeiro a janeiro", Roberta Campos & Nando Reis (composição de Roberto Campos). Deckdisc, 2008.

"Me desculpa Jay Z", Baco Exu do Blues (composição de Baco Exu do Blues). EAEO Records, 2018.

"Lovely", Billie Eilish ft. Khalid (composição de Finneas O'Connell, Billie Eilish O'Connell, Khalid Robinson). Darkroom; Kobalt Music Publishing, 2017.

"Give You What You Like", Avril Lavigne (composição de Avril Lavigne, David Hodges, Chad Kroeger). Epic; Kobalt Music Publishing, 2013.

"Amor pra recomeçar", Frejat (composição de Frejat, Maurício Barros, Mauro Sta. Cecilia). WM Brazil, 2001.

"Há tempos", Legião Urbana (composição de Dado Villa-Lobos, Marcelo Bonfá, Renato Russo). EMI Brazil, 1989.

"I'll Never Love Again", Lady Gaga (composição de Aaron Raitiere, Hillary Lindsey, Natalie Hemby, Stefani Germanotta). A Star is Born OST, 2018.

"Broken", Seether ft. Amy Lee (composição de D. Stewart, S. Welgemoed). The Bicycle Music Company, 2004.

"Strong", London Grammar (composição de Daniel Rothman, Dot Major, Hannah Reid). Island Records, 2015.

"Double de corpo", Leoni (composição de Leoni, Lulu Martin). WM Brazil, 2003.

"This Is Me", Keala Settle (composição de Benj Pasek, Justin Paul). Atlantic Records, 2017.

"Could It Be Any Harder", The Calling (composição de Aaron Kamin, Alex Band). RCA Records, 2001.

"Just Give Me a Reason", P!nk ft. Nate Ruess (composição de Nate Ruess, Jeff Bhasker, P!nk). RCA Records, 2012.

"(I've Had) The Time of My Life", Bill Medley & Jennifer Warnes (composição de Donald Markowitz, Franke Previte, John DeNicola). RCA Records, 1987.

"Photograph", Ed Sheeran (composição de Johnny McDaid, Ed Sherran, Martin Harrington, Thomas Leonard). Atlantic Records UK; Spirit Music Group, 2014.

Para ouvi-las, entre no seu aplicativo Spotify, toque em **BUSCAR** no menu na parte inferior da tela e toque no ícone de câmera.

Se ainda não tiver permitido o acesso do Spotify à sua câmera, toque em **ESCANEAR**, depois em **OK**.

Aponte a câmera para o código abaixo.

E aproveite!

Este livro foi impresso pela Eskenazi, em 2021,
para a Harlequin. O papel do miolo é pólen soft 70g/m²
e o da capa é cartão 250g/m².